RIEN NE S'OPPOSE
À LA NUIT

Du même auteur

Jours sans faim, Grasset, 2001 ; J'ai Lu, 2009.
Les Jolis Garçons, nouvelles, Jean-Claude Lattès, 2005 ; Le Livre de poche, 2010.
Un soir de décembre, Jean-Claude Lattès, 2005 ; Points Seuil, 2007.
No et moi, Jean-Claude Lattès, 2007 ; Le Livre de poche, 2009.
Les Heures souterraines, Jean-Claude Lattès, 2009 ; Le Livre de poche, 2011.

Ouvrages collectifs :
« Cœur ouvert », in *Sous le manteau*, nouvelles, Flammarion, 2008.
« Mes jambes coupées », in *Mots pour maux*, nouvelles, Gallimard, 2008.

www.editions-jclattes.fr

Delphine de Vigan

RIEN NE S'OPPOSE
À LA NUIT

Roman

JC Lattès

Maquette de couverture : Bleu T
Photo : D.R.

ISBN : 978-2-7096-3579-0

À Margot

« Un jour je peignais, le noir avait envahi toute la surface de la toile, sans formes, sans contrastes, sans transparences.

Dans cet extrême j'ai vu en quelque sorte la négation du noir.

Les différences de texture réfléchissaient plus ou moins faiblement la lumière et du sombre émanait une clarté, une lumière picturale, dont le pouvoir émotionnel particulier animait mon désir de peindre.

Mon instrument n'était plus le noir, mais cette lumière secrète venue du noir. »

PIERRE SOULAGES

Première partie

Ma mère était bleue, d'un bleu pâle mêlé de cendres, les mains étrangement plus foncées que le visage, lorsque je l'ai trouvée chez elle, ce matin de janvier. Les mains comme tachées d'encre, au pli des phalanges.

Ma mère était morte depuis plusieurs jours.

J'ignore combien de secondes voire de minutes il me fallut pour le comprendre, malgré l'évidence de la situation (ma mère était allongée sur son lit et ne répondait à aucune sollicitation), un temps très long, maladroit et fébrile, jusqu'au cri qui est sorti de mes poumons, comme après plusieurs minutes d'apnée. Encore aujourd'hui, plus de deux ans après, cela reste pour moi un mystère, par quel mécanisme mon cerveau a-t-il pu tenir si loin de lui la perception du corps de ma mère, et surtout de son odeur, comment a-t-il pu mettre tant de temps à accepter l'information qui gisait devant lui ? Ce n'est pas la seule interrogation que sa mort m'a laissée.

Quatre ou cinq semaines plus tard, dans un état d'hébétude d'une rare opacité, je recevais le prix des

Libraires pour un roman dont l'un des personnages était une mère murée et retirée de tout qui, après des années de silence, retrouvait l'usage des mots. À la mienne j'avais donné le livre avant sa parution, fière sans doute d'être venue à bout d'un nouveau roman, consciente cependant, même à travers la fiction, d'agiter le couteau dans la plaie.

Je n'ai aucun souvenir du lieu où se passait la remise du prix, ni de la cérémonie elle-même. La terreur je crois ne m'avait pas quittée ; je souriais pourtant. Quelques années plus tôt, au père de mes enfants qui me reprochait d'être dans *la fuite en avant* (il évoquait cette capacité exaspérante à faire bonne figure en toute circonstance), j'avais répondu pompeusement que j'étais *dans la vie*.

Je souriais aussi au dîner qui fut donné en mon honneur, ma seule préoccupation étant de tenir debout, puis assise, de ne pas m'effondrer d'un seul coup dans mon assiette, dans un mouvement de plongeon similaire à celui qui m'avait projetée, à l'âge de douze ans, la tête la première dans une piscine vide. Je me souviens de la dimension physique, voire athlétique, que revêtait cet effort, tenir, oui, même si personne n'était dupe. Il me semblait qu'il valait mieux contenir le chagrin, le ficeler, l'étouffer, le faire taire, jusqu'au moment où enfin je me retrouverais seule, plutôt que me laisser aller à ce qui n'aurait pu être qu'un long hurlement ou, pire encore, un râle, et m'eût sans aucun doute plaquée au sol. Au cours des derniers mois les événements qui me concernaient s'étaient singulièrement précipités, et la vie, cette fois encore, fixait la barre trop haut. Ainsi, me semblait-il, le temps de la chute, n'y avait-il rien d'autre à faire que bonne figure, ou bien faire face (quitte à faire semblant).

Et pour cela je sais depuis longtemps qu'il est préférable de se tenir debout que couché, et d'éviter de regarder en bas.

Dans les mois qui ont suivi j'ai écrit un autre livre sur lequel je prenais des notes depuis plusieurs mois. Avec le recul j'ignore comment cela a été possible, si ce n'est qu'il n'y avait rien d'autre, une fois que mes enfants étaient partis à l'école et que j'étais dans le vide, rien d'autre que cette chaise devant l'ordinateur allumé, je veux dire pas d'autre endroit où m'asseoir, où me poser. Après onze années passées dans la même entreprise – et un long bras de fer qui m'avait laissée exsangue – je venais d'être licenciée, consciente d'en éprouver un certain vertige, quand j'ai trouvé Lucile chez elle, si bleue et si immobile, et alors le vertige s'est transformé en terreur puis la terreur en brouillard. J'ai écrit chaque jour, et je suis seule à savoir combien ce livre qui n'a rien à voir avec ma mère est empreint pourtant de sa mort et de l'humeur dans laquelle elle m'a laissée. Et puis le livre a paru, sans ma mère pour confier à mon répondeur les messages les plus comiques qui fussent au sujet de mes prestations télévisées.

Un soir de ce même hiver, alors que nous rentrions d'un rendez-vous chez le dentiste et marchions côte à côte sur le trottoir étroit de la rue de la Folie-Méricourt, mon fils m'a demandé, sans préavis et sans que rien, dans la conversation qui avait précédé, n'ait pu l'amener à cette question :

– Grand-mère… elle s'est suicidée, en quelque sorte ?

Encore aujourd'hui quand j'y pense cette question me bouleverse, non pas son sens mais sa forme, ce *en quelque sorte* dans la bouche d'un enfant de neuf ans, une précaution à mon endroit, une manière de tâter le terrain, d'y aller sur la pointe des pieds. Mais peut-être était-ce de sa part une véritable interrogation : compte tenu des circonstances, la mort de Lucile devait-elle être considérée comme un suicide ?

Le jour où j'ai trouvé ma mère chez elle, je n'ai pas pu récupérer mes enfants. Ils sont restés chez leur père. Le lendemain je leur ai annoncé la mort de leur grand-mère, je crois que j'ai dit quelque chose comme « Grand-mère est morte » et, en réponse aux questions qu'ils me posaient : « Elle a choisi de s'endormir » (pourtant j'ai lu Françoise Dolto). Quelques semaines plus tard, mon fils me rappelait à l'ordre : un chat s'appelait un chat. Grand-mère s'était suicidée, oui, foutue en l'air, elle avait baissé le rideau, déclaré forfait, lâché l'affaire, elle avait dit stop, basta, terminado, et elle avait de bonnes raisons d'en arriver là.

Je ne sais plus quand est venue l'idée d'écrire *sur* ma mère, *autour* d'elle, ou *à partir* d'elle, je sais combien j'ai refusé cette idée, je l'ai tenue à distance, le plus longtemps possible, dressant la liste des innombrables auteurs qui avaient écrit sur la leur, des plus anciens aux plus récents, histoire de me prouver combien le terrain était miné et le sujet galvaudé, j'ai chassé les phrases qui me venaient au petit matin ou au détour d'un souvenir, autant de débuts de romans sous toutes les formes possibles dont je ne voulais pas entendre le premier mot, j'ai établi la liste des obstacles qui ne manqueraient pas de se présenter à moi et des risques non mesurables que j'encourais à entreprendre un tel chantier.

Ma mère constituait un champ trop vaste, trop sombre, trop désespéré : trop casse-gueule en résumé.

J'ai laissé ma sœur récupérer les lettres, les papiers et les textes écrits par Lucile, en constituer une malle spéciale qu'elle descendrait bientôt dans sa cave.

Je n'avais ni la place ni la force.

Et puis j'ai appris à penser à Lucile sans que mon souffle en soit coupé : sa manière de marcher, le haut du corps penché en avant, son sac tenu en bandoulière et plaqué sur la hanche, sa manière de tenir sa cigarette, écrasée entre ses doigts, de foncer tête baissée dans le wagon du métro, le tremblement de ses mains, la précision de son vocabulaire, son rire bref, qui semblait l'étonner elle-même, les variations de sa voix sous l'emprise d'une émotion dont son visage ne portait parfois aucune trace.

J'ai pensé que je ne devais rien oublier de son humour à froid, fantasmatique, et de sa singulière aptitude à la fantaisie.

J'ai pensé que Lucile avait été successivement amoureuse de Marcello Mastroianni (elle précisait : « vous m'en mettrez une demi-douzaine »), de Joshka Schidlow (un critique théâtre de *Télérama* qu'elle n'avait jamais vu mais dont elle louait la plume et l'intelligence), d'un homme d'affaires prénommé Édouard, dont nous n'avons jamais connu la véritable identité, de Graham, un authentique clochard du 14e arrondissement, violoniste à ses heures et mort assassiné. Je ne parle pas des hommes qui ont *vraiment* partagé sa vie. J'ai pensé que ma mère avait dégusté une poule au pot avec Claude Monet et Emmanuel Kant, lors d'une même soirée dans une banlieue lointaine dont elle était rentrée par le RER, et s'était vue privée de chéquier pendant des années pour avoir distribué son argent dans la rue. J'ai pensé que ma mère avait contrôlé le système informatique de son entreprise, ainsi que l'ensemble du réseau RATP, et dansé sur les tables des cafés.

Je ne sais plus à quel moment j'ai capitulé, peut-être le jour où j'ai compris combien l'écriture, mon écriture, était liée à elle, à ses fictions, ces moments de délire où la vie lui était devenue si lourde qu'il lui avait fallu s'en échapper, où sa douleur n'avait pu s'exprimer que par la fable.

Alors j'ai demandé à ses frères et sœurs de me parler d'elle, de me raconter. Je les ai enregistrés, eux et d'autres, qui avaient connu Lucile et la famille joyeuse et dévastée qui est la nôtre. J'ai stocké des heures de paroles numériques sur mon ordinateur, des heures chargées de souvenirs, de silences, de larmes et de soupirs, de rires et de confidences.

J'ai demandé à ma sœur de récupérer dans sa cave les lettres, les écrits, les dessins, j'ai cherché, fouillé, gratté, déterré, exhumé. J'ai passé des heures à lire et à relire, à regarder des films, des photos, j'ai reposé les mêmes questions, et d'autres encore.

Et puis, comme des dizaines d'auteurs avant moi, j'ai essayé d'écrire ma mère.

Depuis plus d'une heure Lucile observait ses frères, leur élan du sol à la pierre, de la pierre à l'arbre, de l'arbre au sol, dans un ballet discontinu qu'elle avait du mal à suivre, rassemblés maintenant en cercle autour de ce qu'elle avait deviné être un insecte mais qu'elle ne pouvait voir, aussitôt rejoints par leurs sœurs, fébriles et empressées, qui tentaient de se frayer une place au milieu du groupe. Au vu de la bestiole, les filles poussèrent des hurlements, *on croirait qu'on les égorge* avait pensé Lucile, tant leurs cris étaient stridents, ceux de Lisbeth surtout, qui sautait comme un cabri tandis que Justine appelait Lucile de sa voix la plus perçante, afin qu'elle vienne voir sans plus attendre. Dans sa robe en crêpe de soie claire, les jambes croisées de telle sorte que rien ne pût se froisser, ses socquettes tirées sans un pli sur ses chevilles, Lucile n'avait aucune intention de bouger. Assise sur son banc, elle ne perdait pas une seconde de la scène qui se jouait devant elle, mais, pour rien au monde, n'eût réduit la distance qui la séparait de ses frères et sœurs, auxquels d'ailleurs s'étaient ajoutés d'autres enfants attirés par les cris. Chaque jeudi, Liane, leur mère, envoyait sa marmaille au square, sans exception aucune, les plus grands ayant pour mission de surveiller les petits, et pour unique consigne de ne pas revenir avant deux heures. Dans un bruit de fanfare, la fratrie quittait l'appartement de la rue de Maubeuge, descendait les cinq étages, traversait la rue Lamartine puis la rue de Rochechouart, avant d'entrer dans le square, triomphante et remarquable, car nul ne pouvait ignorer ces enfants que seulement quelques mois séparaient les uns des autres, leur blondeur qui confinait au blanc, leurs yeux clairs et leurs jeux bruyants. Pendant ce temps, Liane s'allongeait sur le premier lit venu et dormait d'un sommeil de plomb, deux heures de silence pour récupérer des grossesses, des accouchements et des allaitements répétés, des nuits entrecoupées de pleurs et de cauchemars, des lessives et des couches sales, des repas qui revenaient sans trêve.

Lucile toujours s'installait sur le même banc, un peu à l'écart, mais suffisamment proche du point stratégique que constituaient les trapèzes et les balançoires, idéal pour une vision d'ensemble. Parfois elle acceptait de jouer avec les autres, parfois elle restait là, *à trier dans sa tête*, expliquait-elle, mais elle ne précisait jamais quoi, ou seulement d'un geste vague désignait l'alentour. Lucile *triait* les cris, les rires, les pleurs, les allées et venues, le bruit et le mouvement perpétuels dans lesquels elle vivait. Quoi qu'il en soit, Liane était de nouveau enceinte, ils seraient bientôt sept, puis sans doute huit et peut-être davantage. Parfois Lucile se demandait s'il y avait une limite à la fécondité de sa mère, si son ventre pouvait ainsi se remplir et se vider sans fin, et produire des bébés roses et lisses que Liane dévorait de son rire et de ses baisers. Mais peut-être les femmes étaient-elles soumises à un nombre d'enfants limité que Liane aurait bientôt atteint et qui, enfin, laisserait son corps inoccupé. Les pieds dans le vide, assise exactement au milieu du banc, Lucile pensait au bébé à venir, dont la naissance était prévue pour le mois de novembre. Un bébé noir. Car tous les soirs, avant de s'endormir dans la chambre des filles qui contenait déjà trois lits, Lucile rêvait d'une petite sœur d'un noir absolu, irrémédiable, dodue et luisante comme un boudin, que ses frères et sœurs n'oseraient approcher, une petite sœur dont personne ne comprendrait les pleurs, qui hurlerait sans cesse et que ses parents finiraient par lui céder. Lucile prendrait le bébé sous son aile et dans son lit, et serait la seule, elle qui pourtant haïssait les poupées, à pouvoir s'en occuper. Le bébé noir dorénavant s'appellerait Max, comme le mari de Mme Estoquet, sa maîtresse, qui était routier. Le bébé noir sans restriction lui appartiendrait, lui obéirait en toute circonstance, et la protégerait.

Les cris de Justine sortirent Lucile de ses pensées. Milo avait mis le feu à l'insecte qui avait flambé en moins d'une seconde. Justine s'était réfugiée dans les jambes de Lucile, son petit corps secoué par les sanglots, et la tête posée sur ses genoux. Tandis que Lucile caressait les cheveux de sa sœur, elle aperçut le filet de morve verte qui coulait sur sa robe. Ce n'était pas le jour. D'un geste ferme elle releva le visage de Justine, lui ordonna d'aller se moucher. La petite voulait lui montrer le cadavre, Lucile finit par se lever. De la bête il ne restait que quelques cendres et un bout de carapace racorni. Du pied, Lucile les recouvrit de sable, puis leva la jambe et cracha dans sa main pour frotter sa sandale. Ensuite elle sortit un mouchoir de sa poche, essuya les larmes et le nez de Justine avant de prendre son visage entre ses mains pour l'embrasser, un baiser sonore comme ceux de Liane, les lèvres bien collées sur la rondeur des joues.

Justine, dont la couche s'était défaite, courut rejoindre les autres. Déjà, ils s'étaient lancés dans un nouveau jeu, attroupés cette fois autour de Barthélémy. À voix haute, il donnait ses instructions. Lucile reprit sa place sur son banc. Elle regarda ses frères et sœurs s'éparpiller d'abord, puis s'unir en grappe, puis se séparer de nouveau, il lui sembla contempler une pieuvre ou une méduse, ou, à y réfléchir, un animal visqueux à plusieurs têtes comme il n'en existait pas. Il y avait dans cet être protéiforme qu'elle ne savait nommer – auquel elle était certaine pourtant d'appartenir, comme chaque anneau, même lorsqu'il s'en détache, appartient au ver – quelque chose qui la recouvrait tout entière, la submergeait.

De tous, Lucile avait toujours été la plus silencieuse. Et quand Barthélémy ou Lisbeth frappaient à la porte des toilettes où elle se réfugiait pour lire ou échapper au bruit, d'une voix ferme qui dissuadait toute tentative de récidive, elle ordonnait : la paix.

La mère de Lucile apparut à l'entrée du square, sur le chemin de sable, bras levé, lumineuse et belle. Liane captait la lumière d'une manière inexplicable. Peut-être en raison de ses cheveux si clairs et de son sourire si grand. Peut-être en raison de cette confiance qu'elle avait dans la vie, cette manière de tout miser, sans rien retenir. Les enfants coururent vers elle, Milo se jeta dans ses bras et s'agrippa à ses vêtements. Liane se mit à rire et, de sa voix chantante, répéta plusieurs fois : mes petits rois.

Elle venait chercher Lucile pour une séance photo. À cette annonce, fusèrent des cris d'enthousiasme ou de protestation – la séance pourtant était prévue depuis plusieurs jours –, un brouhaha total, au milieu duquel Liane félicita Lucile pour sa tenue immaculée et parvint à donner quelques instructions à sa fille aînée. Lisbeth devait mettre les quatre petits dans la baignoire, le feu sous les pommes de terre, et attendre le retour de leur père.

Lucile attrapa la main de sa mère et elles se dirigèrent vers le métro. Depuis quelques mois, Lucile était modèle. Elle avait défilé pour les collections de *Virginie* et *L'Empereur*, deux marques de vêtements haut de gamme pour enfants, posé pour plusieurs publicités et participé aux pages mode de différents journaux. L'année précédente, Liane avait confié à Lisbeth que le repas de Noël et tous les cadeaux avaient été payés grâce aux photos parues dans *Marie-Claire* et *Mon Tricot*, deux séries dont Lucile avait été la vedette. Ses frères et sœurs faisaient parfois quelques séances, mais, de tous, Lucile était la plus demandée. Lucile aimait les photos. Quelques mois plus tôt, pour une marque de textile, d'immenses affiches avaient recouvert les murs du métro, sur lesquelles on voyait son visage en gros plan, cheveux tirés en arrière, pull rouge et pouce levé, accompagné du slogan « Intexa, c'est comme ça ». Au même moment, tous les enfants de sa classe et de toutes les classes de Paris avaient reçu un buvard sur lequel le visage de Lucile était imprimé.

Lucile aimait les photos mais ce qu'elle aimait plus que tout, c'était le temps passé avec sa mère. Le trajet aller-retour en métro, l'attente entre les prises, le pain au chocolat acheté en sortant dans la première boulangerie, ce temps volé qui n'était consacré qu'à elle et où aucun autre enfant ne pouvait revendiquer de tenir la main de Liane. Lucile savait que ces moments bientôt n'existeraient plus, car Liane prévoyait qu'à la rentrée suivante Lisbeth aurait l'âge d'emmener Lucile aux séances ou bien qu'elle irait seule.

Lucile avait enfilé la première tenue, une robe cintrée à fines rayures bleues et blanches, sous laquelle avait été fixé un volant blanc qui dépassait de quelques centimètres. Quand elle tournait sur elle-même la robe s'ouvrait en corolle, dénudant ses genoux. La coiffeuse avait peigné ses cheveux avec application, puis les avait attachés sur le côté à l'aide d'une barrette en forme de cœur. Lucile contemplait les sandales noires vernies qu'elle venait de chausser, d'une brillance parfaite et sans aucune rayure, des sandales comme elle en rêvait, à faire pâlir d'envie ses sœurs. Avec un peu de chance, elle pourrait les garder. Pour la première séance, Lucile devait poser assise, une petite cage à oiseau dans les bras. Une fois que Lucile eut pris la pose, l'assistante s'approcha pour disposer le volant de la robe autour d'elle. Lucile ne pouvait détacher son regard du volatile.

– Depuis quand est-il mort ? demanda-t-elle.

Le photographe, absorbé par ses réglages, ne semblait pas avoir entendu. Lucile regarda autour d'elle, décidée à capter le regard de quelqu'un susceptible de lui répondre. Un stagiaire d'une vingtaine d'années s'approcha.

– Sans doute depuis très longtemps.

– Combien ?

– Je ne sais pas, un an, deux ans…

– Il est mort dans cette position ?

— Non, pas forcément. C'est le travail du monsieur qui s'en occupe de le mettre comme il souhaite.

— C'est un taxidermiste ?

— Oui, c'est ça.

— Qu'est-ce qu'il met à l'intérieur ?

— De la paille, je crois, et sans doute d'autres choses.

Le photographe demanda le silence, la séance allait commencer. Mais Lucile continuait d'observer l'oiseau, par en dessous, à la recherche d'un orifice.

— Par où on fait rentrer les choses ?

Liane ordonna à Lucile de se taire.

À la demande de la styliste, Lucile enfila ensuite une tenue de ski en tricot de laine (elle posa, bâtons à la main, sur un fond clair en papier épais), une tenue de tennis dont la jupe blanche plissée aurait fait rêver n'importe laquelle de ses amies, et enfin une tenue de natation, composée d'une brassière, d'une culotte haute et d'un bonnet de bain en plastique épais qu'elle jugea ridicule. Mais Lucile était d'une beauté que rien ne pouvait contredire. Lucile, partout où elle se trouvait, suscitait le regard, l'admiration. On louait ses traits réguliers, la longueur de ses cils, ses yeux dont la couleur variait du vert au bleu en passant par toutes les nuances de métal, son sourire timide ou désinvolte, ses cheveux si clairs. Longtemps l'attention qui lui était portée avait mis Lucile mal à l'aise, avec ce sentiment que quelque chose de poisseux lui collait au corps, mais à l'âge de sept ans, Lucile avait édifié les murs d'un territoire retiré qui n'appartenait qu'à elle, un territoire où le bruit et le regard des autres n'existaient pas.

Les poses se succédaient dans un silence concentré, au rythme des changements de décor et d'éclairage. Lucile passait de la loge au plateau et du plateau à la loge, prenait la pose, singeait le mouvement, recommençait les mêmes gestes, dix fois, vingt fois, sans un signe de fatigue ou d'impatience. Lucile était sage, d'une sagesse exemplaire.

Quand la séance fut terminée, tandis qu'elle se rhabillait, la styliste proposa à Liane une nouvelle série de photos pour *Jardin des Modes*, prévue après l'été. Liane accepta.

— Et le petit, celui qui était venu une fois avec Lucile, un peu plus jeune qu'elle ?

— Antonin ? Il vient d'avoir six ans.

— Il lui ressemble beaucoup, non ?

— C'est ce qu'on dit, oui.

— Venez avec lui, on fera une série avec les deux.

Dans le métro, Lucile prit la main de sa mère et ne la lâcha pas de tout le trajet.

Quand elles entrèrent dans la pièce, le couvert était mis. Georges, le père de Lucile, venait d'arriver et lisait le journal. Les enfants surgirent comme un seul homme, Lisbeth, Barthélémy, Antonin, Milo et Justine, vêtus du même pyjama en éponge que Liane avait acheté au début de l'hiver, en promotion et en six exemplaires, et identiquement chaussés de pantoufles de luxe à semelle triple, offertes par le docteur Baramian. Quelques mois plus tôt, épuisé par le bruit qui provenait de l'étage du dessus à l'heure de ses consultations et persuadé que les enfants de Liane et Georges marchaient en sabots, le docteur Baramian avait envoyé sa secrétaire pour recueillir leurs pointures. Il leur fit ensuite parvenir, dans les plus brefs délais, une paire de chaussons pour chacun. En réalité, au-delà de l'agitation générale, il s'était avéré que Milo qui se déplaçait sur son pot avec une grande célérité – le pot, les jambes, le pot, les jambes – était, de tous, le plus bruyant. Touchée par la gentillesse du médecin, Liane avait tenté de neutraliser son fils en le plaçant, toujours sur son pot, en haut d'une commode. Milo s'était cassé la clavicule et le fracas avait continué.

Liane envoya Lucile à la douche, tandis que les autres se mettaient à table.

Depuis peu, Liane avait renoncé à faire dire à ses enfants la prière du dîner. Les pitreries de Barthélémy – qui doublait, en voix off, la prière de sa mère, commençant chaque soir par un «Sainte Marie merde… de Dieu» qui provoquait l'hilarité générale – avaient eu raison de sa patience.

Ils terminaient la soupe lorsque Lucile rejoignit la table, les pieds nus et les cheveux mouillés.

– Alors, ma belle, tu as fait des photos ?

Le regard de Georges sur sa fille semblait empreint d'étonnement. Lucile avait quelque chose de sombre qui lui ressemblait. Depuis qu'elle était toute petite, Lucile l'intriguait. Cette manière qu'elle avait de s'isoler, de s'abstraire, de se tenir d'un seul côté des chaises, comme si elle attendait quelqu'un, d'utiliser le langage avec parcimonie, cette manière, avait-il parfois pensé, de ne pas se compromettre. Mais Lucile, il le savait, ne perdait rien, pas un son, pas une image. Elle captait tout. Absorbait tout. Comme ses autres enfants, Lucile voulait lui plaire, guettait son sourire, son assentiment, ses félicitations. Comme les autres, elle attendait le retour de son père et parfois, lorsque Liane l'y encourageait, racontait sa journée. Mais Lucile, plus que tout autre, était reliée à lui.

Et Georges ne pouvait détacher son regard d'elle, fasciné.

Des années plus tard, sa mère raconterait cette attraction que Lucile exerçait sur les gens, ce mélange de beauté et d'absence, cette façon qu'elle avait de soutenir le regard, perdue dans ses pensées.

Des années plus tard, quand Lucile elle-même serait morte, bien avant d'être une vieille dame, on retrouverait dans ses affaires les images publicitaires d'une petite fille souriante et naturelle.

Des années plus tard, quand il s'agirait de vider l'appartement de Lucile, on découvrirait au fond d'un tiroir une pellicule entière de photos du cadavre de son père, prises par elle-même et sous toutes les coutures d'un costume beige ou ocre, couleur de vomi.

L a possibilité de la mort (ou plutôt la conscience que la mort pouvait surgir à n'importe quel moment) entra dans la vie de Lucile au cours de l'été 1954, à la veille de ses huit ans. Désormais, l'idée de la mort ferait partie de Lucile, une faille, ou plutôt une empreinte, indélébile, comme plus tard la montre ronde aux traits épais qu'elle ferait tatouer à son poignet.

À la fin de juillet, Liane et les enfants étaient partis à L., un petit village d'Ardèche où vivaient les parents de Georges. Quelques cousins germains les y avaient rejoints, seul Barthélémy manquait à l'appel, si turbulent au cours des semaines qui avaient précédé les vacances que ses parents avaient décidé de l'envoyer en colonie. Liane était enceinte de sept mois. Lucile regrettait l'absence de son frère aîné qui, depuis toujours, remplissait l'espace de son agitation, de sa parole taquine et de ses audaces imprévisibles. Barthélémy, pensait-elle, pour encombrant qu'il fût, faisait diversion.

Les journées s'écoulaient dans la chaleur du mois d'août, douces et pleines, les enfants jouaient dans le jardin, se baignaient dans l'Auzon, fabriquaient des objets avec la glaise de la rivière. Dans la grande maison d'instituteurs située au milieu du village, Liane, aidée par ses beaux-parents, pouvait se reposer. Georges était resté travailler à Paris.

Un après-midi, alors que Lucile s'exerçait au piano, des cris avaient envahi le jardin. Pas les cris des jeux et des disputes qu'elle n'entendait même plus, non, des cris plus aigus encore, d'effroi, qu'elle ne connaissait pas. Lucile s'était arrêtée, mains levées sur le clavier, elle avait guetté les mots, sans parvenir à les comprendre, pourtant la petite voix de Milo – ou bien était-ce celle d'un autre enfant ? – avait fini par l'atteindre, parfaitement distincte : « Ils sont tombés, ils sont tombés ! » Lucile avait senti son cœur battre dans son ventre, et puis dans la paume de ses mains, elle avait attendu encore quelques secondes pour se lever. Quelque chose était arrivé, elle le savait, quelque chose d'irrémédiable. Ensuite elle avait entendu le hurlement de Liane, et s'était précipitée hors de la maison. Elle avait découvert les enfants rassemblés autour du puits, Justine accrochée à la jupe de sa mère, tandis que Liane, penchée sur le trou noir dont elle ne percevait pas le fond, hurlait le prénom de son fils.

Antonin et son cousin Tommy jouaient sur les planches de bois qui recouvraient le puits lorsque celles-ci avaient cédé. Sous les yeux des autres enfants,

les deux garçons étaient tombés. Tommy avait aussitôt refait surface, on distinguait sa présence, on pouvait lui parler, l'eau était glaciale mais il semblait tenir.
Antonin n'avait pas réapparu. Le temps que les pompiers arrivent, il avait fallu retenir Liane qui voulait
plonger, ses beaux-parents s'y étaient mis à deux pour
l'immobiliser. Au bout de quelques minutes, Tommy
avait commencé à pleurer, sa voix résonnait d'une
manière étrange, à la fois lointaine et proche, Lucile
avait pensé qu'un monstre peut-être le guettait par en
dessous, ou lui grignotait les pieds, prêt à l'entraîner
vers les profondeurs du néant.

Pendant tout ce temps elle était restée en retrait, un
mètre derrière sa mère qu'elle regardait se débattre
avec une violence qu'elle ne lui connaissait pas. Pour
la première fois Lucile avait récité ses prières en
silence, toutes celles qu'elle connaissait, le *Notre Père*
et le *Je vous salue Marie*, sans hésiter, sans se tromper.
Les pompiers étaient arrivés, équipés de leur matériel,
on avait envoyé les enfants chez les voisins. Ils avaient
longtemps cherché le corps d'Antonin avant de le
trouver. Le puits donnait sur une citerne. Antonin
était mort d'hydrocution.

Georges était revenu en urgence de Paris. On avait
habillé Antonin de blanc, on l'avait allongé dans la
chambre du dernier étage, et Liane avait expliqué aux
enfants qu'Antonin était devenu un ange. Désormais,
il vivait au ciel, tout là-haut, et pouvait les regarder.

Lors de la veillée, seules les aînées avaient eu le droit de le voir. Pendant les prières, Lucile avait caressé les mains potelées de l'enfant mort, froides et souples, mais au fil des heures les mains d'Antonin étaient devenues rigides et Lucile avait commencé à douter de sa prochaine résurrection. Elle avait regardé son visage lisse, ses bras étendus le long du corps, sa bouche entrouverte comme s'il venait de s'endormir et respirait encore.

L'enterrement eut lieu quelques jours plus tard. Lisbeth et Lucile étaient habillées de la même robe (on avait bricolé une tenue de circonstance à partir de ce qu'il y avait dans les bagages) et, serrées l'une contre l'autre, affichaient cet air d'importance que leur conférait leur statut d'aînées. Une fois le cercueil descendu en terre, elles s'étaient tenues à côté de leurs parents, droites comme des i, tandis qu'ils recevaient les condoléances. La famille et les voisins avaient défilé dans leurs tenues sombres, Lisbeth et Lucile avaient observé le rituel : les mains qu'on serrait ou posait sur l'épaule, les embrassades, les sanglots retenus, les chuchotements au creux de l'oreille, mots de consolation et de courage dont elle ne percevait que le sifflement ou le souffle compassionnel, dix fois, vingt fois répétés. Bientôt elles n'avaient plus entendu que ça, se regardant l'une et l'autre à chaque nouveau chuintement, et peu à peu le fou rire était monté, irrépressible. Georges les avait envoyées se calmer plus loin.

35

Antonin était devenu un ange et les regardait. Lucile imaginait son petit corps suspendu dans l'air, bras en croix, en apesanteur.

Pendant quelques jours encore elle avait cru à son retour, et qu'ensemble ils garderaient les chèvres au-dessus du village, iraient voir les bébés lapins de Mme Lethac, qu'ils longeraient le lit asséché de la rivière pour y découvrir des gisements d'argile.

À la fin du mois, une amie de la famille était partie chercher Barthélémy dans le Sud. Quand Barthélémy était revenu de sa colonie, son frère était mort et enterré. Il avait pleuré pendant trois jours sans que rien ne pût l'apaiser. Il avait pleuré à grand bruit, jusqu'à l'épuisement.

Désormais la mort d'Antonin ne serait plus qu'une onde souterraine, sismique, qui continuerait d'agir sans aucun bruit.

Lucile et Lisbeth guettaient par la fenêtre de la chambre rose des filles, le corps penché en avant, tendues sur la pointe des pieds dès que grésillait le signal de la porte d'entrée. Malgré le froid Lucile avait chaud. Elle étouffait même. À son retour de l'école Liane s'était demandé si sa fille n'avait pas de la fièvre, mais au moment de chercher le thermomètre le bébé s'était mis à pleurer. Quelques semaines plus tôt, une petite fille rose prénommée Violette était sortie du ventre de Liane, belle et ronde comme un baigneur, qui éclatait de rire quand on la chatouillait. Lucile d'abord avait été déçue : le bébé ressemblait à tous les autres. Mais les sourires de Violette, l'intérêt qu'elle portait à ses aînés (elle agitait les bras dès que l'un d'eux entrait dans la pièce), ses cheveux fins sur lesquels Lucile s'amusait à souffler pour qu'ils volettent au-dessus de sa tête, avaient eu raison de ses regrets. Certes, Violette n'était pas noire et ne lui serait pas exclusivement réservée, mais Liane, tout entière accaparée par le bébé, ne passait plus ces longs moments, assise dans la cuisine, le regard dans le vide. Violette réclamait bras, biberons et attention. Avec elle étaient revenues l'odeur sucrée du talc, et celle, plus acide, de la crème pour les fesses. Pourtant l'air de l'appartement restait chargé d'amertume, comme saturé. Georges rentrait le soir et parfois s'asseyait sans un mot, harassé, le visage figé.

Ni Lucile, ni aucun de ses frères et sœurs, n'avait vu ses parents pleurer.

Lucile souffla devant elle et observa la buée formée par son haleine. La cour était silencieuse. Lisbeth trépignait d'impatience. À côté d'elles, Justine jouait sur le lit avec une vieille poupée dont elle changeait la couche pour la dixième fois. Les garçons s'étaient repliés dans leur chambre, Barthélémy ayant ordonné une retraite expectative que Milo, air renfrogné et moue boudeuse, avait suivie à la lettre.

Il allait arriver. D'une minute à l'autre. On entendrait les pas dans l'escalier, le bruit de la clé dans la porte, et puis il serait là, dans le salon, il serait là pour toute la vie. À quoi ressemblait-il ? Avait-il des habits, des chaussures, ou bien marchait-il tout nu, enveloppé dans une robe de bure comme un mendiant ? Était-il sale ? Savait-il jouer à cache-cache, à chat glacé, faire le cochon pendu ?

N'y tenant, plus, Lisbeth sortit de la chambre pour glaner quelques nouvelles. Elle revint bredouille. Liane n'en savait pas davantage, il fallait attendre. Leur père était parti le chercher, ce n'était pas tout près, il y avait peut-être eu des embouteillages.

Il allait arriver. D'une minute à l'autre. Était-il grand, plus grand qu'Antonin, ou bien au contraire tout maigre et tout petit ? Aimait-il les épinards, le boudin blanc ? Portait-il des cicatrices sur le corps, sur le visage ? Aurait-il un sac, une valise, ou bien un baluchon accroché au bout d'un bâton, comme dans les contes d'Andersen ?

De lui, on savait peu de choses. Il s'appelait Jean-Marc, il avait sept ans, il avait été battu par sa mère, lui avait été enlevé. Il s'appelait Jean-Marc et il faudrait être gentil avec lui. C'était un enfant *martyr*. Le mot avait circulé dans la fratrie aux heures de la nuit, martyr comme Jésus-Christ, martyr comme Oliver Twist, martyr comme saint Étienne, saint Laurent et saint Paul. Désormais Jean-Marc allait vivre sous leur toit, dormirait dans le lit d'Antonin dont il porterait sans doute les vêtements, irait à la messe et à l'école, monterait dans la voiture pour partir en vacances, il serait leur *frère*. Quand ce mot vint à sa pensée, Lucile sentit, sous le coup de la colère, l'accélération de son cœur. À ce même moment, on sonna à la porte.

Les filles se précipitèrent au-devant de leur père. Lucile vit le visage de Georges, ses traits tendus, fatigués, la route avait dû être longue. L'espace d'une seconde, une seconde à peine, Lucile eut le sentiment que son père doutait. Et si Georges regrettait d'être allé chercher l'enfant ? Et si son père, qui leur annonçait depuis plusieurs semaines l'arrivée du garçon et insistait sur la nécessité de l'accueillir comme s'il était des leurs, ne voulait plus de lui ?

Jean-Marc se tenait derrière Georges, caché par le grand corps qu'il suivait d'un pas hésitant. Georges attrapa l'enfant et l'incita à se montrer. Lucile observa Jean-Marc, un rapide coup d'œil d'abord, de haut en bas et de bas en haut, puis elle chercha son regard. Le visage du garçon était pâle, d'une pâleur extrême, il avait des cheveux noirs, un pull trop court, élimé, il tremblait. Ses yeux s'étaient enfoncés dans le sol, son corps replié comme sous la menace d'une gifle. Une par une, Lisbeth, Lucile et Justine s'avancèrent pour l'embrasser. Barthélémy et Milo finirent par sortir de leur chambre, arborant tous deux le même air dubitatif, et toisèrent l'enfant. Milo ne put s'empêcher de lui sourire. Jean-Marc était de la même taille que lui. Son sac semblait presque vide, Milo pensa qu'il pourrait lui donner quelques affaires, par exemple les soldats de plomb qu'il avait en double ou le jeu de cartes dont il ne se servait plus. Milo eut envie de prendre Jean-Marc par la main et de l'entraîner derrière lui, mais lorsqu'il découvrit l'air hostile qu'affichait Barthélémy, il renonça.

Lucile, comme les autres, ne pouvait détacher son regard du garçon. Elle cherchait sur son visage les traces de coups, les plaies purulentes, les cicatrices à peine refermées. Jean-Marc n'avait pas l'air si *martyr* que ça.

Rien ne s'oppose à la nuit

D'ailleurs il n'arborait ni plâtre, ni pansements, ni béquille, ne boitait pas, ne saignait pas du nez. Et s'il n'était qu'un imposteur ? Un voyou que l'on croisait dans les livres ou le long des chemins de campagne, la mine grise et maculée de terre, qui cherchait refuge dans les familles pour mieux les déposséder de leurs biens ? L'enfant finit par lever les yeux, son regard s'arrêta sur Lucile, comme stupéfait. Yeux noirs, agrandis, aussitôt ramenés vers le sol. Lucile remarqua alors ses ongles sales, les zones glabres et blanches que laissait entrevoir sa tonsure, les cernes noirs, comme creusés par les larmes. Elle se sentit envahie d'une grande tristesse, soudain partagée entre l'envie de chasser l'enfant et de le prendre dans ses bras.

Liane demanda à Jean-Marc s'il avait fait bon voyage, s'il était fatigué, s'il avait faim. Aucun son ne sortit de sa bouche, et il sembla avoir toutes les peines à hocher la tête dans un sens ou dans l'autre. Georges proposa à Lisbeth de lui faire visiter l'appartement. Lisbeth invita Jean-Marc à la suivre, elle commença par la chambre bleue des garçons, le reste des enfants s'engagea derrière eux, se poussant du coude, on entendit des rires, puis des chuchotements, Jean-Marc avait des chaussettes d'une drôle de couleur. Barthélémy resta en retrait. De loin, il observait le garçon et il n'y avait rien, rien en lui qui pût supporter la comparaison. Jean-Marc était petit, brun et sale et avec un peu de chance, il était muet. Comment son père avait-il pu croire qu'il pourrait remplacer Antonin par un plouc

41

pareil, un plouc, oui, comme disait Georges lui-même qui fustigeait les ploucs du monde entier et venait, sans le savoir, d'en introduire un dans sa propre maison ? Barthélémy sentit enfler en lui une douleur brutale, comme s'il venait d'ingérer un corps étranger, un caillou recouvert de terre ou un bout de verre. Jamais il ne pourrait aimer Jean-Marc, ni même devenir son ami, ni même sortir dans la rue avec lui, encore moins jouer au parc ou sur la plage, jamais il ne pourrait lui confier un secret ni conclure aucun pacte avec lui. Et l'autre pourrait le regarder avec son air de chien battu et ses bras maigrichons, il ne céderait pas. Son frère était mort et son frère était irremplaçable.

Je me suis arrêtée là. Une semaine est passée, et puis une autre, sans que je puisse ajouter au texte une ligne ni même un mot, comme si celui-ci s'était figé dans un statut temporaire, devait à jamais rester une ébauche, une tentative avortée. Chaque jour je me suis assise devant mon ordinateur, j'ai ouvert le fichier intitulé *Rien*, j'ai relu, supprimé une ou deux phrases, déplacé quelques virgules, et puis plus *rien*, justement, rien, du tout. Cela ne fonctionnait pas, ce n'était pas ça, cela n'avait rien à voir avec ce que je voulais, imaginais, j'avais perdu l'élan.

Pourtant l'obsession était là, continuait de me réveiller la nuit, comme chaque fois que je commence un livre, de telle sorte que mentalement, pendant plusieurs mois, j'écris tout le temps, sous la douche, dans le métro, dans la rue, j'avais déjà vécu cela, cet état d'occupation. Mais pour la première fois, au moment de noter ou de taper sur le clavier, il n'y avait rien d'autre qu'une immense fatigue ou un incommensurable découragement.

J'ai réorganisé mon espace de travail, acheté une nouvelle chaise, fait brûler des bougies, des encens, je suis sortie, j'ai marché dans les rues, j'ai relu les notes que j'avais prises au cours des derniers mois. Les photos de Lucile enfant étaient restées là, étalées sur la table, pages de magazines abîmées, planches contacts de séries publicitaires, ainsi que le fameux buvard distribué dans les écoles.

Pour avoir le sentiment d'avancer, j'ai décidé de retranscrire les entretiens que j'avais menés, les retranscrire mot pour mot comme on le fait dans le métier que j'ai longtemps exercé, en vue d'une analyse de contenu, selon une grille de lecture généralement définie par avance, à laquelle s'ajoutent les thèmes spontanément abordés par les interviewés. J'ai commencé et j'y ai passé des journées entières, casque sur les oreilles, les yeux brûlants face à l'écran, avec cette volonté insensée de ne rien perdre, de tout consigner.

J'ai écouté l'altération des voix, le bruit des briquets, l'expiration des cigarettes, les kleenex qu'on cherche en vain et ceux dans lesquels on se mouche à grand bruit, les silences, les mots qui échappent et ceux qui s'imposent sans qu'on l'ait voulu. Lisbeth, Barthélémy, Justine, Violette, les frères et sœurs de ma mère, Manon, ma propre sœur, et tous ceux que j'avais vus au cours de ces dernières semaines, m'avaient accordé leur confiance. Ils m'avaient offert leurs souvenirs, leur récit, l'idée qu'ils se font aujourd'hui de leur histoire, ils s'étaient livrés, aussi loin que possible, aux frontières de ce qui leur était supportable. Maintenant ils attendaient, se demandaient sans doute ce que j'allais faire de tout ça, quelle forme cela allait prendre, quel serait le coup porté.

Et cela, soudain, me paraissait insurmontable.

Dans ce flot de paroles et de silences, il y avait eu cette phrase de Barthélémy à propos de la mort d'Antonin, cette phrase qui, de la part d'un homme qui aujourd'hui a soixante-cinq ans, m'avait bouleversée :
— Si j'avais été là, il ne serait pas mort.

Et d'autres encore, ici ou là, surlignées en jaune, qui disaient le regret, la peur, l'incompréhension, la douleur, la culpabilité, la colère, et parfois l'apaisement.

Et puis ces mots de Justine, alors que je la raccompagnais au métro à la fin de l'après-midi qu'elle venait de passer chez moi pour me parler de Lucile :
— Tu le termineras sur une note positive, ton roman, parce que tu comprends, on vient tous de là.

À une amie avec laquelle je déjeunais, alors que je terminais ces retranscriptions, toujours à l'arrêt dans l'écriture, je m'entendis expliquer : ma mère est morte mais je manipule un matériau vivant.

J'avais écrit la mort d'Antonin – considérée, dans la mythologie familiale, comme *le* drame inaugural (il y en aurait d'autres). Pour cela, j'avais dû choisir, parmi les versions qui m'avaient été données, celle qui me semblait la plus vraisemblable, la plus proche en tout cas de ce qu'en racontait Liane, ma grand-mère, assise sur un tabouret dans cette invraisemblable cuisine jaune moutarde qui a marqué mon enfance et aujourd'hui n'existe plus. Dans une autre version, Liane et Georges, mes grands-parents, sont tous les deux en vacances à L. avec les enfants qu'ils laissent seuls, le temps d'un déjeuner chez des voisins, à trois cents mètres de là. Antonin et Tommy tombent dans le puits, on les prévient, ils accourent, il est trop tard. Dans une autre encore, alertée par les enfants, ma grand-mère plonge dans le puits avec son gros ventre, on la voit réapparaître de temps en temps pour prendre de l'air. Selon les uns, les deux garçons sautent sur les planches jusqu'à ce qu'elles craquent, selon les autres, ils fabriquent tranquillement des objets avec de la glaise lorsque les planches, pourries et rongées par les bêtes, cèdent sous leur poids. Dans une autre version encore, seul Antonin est tombé, tandis que Tommy a évité la chute.

Qu'avais-je imaginé? Que je pouvais raconter l'enfance de Lucile à travers une narration objective, omnisciente et toute-puissante? Qu'il me suffisait de puiser dans le matériau qui m'avait été confié et faire mon choix, autant dire mon *petit marché*? Mais de quel droit?

Sans doute avais-je espéré que, de cette étrange matière, se dégagerait une vérité. Mais la vérité n'existait pas. Je n'avais que des morceaux épars et le fait même de les ordonner constituait déjà une fiction. Quoi que j'écrive, je serais dans la fable. Comment avais-je pu imaginer, un seul instant, pouvoir rendre compte de la vie de Lucile ? Que cherchais-je au fond si ce n'était approcher la douleur de ma mère, en explorer le contour, les replis secrets, l'ombre portée ?

La douleur de Lucile a fait partie de notre enfance et plus tard de notre vie d'adulte, la douleur de Lucile sans doute nous constitue, ma sœur et moi. Pourtant, toute tentative d'explication est vouée à l'échec. Ainsi devrai-je me contenter d'en écrire des bribes, des fragments, des hypothèses.

L'écriture ne peut rien. Tout au plus permet-elle de poser les questions et d'interroger la mémoire.

La famille de Lucile, la nôtre par conséquent, a suscité tout au long de son histoire nombreux commentaires et hypothèses. Les gens que j'ai croisés au cours de mes recherches parlent de fascination ; je l'ai souvent entendu dire dans mon enfance. Ma famille incarne ce que la joie a de plus bruyant, de plus spectaculaire, l'écho inlassable des morts, et le retentissement du désastre. Aujourd'hui je sais aussi qu'elle illustre, comme tant d'autres familles, le pouvoir de destruction du verbe, et celui du silence.

Aujourd'hui les frères et sœurs de Lucile (ceux qui restent) sont dispersés aux quatre coins de la France. Liane est morte un mois et demi avant ma mère, et je crois pouvoir dire sans me tromper que la mort de Liane, qui avait déjà perdu trois enfants, a donné à Lucile le feu vert qu'elle attendait pour mettre un terme à sa propre vie. Chacun a gardé des événements qui ont fondé l'histoire familiale sa propre vision. Ces visions diffèrent, parfois se contredisent, elles sont autant d'éclats épars dont le rassemblement ou la compilation n'apportent rien.

Un matin je me suis levée et j'ai pensé qu'il fallait que j'écrive, dussé-je m'attacher à ma chaise, et que je continue de chercher, même dans la certitude de ne jamais trouver de réponse. Le livre, peut-être, ne serait rien d'autre que ça, le récit de cette quête, contiendrait en lui-même sa propre genèse, ses errances narratives, ses tentatives inachevées. Mais il serait cet élan, de moi vers elle, hésitant et inabouti.

Liane, ma grand-mère, était une formidable conteuse. Lorsque je pense à elle, outre son légendaire grand écart et ses nombreux exploits sportifs, je la revois assise dans sa cuisine, emmitouflée dans un invraisemblable pyjama de laine rouge tricoté maison (jusqu'à l'âge de quatre-vingts ans, Liane a porté divers prototypes de vêtements de nuit de sa production personnelle, de couleurs vives, avec ou sans capuche), tel un lutin facétieux ou un farfadet d'intérieur, racontant pour la centième fois la même histoire, l'œil brillant et le rire chantant. Liane aimait raconter. Par exemple comment, à l'âge de vingt-deux ans, elle avait rompu ses fiançailles après que sa mère lui eut expliqué, à quelques jours de la date fatidique, en quoi consistait son futur rôle d'épouse. Liane, comme bon nombre de jeunes filles de son âge et de son milieu, ignorait à peu près tout du sexe. Elle avait accepté quelques mois plus tôt de se fiancer avec un jeune homme de bonne famille qui lui semblait correspondre à l'idée qu'elle pouvait se faire d'un bon mari. Liane se réjouissait de devenir une dame. De là à s'allonger nue auprès de cet homme et supporter qu'il pratiquât à son endroit les *choses* tardivement évoquées par sa mère, il y avait un grand pas. À y réfléchir, il n'en était pas question. Liane aimait raconter l'éducation stricte et bourgeoise qu'elle avait reçue, l'interdiction de parler à table, les exigences de son père, et comment celui-ci, avoué reconnu de la ville de Gien, avait finalement accepté qu'elle rompît ses fiançailles, bien que le déjeuner eût déjà été commandé et payé. Quelques mois plus tard, Liane rencontrait mon grand-père dans une surprise-partie, alors qu'elle était venue rendre visite à l'une de ses sœurs aînées qui vivait à Paris. Liane était alors professeur de gymnastique dans l'institution pour jeunes filles qu'elle avait elle-même fréquentée. Georges déclara à Liane qu'elle était une ravissante petite fée bleue ; elle portait une robe verte. Georges n'était pas daltonien, il savait surprendre les femmes. Liane ne tarda pas à tomber amoureuse de lui. Cette fois, l'idée de se retrouver nue avec cet homme dans un lit lui sembla non seulement possible mais souhaitable.

Georges venait d'une famille d'industriels ruinée par un aïeul porté sur le jeu. Son père, après avoir été longtemps cheminot, était devenu journaliste pour *La Croix du Nord*. Le journal ayant cessé de paraître sous l'Occupation allemande, la famille de Georges connaissait de graves difficultés. Bien qu'étant d'un milieu beaucoup moins bourgeois que Liane, Georges fut accepté par les parents de ma grand-mère et ils se marièrent en 1943. Lisbeth naquit quelques mois plus tard.

Je n'ai aucun doute quant au fait que mes grands-parents se sont aimés. Liane admirait Georges pour son intelligence, son humour, son autorité naturelle. Georges aimait Liane pour sa vitalité hors du commun, la musique de son rire, son éternelle candeur. Ils formaient un couple étrange : lui, si cérébral en apparence, mais totalement gouverné par ses affects, elle, si émotive en surface, solide comme un roc et intimement persuadée qu'elle était sotte.

Dans la cuisine de la maison où ils ont vécu des années soixante-dix jusqu'à la fin de leur vie, à l'intérieur des portes d'un vaste placard qui a longtemps servi de passe-plat, étaient inscrites les dates de naissance – et de mort, le cas échéant – de tous leurs descendants. Quand j'étais enfant, ces dates étaient écrites à la craie sur un tableau noir, puis, lorsque la cuisine a été repeinte en jaune (j'ignore la date de ce changement), le tableau noir disparut et fut remplacé par une affiche sur laquelle celles-ci furent recopiées au marqueur bleu.

Lucile, ma mère, était la troisième d'une famille de neuf enfants. À l'heure où j'écris ces lignes, elle aurait soixante-trois ans. Lorsque j'ai commencé mes recherches, Lisbeth m'a envoyé par mail la photo scannée des portes du placard, prise il y a deux ans, lorsqu'il a fallu vider la maison. J'ai imprimé la photo en couleur et l'ai collée sur la première page du cahier de notes qui ne me quitte plus. Je reproduis ici le contenu de la photo correspondant à la porte gauche, qui ne concerne que les deux premières générations.

GEORGES	06.09.1917 – 2000
LIANE	07.12.1919
LISBETH	19.07.1944
BARTHELEMY	15.11.1945
LUCILE	17.11.1946
ANTONIN	10.05.1948 – 1954
JEAN-MARC	07.07.1948 – 1963
MILO	08.08.1950 – 1978
JUSTINE	18.03.1952
VIOLETTE	06.11.1954
TOM	10.07.1962

Personne désormais ne pourra compléter ces listes. N'y figurent ni la date de la mort de Liane (novembre 2007), ni celle de Lucile (quelques semaines plus tard, le 25 janvier 2008). N'y figureront pas non plus les enfants à venir. La mort de ma grand-mère a sonné la fin de la maison de Pierremont, petite ville de l'Yonne où passe le canal de Bourgogne, qui fut le fief de sa famille, puis de la nôtre. La maison était préemptée par la mairie et, aujourd'hui, elle a sans doute été rasée afin de prolonger la route nationale. La lutte contre ce projet fut l'une des grandes batailles de Georges, mon grand-père, qui, à plusieurs reprises, la sauva de la destruction.

Je regarde cette photo et son étrange géométrie. Au milieu exactement de la fratrie, comme en son centre, la mort des trois frères de ma mère : trois lignes consécutives, plus longues en raison de la deuxième date qui y figure, longues comme leur résonance inépuisable au cœur de la matière vivante.

La dernière fois que je suis allée chez Violette, la plus jeune sœur de Lucile, nous avons fouillé dans sa cave à la recherche de différentes choses que je souhaitais voir ou consulter. Violette a récupéré la plupart des papiers de la maison de Pierremont lorsque celle-ci a été vidée. Dans les enveloppes remplies de vieilles photos, classées par enfant, nous avons découvert un cliché de Jean-Marc que nous n'avions jamais vu ni l'une ni l'autre, pris peu de temps après son arrivée dans la famille. Jean-Marc regarde l'objectif, ses bras sont maigres, son ventre paraît gonflé et ressemble à celui des enfants mal nourris, ses cheveux sont rasés. L'inquiétude se lit dans son regard. C'est un enfant qui a peur. Nous avons regardé la photo en silence, impressionnées par l'infinie tristesse qui s'en dégageait, puis je l'ai remise avec les autres. Nous n'avions pas dit un mot.

Ce même jour, Violette m'a donné la copie agrandie d'un autre cliché, pris au cours de l'été 55, soit un an après la mort d'Antonin et quelques mois après l'arrivée de Jean-Marc. Toute la famille est installée dans la Peugeot 202 décapotable, et décapotée, que mon grand-père possédait à l'époque, arrêtée au milieu de ce que l'on devine être une route de campagne, longée d'arbres. Au premier plan, Liane tient Violette qui doit avoir huit ou neuf mois dans ses bras, toutes deux font face au photographe. Georges apparaît de profil, la tête tournée vers ses enfants. Entre les deux banquettes, Barthélémy et Jean-Marc se tiennent côte à côte, tandis qu'à l'arrière-plan, Milo, Justine, Lisbeth et Lucile, assis sur le dossier de la banquette arrière, regardent l'objectif. Dans la lumière d'été, tous sourient, non pas du sourire figé des photos posées, mais d'un sourire vrai, amusé. Les cheveux de Jean-Marc ont poussé, ses joues se sont remplies. Lucile est appuyée sur la portière, les cheveux tirés en queue-de-cheval, elle est ravissante, elle rit. Comme malgré eux, les enfants se sont serrés sur la partie droite de la photo, à côté de Milo une place est restée vide.

Parfois Jean-Marc se protégeait la tête sans raison, d'un geste brusque, comme sous la menace invisible d'un coup. Liane alors s'avançait vers lui, dépliait les bras de l'enfant enroulés autour de son crâne, libérait son visage, caressait sa joue. Il fallait être gentil avec lui, l'aider à faire ses devoirs, lui montrer comment nouer ses lacets, se tenir à table, et lui apprendre les prières de la messe. Il fallait lui prêter les jouets et les livres, lui parler gentiment. Lucile n'aimait pas Jean-Marc. Elle ne l'aimait pas comme elle aimait Lisbeth ou Barthélémy, comme elle avait aimé Antonin : sans y penser. Elle essayait d'éprouver envers lui quelque chose de doux, y parvenait parfois, quand Jean-Marc la regardait avec cet air *à vous fendre le cœur*, comme disait sa mère, mais toujours revenait cette sensation d'impuissance. Lucile se sentait coupable de se tenir à distance, de l'observer comme un corps extérieur, dissemblable, d'avoir tant de mal à le toucher. Elle ne voulait pas être à côté de lui à table, ni dans la voiture, ni dans le métro. Jean-Marc était bizarre, il parlait une autre langue, se tenait d'une manière différente. Lucile n'aimait pas Jean-Marc, mais elle s'était habituée à lui. Jean-Marc faisait partie du décor, y avait trouvé sa place. Pour rien au monde elle n'aurait remis en question sa présence. Il était là, à l'abri de sa vraie famille, tentait de s'adapter à la leur, d'en adopter les codes, les horaires, le vocabulaire. Et puis Lucile partageait avec lui quelque chose que les autres ignoraient. Car Lucile aussi avait peur. Peur du bruit, du silence, des voitures, peur des voleurs d'enfant, de tomber, de déchirer sa robe, de perdre quelque chose d'important. Elle ne savait pas quand la peur était venue. La peur avait toujours été là. Lucile avait besoin de Lisbeth pour allumer la lumière du couloir et traverser la cour de l'immeuble dès qu'il faisait nuit. Elle avait besoin de Lisbeth pour lui raconter des histoires quand elle ne parvenait pas à s'endormir et rester derrière elle quand elle montait à l'échelle. Barthélémy se moquait d'elle. Il ne pouvait pas comprendre. Barthélémy défiait sa mère, ne cessait d'inventer de nouvelles prouesses, escaladait les murs, échappait à l'attention, disparaissait. Rien ne l'effrayait, ne pouvait interrompre son élan. Un jour qu'on l'avait mis au coin, sous le regard abasourdi de ses parents, il avait arraché méthodiquement le papier peint. Et lorsque Liane, exténuée et à bout de nerfs, l'enfermait dans les toilettes, il sortait par la fenêtre et faisait le tour de la cour sur la margelle, le dos plaqué contre la paroi de l'immeuble, afin de regagner sa chambre ou de s'enfuir par la cage d'escalier. Les voisins regardaient l'enfant suspendu au-dessus du vide et poussaient des cris. Mais Barthélémy aimait les hauteurs, étendait son territoire, de chenal en gouttière et de gouttière en corniche, capable bientôt d'aller par les toits du numéro 15 bis jusqu'au 25 de la rue.

Lorsqu'il fallait faire un vœu parce que c'était la première fois – premières fraises, première neige, premiers papillons – Lucile songeait toujours au même. Elle rêvait de devenir invisible : tout voir, tout entendre, tout apprendre, sans que rien de palpable ne signalât sa présence. Elle ne serait plus qu'une onde, un souffle, un parfum peut-être, rien qu'on pût toucher ou attraper. Aussi loin qu'elle s'en souvienne, Lucile avait capté l'attention. À peine entrés dans la pièce ou arrêtés au milieu d'un trottoir, les adultes se penchaient vers elle, s'extasiaient, lui prenaient la main, caressaient ses cheveux, lui posaient des questions, quelle ravissante petite fille, elle est si jolie, comme elle est belle, elle a l'air si sage, tu travailles bien à l'école ? Depuis la campagne d'affichage pour les textiles Intexa, Lucile était devenue une *enfant vedette*. Elle avait participé à *La Piste aux étoiles* animée par Pierre Tchernia, puis à l'immense spectacle donné par Georges Cravenne à la tour Eiffel, au cours duquel elle avait été prise en photo sur les genoux de Brigitte Bardot. Toutes les grandes marques de vêtements la réclamaient. Georges et Liane ne retenaient que certaines sollicitations. Certains mois, l'argent des photos aidait à payer le loyer, mais Lucile devait continuer d'aller à l'école.

En classe, depuis la distribution du buvard, Lucile

n'avait plus aucune chance de se fondre dans le nombre. Elle avait découvert l'admiration, l'envie, la jalousie, convergeant à son endroit sous une forme compacte qui l'encombrait. Lucile percevait le désir qu'avaient certaines filles de s'approcher d'elle, de s'attribuer la place à ses côtés, mais aussi leur acharnement à rechercher en elle quelque faille honteuse ou défaut risible qui eût entaché son image et permis de l'anéantir. Malgré tout, Lucile était fière. Fière de gagner de l'argent, fière d'être choisie parmi les autres, fière parce que Georges l'était d'elle et se félicitait de son succès.

Quand elle parvenait à s'isoler, Lucile écoutait sur le pick-up les chansons de Charles Trenet. Face au miroir, souriante et bien coiffée, elle chantait « Boum », « La Java du diable » ou « J'ai ta main », qu'elle connaissait toutes par cœur.

Longtemps, le dimanche matin avait été consacré aux câlins : dans la chaleur des draps, par tranches de vingt minutes et par groupe de deux (Lisbeth et Barthélémy, Lucile et Antonin, Milo et Justine), les enfants s'installaient tour à tour dans le lit de Liane et Georges, leurs petits corps collés contre celui de leurs parents. Mais après la mort d'Antonin, au retour des vacances à L., le rituel avait cessé.

Georges avait créé deux ans plus tôt sa propre agence de publicité, prospectait de nouveaux clients et travaillait sans relâche. En semaine, les enfants le voyaient à peine. Il rentrait tard le soir, après qu'ils avaient dîné, les embrassait un par un avec le même air lointain, et chaque jour l'absence d'Antonin se rappelait à lui de cette manière insidieuse, tandis qu'ils s'éloignaient les uns après les autres dans leurs pyjamas à motifs : au bout du compte, il en manquait un. Georges avait changé. Non pas de manière subite, radicale, mais doucement, peu à peu, comme il se serait laissé envahir par une sourde rancœur, dont il refusait d'admettre la victoire. Georges n'avait rien perdu de sa verve, de ses bons mots, de son esprit critique. Intacts étaient son regard acerbe et son goût pour la moquerie. Georges au contraire avait gagné en acuité ce qu'il avait perdu en tendresse. Dans les dîners et les soirées, il faisait rire et continuait de capter l'attention. La parole était l'expression de son pouvoir, de sa puissance. Georges avait le verbe haut, précis, académique. Il fustigeait chez les autres les accords malencontreux, les fautes de syntaxe, les approximations sémantiques. Georges maîtrisait la grammaire française à la perfection et n'ignorait aucun mot d'argot. Des relents d'amertume l'assaillaient parfois, au détour d'une soirée, d'une conversation ou d'un mauvais film, et bientôt se formerait dans sa gorge une boule de colère qui ne cesserait d'enfler.

Un jour qu'il regardait dans le vide depuis plusieurs minutes, étranger au bruit qui l'entourait, Lisbeth, inquiète, avait rejoint sa mère dans la cuisine.

– Ce n'est pas papa qui est là.

– Comment ça?

– C'est un homme qui a mis un masque qui ressemble à papa. Mais j'en suis sûre : ce n'est pas lui.

Le soir, Georges observait ses enfants, et ce petit garçon qu'il avait fait venir parmi eux, aussi brun que les autres étaient blonds, ce garçon doux et craintif qui pendant plusieurs semaines avait fui son regard. Georges observait sa famille et songeait aux choix qu'il avait faits. Il avait épousé une femme dont la principale volonté était de mettre au monde et d'élever des enfants. Beaucoup d'enfants. Il n'était pas de ceux qui pinaillent, qui tergiversent, qui mégotent. Les petits-bras, les mesquins, les frileux. Il n'avait pas assez d'argent, et alors? Il en trouverait. Il n'avait pas assez de place? Eh bien il pousserait les murs et fabriquerait des lits en forme de placards. La vie n'avait qu'à se plier à ses désirs ; ses désirs étaient immenses. L'espace était rempli de bruit, de cris, de disputes. Il avait besoin de ce nombre, de ce foisonnement. Il en allait de même pour les femmes, même s'il n'en aimait qu'une. Jusqu'à présent, aucune ne lui avait résisté. Et il avait encore tant de corps à découvrir. Mais au fond – et voilà sans doute ce à quoi Georges pensait le soir, le regard perdu entre les lames du parquet – où qu'il se trouve, dans les bras des femmes, au centre des longues tablées qui réunissaient ses amis, au volant de la voiture dans laquelle il prenait les chemins de traverse, ses enfants serrés à l'arrière, où qu'il se trouve, oui, au fond, il était seul.

Liane avait recommencé à rire et à chanter. Jeune fille, elle avait appris tout un répertoire de comptines et de chansons qu'elle fredonnait maintenant à ses enfants, petit soldat revient de guerre, tout doux, un pied chaussé et l'autre nu, petit soldat, d'où reviens-tu, tout doux. Parfois quelque chose de brûlant lui perforait le ventre qu'aucune grossesse ne saurait combler. Mais Liane croyait au ciel, au Dieu miséricordieux, au repos éternel. Un jour, au Paradis des hommes ou bien dans un espace inconnu, de ouate et de tiédeur mêlées, elle retrouverait son fils. Lorsque Violette était née, quelques semaines après l'enterrement d'Antonin, plus dodue et vigoureuse encore que tous les autres, Liane avait pensé que Dieu lui envoyait un signe. Ou un cadeau. La naissance de Violette avait enveloppé son chagrin d'un voile de fatigue et de plénitude. Violette absorbait toute son énergie et, dans le même temps, la maintenait en vie. Liane aimait les nourrissons, leur odeur aux plis du cou, leurs doigts minuscules, et le lait qui s'écoulait de ses seins au milieu de la nuit. Liane était tout entière accaparée par le bébé, ses réveils nocturnes et ses exigences voraces. Violette lui offrait son babil, ses sourires, son regard. Mais lorsque Justine, sa toute petite fille qui n'avait pas encore trois ans, s'approchait d'elle, tendait ses bras, s'accrochait à sa jupe, Liane la repoussait. Justine voulait sa mère et réclamait la part qui lui était due. Mais Liane n'avait plus la force. Elle ne pouvait plus.

Les autres étaient grands. Ils se débrouillaient. Lisbeth jouait son rôle d'aînée, aidait sa mère dans la préparation des repas, essuyait la vaisselle, surveillait les petits. Barthélémy passait le plus clair de son temps dehors, se moquait du bon Dieu et trouvait toujours un moyen d'échapper à la messe. Milo jouait avec Jean-Marc, collectionnait les voitures et les osselets, Lucile regardait les adultes, ne perdait pas un mot de leurs conversations, enregistrait tout.

Plus que tout autre, Lucile était la fille de Georges. Elle ressemblait à son père, elle avait son humour, son regard, ses intonations. Liane aurait voulu être capable de l'aimer mieux, de la rassurer, de briser la forteresse de son silence. Au lieu de quoi, Lucile restait cette enfant mystérieuse qui avait grandi trop vite et qu'elle ne prenait plus dans ses bras.

Lucile bientôt serait plus vive qu'elle, plus intelligente, plus spirituelle. À quel moment ce sentiment lui était venu, Liane l'ignorait. Et Lucile continuait de l'observer, avec cet air de tout savoir sans rien avoir appris, cette façon d'être là sans y être, de mener une existence parallèle à la leur, et parfois, de la juger.

Les pièces restaient sous la surface, juste au-dessous, à peine enfoncées dans le sable. Il suffisait de ratisser doucement, avec les mains ou à l'aide d'un petit râteau. Lucile poussa un cri et brandit sa trouvaille, guettant la réaction de son frère. Barthélémy émit un sifflement admiratif. Elle ajouta la pièce à son butin de la semaine : quinze francs en petite monnaie. Chaque soir, lorsque la plage était vide, ils retournaient aux agrès et passaient le sable au peigne fin. Durant toute la journée, les estivants avaient grimpé aux espaliers, s'étaient suspendus par les pieds, avaient défié le ciel sur les balançoires et semé leurs richesses. Chaque soir les enfants récupéraient barrettes, pièces et porte-clés perdus, de quoi acheter un ou deux cornets de frites ou même, quand la pêche était bonne, aller au cinéma. Cette fois, Lucile avait eu de la chance. Elle remit l'argent dans sa poche. De son côté, Barthélémy compta sa récolte. En y ajoutant les pièces volées le matin même dans le porte-monnaie de Liane, il était riche comme Crésus.

— Je t'invite ! déclara-t-il à Lucile.

Elle suivit son frère sans savoir où ils allaient. Ils marchèrent le long de la promenade, puis Barthélémy s'arrêta à la terrasse d'un glacier. Lucile regarda autour d'elle. L'endroit lui sembla du plus grand chic.

— Tu es sûr que tu auras assez ?

— T'inquiète…

Les cheveux de Barthélémy, peignés en arrière, révélaient l'étonnante régularité de ses traits. Il se tenait droit, légèrement renversé sur sa chaise, un bras posé sur l'accoudoir, une pose nonchalante, décontractée, songea-t-il, une pose de jeune homme. Lorsqu'il passa commande de deux Banana split, la serveuse l'observa d'un air perplexe, puis lui demanda s'il avait assez d'argent. Comme il lui montrait ses pièces, elle s'enquit de leurs parents : savaient-ils qu'ils étaient là ? Lucile lui sourit de son sourire publicitaire, la tête légèrement penchée sur le côté, les mains posées à plat sur ses jambes, avec cet air sage qu'elle contrefaisait à merveille, et la serveuse repartit, rassurée. Lucile trépignait maintenant d'impatience. Ils étaient là, tous les deux, comme des grands, loin de l'agitation qui envahissait la maison à ces heures de retour de plage, loin des maillots mouillés et ensablés, abandonnés sur le carrelage de la salle de bains, loin du va-et-vient de la douche et des disputes pour savoir à qui revenait la tâche d'étendre les serviettes. Cette année, Georges avait eu assez d'argent pour louer une maison tout le mois d'août et envoyer sa famille à la mer. De toute façon il n'était plus question de partir à L. Ils étaient venus à Nauzan deux années plus tôt, les enfants avaient adoré la grande plage, la marchande de glace et les balades dans la forêt. En plus de leur smala, Liane et Georges avaient emmené le fils de la concierge. Cela s'était décidé quelques jours avant le départ, Georges avait croisé l'enfant dans l'escalier, l'avait trouvé tout pâle, *chichegredit*, avait-il diagnostiqué, avant de conclure que le garçon avait besoin d'air. Georges était comme ça. Il invitait des clochards à sa table, hébergeait des réfugiés de toutes origines, emmenait les enfants des autres en vacances, comme s'il n'avait pas assez des siens. Ensuite Liane préparait les repas, faisait et défaisait les lits, lavait le linge, assumait les élans solidaires de son mari.

Lucile vit arriver sur la table l'énorme coupe de glace, surmontée d'une Chantilly onctueuse et abondante. Elle commença par le côté gauche, avec méthode, crème, glace et fruit en proportions égales, et ferma les yeux pour savourer. Après dix jours de soleil ses cheveux étaient devenus presque blancs, ainsi que le fin duvet de ses bras qu'elle s'amusait à caresser à rebrousse-poil, ou tentait d'arracher entre ses doigts. À choisir, elle aurait préféré être un monstre poilu, avec de vrais poils longs et épais, ou bien drus et piquants comme ceux des hérissons. Elle avait enfilé ses sandales sans s'essuyer les pieds et le sable lui collait aux chevilles. De la même manière, elle percevait la présence du sel sur sa peau, elle aimait cette sensation, il lui semblait alors qu'une pellicule protectrice couvrait son corps, à peine visible à l'œil nu. Lucile avait peur dans l'eau mais elle adorait la plage. Sur la plage, à ciel ouvert, le niveau sonore lié à la présence de sa famille et l'espace que celle-ci occupait dès lors qu'elle arrivait quelque part, passaient presque inaperçus. Les voix, les rires, les hurlements y résonnaient moins fort. Dans l'immensité de sable, entre les dunes et le rivage, les Poirier n'étaient plus qu'une grappe de minuscules silhouettes, mouvantes et colorées, qui se mêlait à l'ensemble et finissait par s'y fondre. Liane plantait le parasol, mettait la glacière à l'ombre, puis s'allongeait sur sa serviette, la peau offerte au soleil. Liane était née pour bronzer. Vers midi, elle ouvrait les baguettes et chacun confectionnait son propre sandwich. Les enfants passaient la journée dans l'eau, inventaient des jeux, s'agglutinaient sur le petit canot pneumatique, partageaient les masques et les tubas. Le soir, ils rentraient fourbus, les cheveux emmêlés et la peau chaque jour un peu plus brune.

Alors que Lucile n'avait pas encore attaqué la deuxième moitié de sa glace, ils distinguèrent la silhouette de Jean-Marc qui s'approchait d'eux. Barthélémy soupira.

— Merde, voilà la charnière !

Durant l'année, Jean-Marc avait été surnommé ainsi, à la fois en référence au rugby que Georges aimait tant, mais surtout parce qu'il se trouvait à l'intersection des deux camps, entre les grands et les petits, admis avec condescendance par les premiers, acclamé par les seconds. *La charnière* n'était ni tout à fait grand ni tout à fait petit, ou bien les deux à la fois.

Jean-Marc arrivait maintenant à leur hauteur.

– Maman vous cherche, elle s'inquiète.

Barthélémy le toisa un instant. Il n'avait pas envie de le voir. De toute façon, il n'avait pas assez d'argent pour lui offrir une glace. Et puis, ils étaient entre gens de bonne compagnie, Jean-Marc allait leur faire honte avec cet accent étrange dont il ne parvenait pas à se défaire, ce n'était pas faute pourtant de le reprendre ou de le faire répéter. Jean-Marc ne put s'empêcher de lorgner du côté des coupes, une expression d'envie passa sur son visage.

Lucile l'observa. Avec le bronzage, les cicatrices sur ses jambes paraissaient plus blanches, presque phosphorescentes. Longtemps la vraie mère de Jean-Marc l'avait obligé à s'agenouiller dans les braises de la cheminée. Le médecin avait dit à Liane qu'il garderait ces marques toute sa vie, il n'y avait rien à faire. Jean-Marc observa Lucile par en dessous, l'œil inquiet. Elle eut soudain pour lui un élan de tendresse, pour un peu, elle l'aurait presque pris dans ses bras.

– Tu veux la même chose ?

Jean-Marc opina de la tête. Lucile sortit les pièces de sa poche, Barthélémy, grand seigneur, interpella la jeune fille.

— Mademoiselle, s'il vous plaît, la même chose pour le jeune homme.

Sûr de lui, un rien autoritaire, Barthélémy imitait son père. Jean-Marc ne put réprimer un sourire de fierté. Bien plus que la perspective de déguster un Banana split dont il n'était même pas sûr de venir à bout, le fait d'être admis à la terrasse du glacier aux côtés de Barthélémy et de Lucile le remplissait de joie.

Cette dernière lui sourit.

— Je t'ai vu nager aujourd'hui. Tu vas vite.

Jean-Marc ne répondit pas. Barthélémy renchérit, malgré un petit pincement de jalousie :

— Tu pourrais faire de la compétition.

Cette perspective réjouit Lucile :

— Tu deviendras champion du monde, et ta mère te verra dans le journal, avec ton beau maillot de bain, elle se frottera les yeux et puis elle sera folle de rage !

— Surtout, tu deviendras très riche, riche comme Crésus ! ajouta Barthélémy qui tenait cette expression de son père et la trouvait décidément très spirituelle.

— Imagine ta photo à la une avec des muscles énormes, et ta mère qui tremble de peur à l'idée que tu viennes te venger !

Aux mots de Lucile, Barthélémy s'était levé, jambes écartées, dans la position de démonstration des haltérophiles, torse bombé et pectoraux saillants. Tous les trois éclatèrent de rire.

La serveuse déposa une coupe glacée devant Jean-Marc. Elle lui sembla plus énorme encore que les autres. Il jeta un coup d'œil à Lucile, guettant son approbation, puis attaqua le dessert par la crème et le dégusta en silence.

L'automne était venu et il avait semblé à Lucile que les choses, si elles ne recouvraient pas leur disposition initiale, s'apaisaient ; la part visible du chagrin s'était dissoute dans l'eau usée des vaisselles et des lessives, et le ventre de Liane, depuis plusieurs mois, demeurait vide. Jean-Marc avait trouvé sa place à table et dans la chambre des garçons, il ne hurlait plus au milieu de la nuit et ne baissait plus les yeux quand on lui parlait. Jean-Marc était entré dans le cadre, souriait sur les photos, s'était fondu dans l'espace comme s'il avait toujours été là. On avait presque oublié qu'il venait d'ailleurs. Lucile songeait que sa famille avait peut-être trouvé là sa forme définitive, trois garçons, quatre filles – une configuration qui lui semblait amplement suffisante dans la surface qui leur était impartie et lui conférait une place honorable parmi les aînés. Quoi qu'il advînt, elle restait la préférée de son père, celle sur qui le regard de Georges se posait en premier, celle qui toujours bénéficiait de ses encouragements, de son sourire et de ses indulgences, malgré le peu de goût pour l'école dont elle faisait preuve et la faiblesse de ses résultats. Georges mieux que quiconque percevait l'esprit singulier de sa fille, la pertinence de son vocabulaire, l'acuité de son regard. Lucile espérait que les choses se prolongeraient ainsi, dans cette géométrie invisible qui les reliait les uns aux autres, dorénavant stabilisée, et à laquelle chacun semblait s'être adapté. Elle éprouvait un besoin étrange de permanence, redoutait les départs, les sorties, l'éloignement.

Lorsque ses parents annoncèrent qu'ils étaient invités à Londres par l'un des clients de Georges et qu'ils y partaient pour le week-end, Lucile accueillit la nouvelle comme l'imminence d'un tremblement de terre. Un week-end entier. Ce temps lui paraissait infranchissable et l'idée qu'un accident grave pût survenir en l'absence de Liane et Georges comprima sa respiration. Pendant quelques minutes, Lucile regarda dans le vague, absorbée par les visions d'horreur qu'elle ne pouvait chasser, chocs, chutes, brûlures, concernant tour à tour chacun de ses frères et sœurs, avant de se voir elle-même glisser sous le métro. Elle perçut soudain combien ils étaient vulnérables, combien leur vie au fond ne tenait qu'à un fil, à un pas inattentif, une seconde de moins, ou de trop. Tout, et surtout le pire, pouvait arriver. L'appartement, la rue, la ville contenaient un nombre infini de dangers, de possibles accidents, de drames irréparables. Liane et Georges n'avaient pas le droit. Elle sentit les larmes couler sur ses joues, se recula d'un pas pour se cacher derrière Lisbeth qui écoutait son père avec attention.

Georges continuait de leur expliquer l'organisation du week-end, lequel se déroulerait sous l'entière responsabilité de leur sœur aînée et leur offrirait une occasion rêvée de prouver leur maturité. Les grands devraient s'occuper des petits, préparer les repas, les emmener prendre l'air au square, assurer l'intendance générale ainsi que le programme prévu par Liane, noté en détail sur un bloc quadrillé, à côté du menu des différents repas et des recommandations concernant l'utilisation des restes. Marie-Noëlle, la collègue de Georges, viendrait leur rendre visite au moins une fois dans le week-end et serait joignable à tout moment. Était-ce bien compris ?

Le périmètre autorisé restait le même : la rue Clauzel, la rue Milton, la rue Buffault, le square Montholon. Le square d'Anvers était défendu.

Lisbeth acquiesça et Barthélémy adopta son air le plus sérieux pour en faire autant. Lucile observa le visage de son frère et crut deviner combien la perspective d'un week-end sans parents l'excitait. Elle essuya ses joues d'un revers de main, mais son corps était maintenant parcouru de frissons. Elle avait peur. Elle seule avait peur. Elle seule savait combien leur existence était soumise aux planches qui cèdent, aux voitures aveugles, aux chutes vertigineuses. Au loin, les cris de ses cousins s'amplifiaient sans que personne ne semble les entendre : « Ils sont tombés, ils sont tombés ! »

Le jour venu, Liane et Georges accompagnèrent leurs baisers de recommandations personnalisées. À Barthélémy, il fut demandé d'obéir à sa sœur et de ne franchir aucune fenêtre. À Lucile, on suggéra de quitter ses livres et de participer aux tâches ménagères, aux petits d'être sages et de jouer sans bruit. Les instructions concernant les biberons de Violette avaient été écrites noir sur blanc et confiées à Lisbeth.

Lucile ne pleura pas lorsqu'ils claquèrent la porte derrière eux. Elle agita la main par la fenêtre et regarda ses parents entrer dans la voiture qui les conduisait à la gare. Lorsque la voiture disparut de son champ de vision, elle songea qu'elle ne les reverrait peut-être jamais plus. Leur train pouvait en percuter un autre, le ferry disparaître dans un naufrage au milieu de la Manche, l'immeuble de Londres prendre feu. Lucile ferma les yeux pour se libérer de l'escalade catastrophique dans laquelle son imagination se laissait entraîner. Et s'ils restaient seuls, tous les sept, comme le petit Poucet, abandonné en pleine forêt avec ses frères et sœurs ? Et s'ils devaient apprendre à vivre ainsi, sans argent, sans parents ? Lucile eut le temps de voir leurs corps maigres, leurs vêtements déchirés, puis elle rouvrit les yeux. Elle était seule dans la pièce. Elle retrouva Lisbeth et Barthélémy dans la cuisine, vaguement désœuvrés, pendant quelques minutes observa leurs visages, plus pâles qu'à l'accoutumée, leurs gestes incertains. Ils n'éprouvaient aucune victoire. Comme elle, ils étaient en proie à une vaste et confuse appréhension. Un silence exceptionnel avait envahi l'appartement.

La journée du samedi se passa sans encombre, chacun exécutant à la lettre les instructions laissées. Jean-Marc organisa quelques jeux avec Justine et Milo, aussi dociles que s'ils figuraient en finale du concours national de l'enfant le plus sage. Barthélémy n'avait jamais été aussi calme ni aussi casanier. En fin de journée, Marie-Noëlle leur rendit visite pour vérifier qu'ils n'avaient besoin de rien. Elle les trouva dans les meilleures dispositions et rentra chez elle, rassurée.

Dans la nuit, Violette se mit à pleurer. Dans la petite chambre des filles, Lisbeth alluma la lumière et la prit dans ses bras pour la bercer. Violette redoubla de pleurs, son petit corps soulevé par les sanglots. Elle regardait partout autour d'elle, terrorisée. Lucile tenta à son tour de la calmer, caressa ses cheveux, embrassa ses joues. Violette hurlait de plus en plus fort, le visage de plus en plus rouge, le front brûlant. Les trois filles furent bientôt rejointes par les garçons que les hurlements avaient réveillés. On prépara un biberon, on chanta des chansons, on alluma le transistor. Mais Violette hurlait de plus belle, inconsolable. Lucile sentait la peur enfler en elle, les cris de Violette résonnaient dans sa tête, s'amplifiaient à chaque seconde. Les cris de Violette contenaient un message que Lucile ne savait pas déchiffrer, sans doute fallait-il pleurer avec elle, pleurer sur ce qui ne serait jamais dit, sur le chagrin des enfants, sur le monde bruyant qui allait toujours plus vite, ce monde rempli de dangers où ils pouvaient disparaître sans prévenir. Violette était atteinte d'une grave maladie, elle en était sûre, elle allait mourir là, sous leurs yeux et par leur faute, il fallait reprendre sa température, appeler les pompiers, la conduire à l'hôpital. Les larmes coulaient sur les joues de Lucile, des larmes que personne ne remarqua dans l'agitation qui parcourait la fratrie.

À trois heures du matin, épuisée et désemparée, Lisbeth sonna chez les voisins. Ils prirent l'enfant chez eux, finirent par la calmer et, lorsque Violette fut rendormie, la déposèrent dans son petit lit.

Au retour des vacances de Noël, Lucile et Lisbeth s'installèrent dans une chambre de bonne, au sixième étage de l'immeuble. Georges avait fini par convaincre le propriétaire de vider la pièce et de la lui louer pour un supplément modique, quitte à augmenter le loyer un peu plus tard, lorsque l'agence trouverait son équilibre. Depuis que Violette avait rejoint ses sœurs dans la chambre des filles, portant leur nombre à quatre, il était devenu impossible d'y travailler. Lisbeth avait besoin de calme. Là-haut, elle pouvait étudier. Cela ne changeait pas grand-chose pour Lucile, qui évitait avec constance de faire ses devoirs et d'apprendre ses leçons, mais Liane considéra que l'éloignement favoriserait peut-être sa concentration.

La chambre de service était minuscule, sans lavabo et sans sanitaire. Sur le même palier vivait Gilberte Pasquier, une jeune femme qui avait été championne de France de sténodactylo et pour laquelle Lucile éprouvait une grande admiration. Gilberte Pasquier portait des tailleurs gris et des talons d'une hauteur vertigineuse, sa bouche était peinte dans des teintes de rose, chaque jour renouvelées.

Une fois le goûter pris à la cuisine, pain beurre et chocolat noir, Lucile et Lisbeth montaient les marches quatre à quatre, fières de regagner leur repaire, conscientes du privilège que constituaient la distance qui les séparait du reste de la famille (quatre étages), et la possibilité de fermer la porte à clé. Elles étaient chez elles, là où Barthélémy ne pouvait plus fouiller dans leurs affaires, là où le bruit ne leur parvenait plus que lointain et par assauts (par exemple les hurlements de Justine dont les colères atteignaient un niveau de décibels rare), là où le désordre n'appartenait qu'à elles. Lisbeth racontait sa journée, ses amis, ses professeurs, tandis que Lucile ne racontait rien mais consentait parfois à montrer à sa sœur les lettres d'amour qu'elle recevait, la dernière émanant d'une jeune fille de sa classe, dont la tenue littéraire et le style poétique avaient retenu son attention. Georges avait installé des lits superposés et un bureau repliable qu'il avait lui-même confectionné et qui permettait à Lisbeth, assise sur le lit du bas, de faire ses devoirs. Pendant ce temps, Lucile guettait le pas décidé de Gilberte Pasquier, reconnaissable entre mille, et au moment où la jeune femme arrivait devant sa porte, sortait sur le palier pour la saluer. En l'espace de quelques secondes elle enregistrait tout, couleurs, tenues, bas et maquillage. Un jour elle serait comme Gilberte Pasquier, une femme que les hommes oseraient à peine regarder, qu'ils admireraient de loin, dans un silence pétrifié.

Les deux sœurs rejoignaient ensuite le reste de la famille, prenaient leur douche et aidaient Liane dans la préparation du repas. Le soir, quand l'heure était venue de se coucher, Lucile était incapable de monter seule dans la chambre. Lisbeth devait traverser le palier pour allumer la lumière, monter les escaliers à ses côtés et lui raconter des histoires jusqu'à ce qu'elle s'endorme. Au début, Lucile avait exigé le lit du haut, mais son énurésie tardive avait vite eu raison de la tolérance de sa sœur. Lucile avait donc adopté celui du bas, sommée d'uriner dans le pot de faïence que l'une ou l'autre vidait chaque matin dans les toilettes de l'étage, Lisbeth plus souvent qu'à son tour.

Depuis la rentrée, Barthélémy était chargé d'accompagner Lucile chez le dentiste. Lucile était née juste après la guerre, elle avait de mauvaises dents. Mais au lieu d'y aller, ils prenaient les chemins de traverse, traînaient pendant quelques heures ou entraient dans une salle de cinéma, regardaient les vitrines et volaient des bonbons à la confiserie du coin. Lucile admirait son frère, son insolence grandissante et son aisance en toute chose. Elle était fière qu'il la choisît comme complice de ses frasques, qu'il lui confiât ses plans et ses secrets, à elle plutôt qu'à Lisbeth, car Lisbeth s'offusquait de ses méfaits et n'hésitait pas à le dénoncer. En l'absence de Liane, l'un des jeux préférés de

Barthélémy consistait à attraper sa sœur aînée pour la plaquer au sol, et, sous la menace d'une abominable torture, lui faire répéter dix fois de suite son prénom : Qui est le plus beau ? Le plus téméraire ? Le plus intelligent ? Le plus drôle ? Le plus spirituel ? Le plus éloquent ?

Avec Lucile, jamais. Lucile l'impressionnait. Lucile, d'un regard, dissuadait le corps à corps. Lucile était un rempart de silence au milieu du bruit. À cause de cet air triste qu'on devinait sur son visage, Barthélémy la surnommait *Blue,* ou bien, les jours de grande mélancolie, *Blue-Blue.* Parfois il avait envie de la protéger, ou bien de l'emmener loin, là où ils seraient libres de ne rien faire d'autre que se promener, sans plus jamais mettre un pied à l'école.

Parfois Liane envoyait Lucile faire quelques courses dans la rue des Martyrs. Pour chaque article acheté, Lucile prélevait une toute petite somme, trois fois rien, un pourcentage minime affecté à la livraison. Ainsi Lucile pratiquait-elle une forme de calcul mental moins rébarbative que les opérations enseignées à l'école. À la fin du mois, elle disposait généralement d'une vingtaine de francs, aussitôt convertis en bonbons.

Au square Saint-Pierre, on racontait que des sorcières enveloppaient les enfants dans des draps blancs pour les faire disparaître à jamais. Lucile gravissait plusieurs fois les escaliers qui montaient jusqu'à la basilique pour les redescendre quatre à quatre, la peur au ventre. En bas, des marchands de babioles vendaient des petits sacs de sable attachés à un bout de ficelle, décorés de papier crépon, qu'elle faisait tournoyer en l'air et qu'elle regardait retomber, papillons multicolores. De tous les jeux, c'était celui que Lucile préférait.

À la librairie de la rue de Maubeuge, Lucile passait des heures devant le rayon destiné aux petites filles. Elle finissait par choisir un livre qu'elle glissait sous son bras, refermait son manteau, saluait la dame avec un large sourire après lui avoir déclaré qu'hélas, rien ne la tentait. Des années plus tard, Lucile comprendrait que cette femme au regard tendre avait été la complice silencieuse de son initiation à la lecture.

Un après-midi, le docteur Baramian, que le bruit n'avait pas encore chassé, avait invité Lucile et Lisbeth dans son cabinet pour leur montrer son magnétophone. Elles ignoraient l'une et l'autre qu'un tel engin existât. Devant le micro, le docteur Baramian leur avait fait réciter une poésie au milieu de laquelle elles s'étaient trompées. L'espace de quelques secondes, elles avaient bafouillé, cherchant à reprendre en chœur le même vers, avaient fini par s'accorder. Ensuite, le docteur Baramian avait rembobiné la bande et leur avait

80

fait écouter l'enregistrement. Lucile avait cru à un subterfuge de la part du médecin. Elle ne pouvait y croire : ce n'était pas possible, ce n'était pas leur voix. Et puis était arrivé le moment de l'erreur, le rire de Lisbeth, leur difficulté à recommencer au bon endroit, et il n'y avait plus eu de doute possible. Le docteur Baramian était un magicien.

Depuis le retour des vacances, une ou deux fois par semaine, une dame du quartier venait aider Liane pour repriser les chaussettes, coudre les ourlets et réparer les trous. Surnommée Madame Couture, elle déjeunait tous les jeudis avec la famille Poirier. Lucile observait Madame Couture avec attention, sa peau ramollie et fripée, piquée de cratères minuscules, ses cheveux rares. Lucile se demandait si un jour, après avoir eu l'allure de Gilberte Pasquier, elle se transformerait elle aussi de la sorte et deviendrait une vieille dame, rabougrie et voûtée, qui échapperait au regard. Ainsi serait-elle enfin libre d'aller et venir, infiniment légère, et presque transparente. Ainsi n'aurait-elle plus peur, plus peur de rien.

Madame Couture arborait une petite moustache et un léger duvet au menton. Lors de la mastication, il n'était pas rare qu'une miette de pain ou quelque autre aliment s'échappât de sa bouche et demeurât dans un périmètre voisin. Un jeudi, alors qu'un grain de riz tremblotait depuis plusieurs minutes au-dessus de sa lèvre supérieure, Barthélémy, avec un geste explicite, lui en fit la remarque :

– Schmoulz, madame Couture !

Lucile sourit, elle aimait les nouveaux mots. Celui-ci rencontra un vif succès dans la fratrie et fut aussitôt promis à la postérité. (Encore aujourd'hui, *schmoulz* désigne pour tous les descendants de Liane et Georges, et, par capillarité, chez nombreux de leurs amis, toute particule alimentaire plus ou moins mastiquée, restée collée à la commissure des lèvres ou au coin du menton.)

Georges, de plus en plus accaparé par ses activités, voyait peu ses enfants. Il rentrait tard le soir, quand le bruit s'était tu et que l'heure était venue de les envoyer au lit. Il embrassait leur front avec tendresse, tandis que Liane racontait les événements qui avaient marqué la journée. Le dimanche, il les réveillait de bonne heure, les faisait entrer un par un dans la 202, selon un ordre établi qui permettait au véhicule de les contenir tous, et filait vers d'autres paysages. Lucile regardait les arbres défiler le long des routes, le nom des villes sur les pancartes de la Nationale. Elle aimait cette sensation de fuite. Dans la forêt de Rambouillet ou celle de Fontainebleau, les Poirier retrouvaient d'autres familles pour des jeux toujours plus vastes. Georges ne manquait ni de complices ni d'imagination. Il aimait les chasses au trésor, les rallyes à énigme, les pistes en trompe-l'œil. Après le pique-nique, tandis que ses frères et sœurs se dispersaient dans un même cri de joie, Lucile s'avançait doucement sur les chemins de terre, marchait avec précaution, attentive à chaque bruit, ses pieds effleurant à peine le tapis de feuilles mortes, et regardait derrière elle à chaque pas.

L'homme que j'aime, dont l'amour se heurte parfois à mes absences, s'est inquiété, il y a quelque temps, de me voir entreprendre ce travail. C'est ainsi en tout cas que j'ai interprété sa question, posée avec une certaine prudence : avais-je besoin d'écrire *ça* ? Ce à quoi, sans hésitation, j'ai répondu que non. J'avais besoin d'écrire et ne pouvais rien écrire d'autre, rien d'autre que *ça*. La nuance était de taille !

Ainsi en avait-il toujours été de mes livres, qui au fond s'imposaient d'eux-mêmes, pour des raisons obscures qu'il m'est arrivé de découvrir longtemps après que le texte eut été terminé. À ceux qui redoutaient les dangers que pouvait représenter pour moi un tel chantier, si peu de temps après la mort de ma mère, je répondais avec assurance que non, pas du tout, mais enfin, pensez-vous. Je sais aujourd'hui – alors que je ne suis même pas encore à la moitié du vaste chantier dans lequel je me suis empêtrée (j'ai failli écrire : du vaste merdier dans lequel je me suis foutue) – combien j'ai présumé de mes forces. Je sais aujourd'hui l'état de tension particulier dans lequel me plonge cette écriture, combien celle-ci me questionne, me perturbe, m'épuise, en un mot me coûte, au sens physique du terme. Sans doute avais-je envie de rendre un hommage à Lucile, de lui offrir un cercueil de papier – car, de tous, il me semble que ce sont les plus beaux – et un destin de personnage. Mais je sais aussi qu'à travers l'écriture je cherche l'origine de sa souffrance, comme s'il existait un moment précis où le noyau de sa personne eût été entamé d'une manière définitive et irréparable, et je ne peux ignorer combien cette quête, non contente d'être difficile, est vaine. C'est à travers ce prisme que j'ai interrogé ses frères et sœurs, dont la douleur, pour certains, fut au moins aussi visible que celle de ma mère, que je les ai questionnés avec la même détermination, avide de détails, à l'affût en quelque sorte d'une cause objective qui m'échappe à mesure que je crois l'approcher. C'est ainsi que je les ai interrogés, sans jamais poser cette question à laquelle ils ont pourtant répondu : est-ce que la souffrance était déjà là ?

Dans le fichier Word où j'ai retranscrit l'ensemble des entretiens que j'ai menés, « la rue de Maubeuge » figure comme un thème à part entière. Liane et Georges y ont emménagé en 1950 (ils venaient d'un tout petit appartement rue de Presles, dont aucun des frères et sœurs de ma mère n'a de véritable souvenir) et l'ont quittée en 1960. Lucile y a donc vécu entre l'âge de quatre et quatorze ans. Comme c'est le cas dans bon nombre de familles, les époques se résument au lieu qui les contient. Ainsi, « la rue de Maubeuge » rassemble à la fois les débuts de la première agence de publicité créée par Georges, sa liquidation, la naissance de Justine, la création d'une seconde agence, la mort d'Antonin, la naissance de Violette et l'arrivée de Jean-Marc.

Encore aujourd'hui, « la rue de Maubeuge » ne se raconte pas sans sa part de mythologie : le dévouement de Lisbeth, les frasques de Barthélémy sur la corniche du deuxième étage, le succès des photos de Lucile, les colères retentissantes de Justine, l'appétit exemplaire de Violette, la *schmoulz* de Madame Couture, les pique-niques du dimanche, l'immuable sourire de Liane.

Derrière la mythologie, il y a la mort d'un enfant et l'arrivée d'un autre : *une pièce de puzzle qu'on essaie de faire entrer de force,* me dira Violette lors de mes entretiens. Dans des notes que Lucile a écrites sur son enfance, récupérées chez elle au fond d'un carton, à propos de l'arrivée de Jean-Marc, j'ai trouvé cette phrase : *Ainsi je découvrais confusément, malgré les explications et les dénégations, que nous étions interchangeables. Je n'ai jamais pu me convaincre par la suite du contraire, ni dans les rapports amoureux, ni dans les rapports amicaux.*

Derrière la mythologie, il y a l'immense fatigue de Liane, son incapacité à s'occuper de Justine après la disparition d'Antonin, une forme d'indistinction propre aux familles nombreuses, les liens d'allégeance, de rivalité, de complicité que nouent en secret les enfants, leurs paroles, leurs fantasmes, cette circulation invisible entre eux qui échappe aux adultes.

Derrière la mythologie, il y a Milo, dont on ne raconte pas grand-chose, si ce n'est qu'il est comme l'eau qui dort, lisse et sans remous apparent. Et Barthélémy, qui se retrouve en observation psychiatrique à l'hôpital Necker, pour un motif dont il n'est pas très sûr aujourd'hui, probablement parce qu'il était extrêmement turbulent et faisait encore pipi au lit. Deux ans après la mort d'Antonin, c'est Liane qui le conduit à l'hôpital des enfants malades. Une fois qu'il est installé dans sa petite chambre blanche, elle s'absente sous prétexte d'acheter des magazines, et ne revient pas. Il y passera plusieurs jours, dans une détresse absolue, convaincu d'avoir été abandonné par ses parents, avant que ceux-ci reviennent le chercher, alertés par une amie de la famille venue voir l'enfant et effarée par l'état dans lequel elle le trouve.

Marie-Noëlle fut la collaboratrice de Georges pendant vingt ans et l'une des plus proches amies de ma famille. Associée à sa vie quotidienne autant qu'à ses mondanités, elle fut le témoin privilégié de sa vitalité, mais n'ignore rien des drames et des désespoirs qui l'ont traversée. C'est elle qui est allée chercher Barthélémy pour le ramener en Ardèche après la mort d'Antonin, c'est elle qui a pris Justine quelque temps chez elle lorsque Liane ne parvenait plus à s'en occuper, elle aussi que Liane appellera le jour où elle trouvera Jean-Marc mort dans sa chambre. C'est elle qui, comme d'autres, me dira de Lucile : « C'était une enfant mystérieuse, de total mystère. »

Sur les conseils des frères et sœurs de Lucile, j'ai donc passé un long après-midi chez Marie-Noëlle pour l'interroger. C'est aujourd'hui une vieille dame de plus de quatre-vingts ans. Je ne suis pas sûre que le mot *vieille* convienne, tant son esprit est facétieux, et quelque chose me dit que c'est ce qui a séduit Georges dès la première fois qu'il l'a vue, cette ironie douce qui affleure derrière ses mots, cet air de ne pas être dupe, de savoir très exactement à quoi s'en tenir. Plus tard, Marie-Noëlle m'a renvoyé quelques précisions par email, ainsi que des dates que je lui avais demandées. Plus tard encore, j'ai réécouté pour les retranscrire les quelques heures de souvenirs qu'elle m'avait confiés. À l'évocation de « la rue de Maubeuge », l'émotion est encore présente et lorsque Marie-Noëlle me raconte la première fois qu'elle a vu ma grand-mère, il est évident que l'image, dans son souvenir, est intacte : Liane, alors enceinte de Justine, emmitouflée dans une abominable robe de chambre en tissu des Pyrénées, lui ouvre la porte, tignasse blonde et ventre incontournable, tandis que règne dans tout l'appartement une odeur de pisse que plus personne ne semble remarquer (presque tous les frères et sœurs de Lucile ont fait pipi au lit jusqu'à un âge avancé). Marie-Noëlle vient pour rencontrer Georges, mon grand-père, journaliste à *Radio-Cinéma* – magazine qui deviendra, quelques années plus tard, *Télérama*. Elle sait par un ami commun qu'il envisage de créer une agence de publicité.

Dans le fouillis du cagibi qui leur servira de bureau, Marie-Noëlle et Georges monteront les premiers statuts de l'agence, avant de trouver des locaux. Quelques mois plus tard, Georges encaisse enfin leur premier chèque : l'agence a conçu et fabriqué des cartes commerciales pour *Le Soulier de Ninon*, une boutique dont la clientèle est principalement constituée des prostituées de Pigalle. En sortant de l'immeuble, il entraîne Marie-Noëlle chez le traiteur italien du quartier et dépense la moitié de la somme pour acheter de quoi nourrir sa famille pour plusieurs jours. Le festin, auquel elle est invitée, sera englouti le soir même.

Comme d'autres, Marie-Noëlle se souvient du week-end que Liane et Georges ont passé à Londres et de sa visite aux enfants. Si ce week-end a été évoqué à plusieurs reprises et par des personnes différentes, il ne l'a jamais été sous forme de reproche à l'égard de mes grands-parents, en tout cas jamais de manière explicite. Comment Liane et Georges, alors qu'ils ont perdu quelques mois plus tôt un enfant de manière accidentelle, peuvent-ils partir si loin en laissant sans surveillance des enfants si jeunes ? Par quelle insouciance

ou quelle inconscience entreprennent-ils ce voyage ?
Cela me sidère. Bien sûr, j'observe cette anecdote à
travers le prisme de l'époque dans laquelle je vis. Bien
sûr, j'ai aujourd'hui une idée assez floue de ce à quoi
peut ressembler le Paris des années cinquante, et quel
peut être le degré de maturité d'une enfant de onze ans,
aînée d'une fratrie de sept enfants. J'examine ces faits
de là où je me trouve, avec cette peur contre laquelle je
lutte sans cesse qu'il arrive quelque chose à mes enfants
(peur qui est plutôt supérieure à la moyenne, je dois
l'admettre, et dont je sais qu'elle n'est pas sans lien avec
l'histoire de ma famille).

Plutôt qu'une inconséquence, je vois dans ce départ
une forme de fuite en avant, la preuve de la confiance
irréductible, et aveugle, que Liane et Georges ont
encore – à ce moment-là – dans la vie, le couple qu'ils
forment et la famille qu'ils construisent.

Violette et Justine étaient fin prêtes et attendaient dans l'entrée, bonnets sur la tête et manteaux boutonnés jusqu'au cou. Liane appela une nouvelle fois Lucile qui traînait dans la salle de bains depuis près d'une heure, d'une voix plus forte, Mme Richard avait précisé dix heures pile, elles allaient être en retard. Lucile observait son visage dans le miroir, ses joues rebondies, ses cheveux coupés au carré, sa peau qui n'était plus si lisse, l'horrible bouton sur son menton. Elle recula d'un pas. Son corps avait changé, ses seins pointaient sous son corsage, tandis que Lisbeth, pourtant de deux ans son aînée, guettait en vain la transformation du sien. Elle se força à sourire pour vérifier qu'elle en était capable, se regardant elle-même comme elle fixerait bientôt l'objectif, de face, puis de trois quarts, légèrement tournée sur le côté, oui, elle pouvait sourire encore, et rire même, et faire des mines, même si elle n'en avait aucune envie.

Dans l'entrée les petites s'impatientaient. Elles avaient hâte d'y être, d'enfiler des robes, des collants, des chapeaux, Violette surtout se réjouissait de faire

91

des photos, de prendre la pose, d'essayer des nouvelles chaussures. Peut-être auraient-elles droit cette fois encore de garder une ou deux tenues, si Mme Richard le leur permettait. Lucile finit par se décider à sortir de la salle de bains, le pied traînant, et enfila son manteau avec une lenteur étudiée.

– Ma reine, si vous ne voulez plus y aller, vous n'irez plus. Mais pour cette fois le rendez-vous a été pris et Mme Richard compte sur vous, vous et vos sœurs. Le catalogue Pingouin, vous l'avez déjà fait! Les photos étaient magnifiques.

Liane tendit à sa fille quelques tickets de métro que Lucile fourra dans sa poche sans y prêter plus d'attention.

– S'il ne pleut pas, rentrez à pied, ça économisera les tickets.

Lucile acquiesça et ouvrit la porte. Liane embrassa les deux petites et leur fit promettre d'être sages avec Mme Richard, dont il faudrait suivre les instructions à la lettre, sans se plaindre ni se décoiffer.

Arrivée au pied de l'immeuble, Lucile observa son reflet dans une vitrine. Elle était grosse, voilà tout. Grosse et moche. Elle n'avait pas envie de monter, ni de voir Mme Richard, ni d'enfiler quoi que ce fût. Elle respira un bon coup puis appuya sur le bouton d'accès de l'immeuble. La porte s'ouvrit, les petites se précipitèrent à l'intérieur et coururent jusqu'à l'ascenseur.

Mme Richard ouvrit la porte et accueillit Lucile avec chaleur. Quelle jeune fille elle était devenue, en quelques mois à peine ! Et toujours aussi belle ! Elle se pencha ensuite pour embrasser les petites, les invita à enlever leurs manteaux. Elle félicita Violette pour la campagne *Germalyne* dont elle était devenue l'effigie, déployée dans toutes les pharmacies de Paris à grand renfort d'affiches et de panneaux publicitaires.

— Ta maman doit être fière…

Violette acquiesça avec un petit air crâne qui fit fondre Mme Richard.

— C'est Lucile qui va commencer, et puis ensuite vous ferez des photos toutes les deux. Nadine va vous donner les vêtements à enfiler, commencez par vous laver les mains !

Lucile entra dans le vestiaire, elle avait froid et retardait le moment de se déshabiller. De là où elle était, elle pouvait apercevoir le studio. L'éclairage avait été mis en place et le décor était prêt. Mme Richard la pria d'accélérer le mouvement, plusieurs prises de vue les attendaient, il ne fallait pas traîner. Elle tendit à Lucile un pull à col roulé noir et blanc que celle-ci déplia avec précaution, puis une jupe plissée pendue à un cintre. Mme Richard resta là un moment, avant de comprendre que Lucile ne voulait pas se déshabiller devant elle. Elle sortit de la pièce en riant.

— Il fallait me le dire, ma jolie, c'est vrai que tu as grandi !

Lucile enfila la tenue. En l'absence de miroir, elle ne put se voir de face, mais elle se vit de haut et détesta cette image. Ces vêtements étaient affreux et la boudinaient. La jupe surtout, ridicule pour son âge, lui donnait l'air d'une bonne sœur. Elle entra dans le studio et s'installa devant le fond gris afin que le photographe puisse effectuer ses réglages. Une fois qu'il eut terminé, elle suivit ses instructions, changea plusieurs fois d'angle, de position, enfila d'autres vêtements, joua devant l'objectif avec un cerceau. Jamais de sa vie elle ne s'était sentie aussi gourde, mise à nu par la lumière blanche et empêtrée dans des vêtements qui ne lui allaient pas. Plus tard, elle fut rejointe par ses deux sœurs, lesquelles arborèrent différents chandails et gilets pour quelques photos communes, puis toute une série de robes en laine ravissantes. Elles posaient maintenant une par une, ou toutes les deux. Lucile s'éclipsa dans le vestiaire pour retrouver ses vrais vêtements. C'est alors qu'elle se rendit compte qu'une larme avait coulé sur sa joue, une larme qu'elle n'avait pas senti monter ni glisser, qu'aucune autre ne précédait et qu'aucune autre ne suivrait. Elle ne voulait plus faire de photos, voilà tout, elle le redirait à sa mère. Elle n'était pas cette jeune fille en jupe plissée, elle ne jouait plus au ballon ou au cerceau, elle n'avait rien à voir avec ce simulacre de douceur qu'on voulait lui faire jouer. Elle ne pouvait plus. Dorénavant quelque chose était derrière elle, qui s'éloignait déjà, dont peu à peu elle perdrait le souvenir ou ne garderait que quelques fragments, quelque chose qu'un jour sans doute elle regretterait, qui appartenait à l'enfance et s'éteignait avec elle.

Mme Richard offrit deux robes à Justine et Violette qu'elles accueillirent avec des cris de joie. Elle fit promettre à Lucile de saluer Liane de sa part et de lui transmettre ses amitiés. Les deux filles enfilèrent de nouveau leurs manteaux, saluèrent poliment et descendirent l'escalier dans un murmure satisfait. Dehors, il ne pleuvait pas. Lucile décida de marcher jusqu'à la rue de Maubeuge, les deux petites lui tenaient la main, chacune d'un côté, frappaient le sol avec leurs sandales, de plus en plus fort, guettant la réaction de Lucile.

Sous ses doigts Lucile percevait la chaleur de leurs paumes, elle souriait.

Lorsqu'elles ouvrirent la porte d'entrée, Barthélémy feuilletait une revue avec nonchalance, assis dans le fauteuil du salon. Lisbeth lavait des serviettes dans la salle de bains, Milo et Jean-Marc se bagarraient dans la chambre, à en juger par le bruit qui filtrait malgré la porte fermée. Linge sale, torchons usagés et cahiers d'écolier jonchaient le sol, l'appartement était sens dessus dessous. Liane était partie au cinéma, séance tenante et toutes affaires cessantes.

Liane disparaissait comme ça, d'un coup, lorsque le niveau sonore ou le désordre dépassaient la limite qu'elle pouvait supporter. Depuis toujours, Liane avait eu ce besoin de s'extraire, en plein milieu de l'après-midi, pour rejoindre une salle obscure ou s'écrouler dans un lit. Que l'heure du repas approche, que la vaisselle soit entassée dans l'évier ou que la terre tremble, cela n'y changeait rien. Dès leur plus jeune âge, elle avait laissé ses enfants seuls le soir dans l'appartement de la rue de Presles pour retrouver Georges, ignorant avec superbe les remarques indignées de la voisine.

L e scénario était le même depuis des semaines, la honte n'en était pas moins forte. Lucile attrapait la corde à deux mains, sautait depuis le sol de telle sorte que ses pieds s'enroulaient une première fois dans sa partie basse, hissait le haut de son corps afin de se remettre droite, puis se figeait dans cette position, incapable d'aller plus haut. Attraper la corde dans sa partie plus élevée, la libérer en bas, enrouler de nouveau la corde autour de ses pieds, cela était au-dessus de ses forces. La corde était lisse, désespérément, et Lucile restait là, à vingt centimètres du sol, bercée par un léger mouvement de balancier. Tout au plus parvenait-elle à maintenir la position pendant quelques minutes avant de renoncer. Mlle Mareuil, son professeur de gymnastique, avait d'abord pensé qu'il s'agissait d'une coquetterie, puis d'une provocation, puis elle s'était rendue à l'évidence : Lucile ne savait pas grimper sur une corde lisse, pas plus d'ailleurs, allait-elle bientôt le découvrir, que sur une corde à nœuds. Quand la plupart de ses camarades parvenaient au sommet en trois ou quatre mouvements parfaitement coordonnés, Lucile restait en bas, mimant sans grande conviction un élan vers le haut, incapable de franchir, ne serait-ce que pour la forme, quelques dizaines de centimètres. Mlle Mareuil n'économisait pas ses sarcasmes, chaque semaine un peu plus féroces. N'était-elle pas ridicule, la belle Lucile, ainsi suspendue comme un jambon à sa ficelle ? Force était de constater qu'elle n'avait pas grand-chose dans les bras, ni dans les jambes. Un insecte balancé par le vent, et si vulnérable. De l'assistance, Mlle Mareuil guettait les gloussements moqueurs, les rires étouffés. Mais rien ne parvenait jusqu'à elle, ni chuchotement, ni murmure. Et pas un sourire sur les visages. D'habitude les élèves étaient si cruelles entre elles. Pourquoi Lucile Poirier bénéficiait-elle d'une telle immunité ? Ni Mlle Mareuil, ni aucune des jeunes filles qui assistaient chaque semaine à la même scène, n'auraient su le dire. Et Lucile se balançait au bout de sa corde, dans un silence de mort.

Lucile n'aimait pas le sport. Elle avait peur des ballons, des raquettes, du cheval-d'arçons. Elle ne courait pas vite, ne parvenait pas à lancer le poids à plus d'un mètre devant elle, ne rattrapait jamais une balle, fermait les yeux dès que les choses allaient trop vite. Lucile ne pouvait pas toucher le sol avec ses mains quand elle était debout, ni faire le pont, ni pencher son corps vers l'avant pour attraper ses pieds quand elle était assise. Elle n'avait jamais su faire la roue, ni les sauts de biche, ni le poirier. Le corps de Lucile était noué, récalcitrant, impossible à délier. Tout juste était-elle capable d'exécuter une roulade avant, et encore, au meilleur de sa forme.

Mlle Mareuil voyait dans cette absence d'aptitude sportive une offense dirigée contre elle, une insulte prononcée à voix basse, chaque vendredi renouvelée. Elle détestait Lucile et, dans la case du bulletin scolaire qui lui était réservée, ne contenait pas son mépris.

Liane se désolait de voir sa fille si peu sportive : toujours la dernière à courir, à sauter dans l'eau, à accepter une partie de ping-pong. La dernière à se lever de son lit, tout simplement, comme si la vie entière était contenue dans les pages des livres, comme s'il suffisait de rester là, à l'abri, à contempler la vie de loin. Malgré ses grossesses répétées, Liane gardait cette silhouette athlétique, charpentée, elle se tenait droite, la tête haute. Quelques années auparavant, elle avait déclaré devant témoins qu'elle serait encore capable d'exécuter le grand écart le jour de ses soixante-dix ans. Le pari avait été pris.

Parmi ses frères et sœurs, Lucile faisait figure d'exception. Lisbeth accomplissait toutes sortes de sauts et de pirouettes, Barthélémy, outre ses légendaires acrobaties, jouait remarquablement au tennis, Jean-Marc passait ses week-ends en compétition de natation, Milo était doué pour la course. Quant aux petites, il n'y avait qu'à les voir sauter, danser, ou simplement gesticuler, pour constater leur aisance et leur souplesse.

Au fil des semaines, le cours de gymnastique du lycée Lamartine était devenu pour Lucile un supplice dont la perspective l'empêchait de dormir. Au début de l'année, elle avait prétexté des migraines, des règles douloureuses, des maux d'estomac. Mais Liane n'avait pas été dupe très longtemps. Aussi Lucile était-elle partie chaque vendredi en classe, le ventre noué, les mains moites, après avoir avalé une cuiller de *Schoum* ou un cachet d'aspirine.

Au deuxième trimestre, en l'absence de tout motif légitime, Lucile avait commencé à sécher le cours de gymnastique. Elle traînait dans les rues ou bien s'asseyait sur le banc d'un square, laissait passer les heures. Et puis elle avait séché d'autres cours, tout aussi ennuyeux. Elle imitait la signature de Liane, cela était devenu facile. Elle avait besoin de respirer.

Pendant les vacances scolaires, Liane et ses enfants partaient régulièrement à Pierremont, où se trouvait la maison de famille de Liane. Georges les rejoignait pour les week-ends. Lucile et ses frères et sœurs adoraient cet endroit, son odeur de craie, de poussière et d'humidité, le chant des corneilles, la proximité de la rivière et celle du canal. Dans les maisons alentour, ils avaient trouvé des amis de leur âge. Peu à peu, Lucile, Lisbeth et Barthélémy s'étaient constitué une petite bande, maintenant devenue adolescente, qu'ils retrouvaient chaque soir après que chacun eut fait le mur. Chez les Poirier, il suffisait de descendre par le balcon du premier étage, lequel surplombait le trottoir déserté. L'opération était discrète et sans grand danger, sauf lorsque, d'un pied hésitant, Lucile prenait appui sur la sonnette. Après avoir vérifié que la voie était libre, ils couraient jusqu'à la place du village dont l'un des recoins non éclairé constituait un lieu idéal de rassemblement. Une fois réunis, ils se dirigeaient vers une petite plage qu'ils avaient aménagée au bord de la rivière, buvaient des sodas ou de la bière et, pour les plus âgés, fumaient des cigarettes.

Un soir qu'ils étaient tous ensemble, la conversation s'arrêta sur l'abominable Pichet, le buraliste du coin, connu pour ses humeurs avinées et l'absence de scrupules avec laquelle il exploitait une jeune fille que l'assistance publique lui confiait pendant les vacances scolaires. Lucile était persuadée qu'il la *tripotait*. En outre, depuis quelques mois, afin de prévenir toute tentative de vol, Pichet leur interdisait d'entrer à plusieurs dans son épicerie-bar-tabac. Lucile proposa une intervention punitive, Barthélémy en élabora le plan. Il s'agissait de kidnapper la grosse carotte métallique qui, pour tous les tabacs de l'époque, faisait figure d'enseigne. Dès le lendemain soir, l'expédition fut constituée. Le décrochage de la carotte prit un temps fou ; celle-ci, beaucoup plus haut perchée que prévu, mesurait pas loin de deux mètres et pesait une vingtaine de kilos. Lucile guida la manœuvre. Après plusieurs tentatives ponctuées de gloussements et de rires étouffés, Barthélémy, secondé par un garçon de la bande, finit par l'attraper. Ils la portèrent ensuite à l'autre bout du village et la cachèrent dans une petite remise. Lucile ne s'était pas sentie si heureuse depuis longtemps.

Le surlendemain, un entrefilet de *L'Yonne républicaine* signalait la mystérieuse disparition. La petite bande décida de renouveler son exploit et de s'attaquer, le soir même, à l'autre bureau de tabac de la petite ville de Pierremont, dont le propriétaire, sans être aussi antipathique, n'en était pas moins sinistre. Le surlendemain, un entrefilet plus important évoqua l'hypothèse d'une querelle entre bistrotiers. Grisés par ce nouveau succès, les adolescents décidèrent d'élargir leur domaine d'intervention aux communes alentour. Ainsi, quelques jours plus tard, rapportèrent-ils à pied et à l'aide d'une large brouette, la carotte d'un village voisin. Cet exploit leur valut de quitter les pages réservées à la commune pour occuper en partie la page deux du journal : « Une nouvelle carotte disparaît. »

Lucile était ravie. Elle aimait l'absurdité du geste, son inutilité. Cette gloire anonyme, dépourvue d'image. La fin des vacances fut occupée à récolter quelques carottes supplémentaires, entassées dans la remise désaffectée. Chaque fois, le méfait apparaissait dans la presse locale, accompagné de différentes suppositions. Jusqu'au jour où Lucile découvrit à la maison de la presse la une de *L'Yonne républicaine* : « Le gang des carottes de l'Yonne a encore frappé ! » Elle acheta le journal et le rapporta à la maison. Différentes hypothèses étaient envisagées : délire maniaque d'un collectionneur, recyclage possible de certains matériaux, premières menaces d'une mafia régionale, action-commando menée par la ligue anti-tabac. La bande des sept renonça à poursuivre ses actions lorsqu'une enquête fut ouverte par la gendarmerie d'Auxerre.

Quelques jours plus tard, Lucile et sa petite bande décidèrent de se débarrasser des preuves de leur forfait et jetèrent, au beau milieu de la nuit, une dizaine de carottes métalliques dans le canal de Bourgogne.

L'été suivant, lorsqu'il fut décidé de vider le canal, on retrouva les carottes tombées au fond. Une dizaine de cadavres désignaient en silence la maison la plus proche, où vivaient deux membres actifs de la petite bande. Les adolescents eurent un frisson, mais aucune preuve ne vint étayer les soupçons.

Lucile et ses frères et sœurs continuèrent d'aller en vacances à Pierremont et d'y faire les quatre cents coups.

L'année suivante, il fut décidé que Georges achèterait en viager la maison de Pierremont à ses beaux-parents, qui ne pouvaient plus l'entretenir. Les grands travaux allaient commencer, ils ne cesseraient jamais tout à fait.

J'en étais là, c'est-à-dire à la page cent cinq du document Word sur lequel je travaille – et à la veille d'un week-end d'automne sans projet particulier – lorsque je me suis enfin décidée à écouter les cassettes enregistrées par mon grand-père une quinzaine d'années avant sa mort.

Entre 1984 et 1986, dans les volutes de fumée de sa pipe et assis derrière son bureau, Georges a raconté une partie de sa vie sur des cassettes à bande, aujourd'hui au nombre de trente-sept. Ce monologue de plus de cinquante heures était initialement adressé à Violette alors âgée d'une trentaine d'années. Violette avait demandé à son père de raconter son enfance, dont il parlait peu. Georges accepta, se prit au jeu, et poursuivit son récit bien au-delà de la demande initiale. Une fois que Georges se fut arrêté, il décida d'en créer une copie pour le reste de la famille. Violette conserve aujourd'hui les deux jeux.

Je reviendrai plus tard sur les circonstances dans lesquelles j'ai récupéré ces cassettes, après une scène qui fut pour moi d'une violence terrible et me hanta pendant plusieurs semaines. Cette scène suffit d'ailleurs à expliquer pourquoi je n'avais pas réussi à les écouter jusque-là, alors qu'elles étaient en ma possession depuis un moment et que je m'étais procuré un engin bientôt préhistorique pour le faire.

À tâtons, j'écrivais sur « la rue de Maubeuge », avec la volonté de rendre compte à la fois de l'époque et du milieu social dans lequel ma mère avait grandi, tandis que les cassettes traînaient quelque part sous une étagère, empilées dans le vieux sac en plastique dans lequel je les avais rapportées.

Au moment où je m'apprêtais à évoquer le déménagement qui allait conduire mes grands-parents de Paris à Versailles, il m'est apparu que j'étais passée à côté de quelque chose. Je ne pouvais pas poursuivre sans avoir écouté les bandes, et continuer d'écrire comme si celles-ci n'existaient pas. Les cassettes étaient chez moi, elles avaient été dupliquées par Georges lui-même, et, au-delà de la réticence que j'éprouvais à l'idée d'entendre la voix de mon grand-père, qui est mort depuis plus de dix ans, je me devais, au minimum, d'y prêter une oreille.

Lorsque j'ai sorti les boîtiers du sac et voulu les remettre dans l'ordre, je me suis rendu compte qu'il en manquait trois (18, 19 et 20). J'ai eu dans l'idée d'appeler Violette pour la prévenir, mais je me suis ravisée. Peu de temps avant sa mort et alors qu'elle avait, je le crois, déjà décidé de mettre fin à sa vie,

Lucile avait emprunté la totalité des cassettes pour les écouter. Si je mentionnais à Violette l'absence de trois d'entre elles, sans aucun doute penserait-elle que Lucile les avait détruites ou subtilisées. Il est vrai que Lucile, dans différentes circonstances, a fait preuve d'une attitude radicale à l'égard d'objets liés de manière concrète ou symbolique à sa famille. Mais il était aussi tout à fait possible qu'en fouillant dans la cave de Violette j'aie laissé sans le vouloir une partie des boîtiers, ou bien que ceux-ci aient été rangés dans un autre carton.

Le samedi matin, j'ai glissé la cassette 17 dans le lecteur afin de comprendre où se situait le point de rupture. La bande se termine en juin 1942, au moment où Georges, qui vient de perdre son travail à *Toute la France* (un journal destiné aux familles de prisonniers, dont le directeur vient d'être arrêté), cherche un nouvel emploi.

La cassette 21 commence quelques semaines plus tard, au moment de la rencontre entre Georges et Liane dans une surprise-partie. Georges a vingt-cinq ans, arbore les manières de séducteur qu'il peaufine depuis qu'il est à Paris et maîtrise différentes stratégies d'approche de la gent féminine dont, ce soir-là encore, l'efficacité est confirmée. Georges aime danser, corps serrés et main plus ou moins aventureuse, et faire rire les femmes aux éclats. Liane, qu'il voit pour la première fois et qu'il appelle donc sa *petite fée bleue*

(allusion à Charles Trenet dont il est un grand admi-
rateur), accepte de danser avec lui, bien qu'elle le
considère, à vue de nez et compte tenu de la réputation qui le précède, comme un superbe goujat.
D'ailleurs, elle ne tarde pas à lui annoncer la couleur :
sa robe n'est pas bleue mais verte et il n'est pas question qu'il s'adonne avec elle à une quelconque forme
de flirt. Georges se le tient pour dit. Ils dansent un
peu, puis Georges papillonne de nouveau de femme
en femme avant de rentrer chez lui avec six ou sept
numéros de téléphone, un record, précise-t-il. Dans
les semaines qui suivent, l'image de cette jeune provinciale, dont il décrit le sourire, la fraîcheur et les
boucles blondes, lui revient en mémoire. Ils se
revoient quelques mois plus tard, dans une soirée
qui a lieu chez l'une des sœurs de Liane, Barbara, qui
est déjà mariée et vit à Paris. Surpris par le couvre-
feu, Georges passe la fin de la nuit à discuter avec la
petite fée bleue. Le lendemain matin, il accepte
de l'accompagner à la messe du dimanche. Ils sont
amoureux. Voilà comment Georges, qui a caressé de
nombreuses peaux, choisit Liane, qui ignore à peu
près tout de la vie. Je crois qu'il sait reconnaître en elle
la femme qui ne le trahira jamais, lui sera dévouée
corps et âme, qu'elle a grande et généreuse, et qui ne
verra en lui tout au long de sa vie que l'homme
brillant et fantaisiste qu'elle a épousé.

De retour à Gien, Liane demande à ses parents
l'autorisation de correspondre avec Georges. Elle le

rencontre plusieurs fois au cours de ses visites à Paris, où elle vient régulièrement prendre des leçons de violon. Ils se marient en septembre 1943 à Pierremont, la fête a lieu dans la maison des parents de Liane, que les Allemands ont fini par quitter. Comme Georges n'a pas un sou, un voisin lui prête une jaquette un peu trop grande pour la cérémonie religieuse, et sa future belle-mère lui offre un costume pour le mariage civil. Ainsi Georges épouse-t-il, non sans inquiétude, une femme avec laquelle il n'a jamais fait l'amour, et même, précise-t-il, dont il n'a jamais vu les seins. Leur court voyage de noces (quelques jours dans une province française) est un soulagement : Liane fait preuve d'un *certain tempérament*. Georges raconte ensuite leur installation dans un petit deux pièces à Paris et les débuts de leur vie commune.

J'ai écouté la cassette 21 dans son intégralité, captivée par le récit de Georges, sa manière d'alterner le détail, l'anecdote et l'analyse, et de ménager le suspense entre deux digressions. Georges parlait comme il écrivait : clair, précis, construit. Il m'aurait suffi de sauter cinq ou six bandes pour passer directement à l'époque que je cherchais, celle de l'enfance de Lucile. Au lieu de cela, j'ai écouté les cassettes pendant plus de dix jours, un cahier sur les genoux ou à portée de main, je les ai retournées les unes après les autres et suis allée au bout.

Plus tard, à la veille d'un dîner où je devais la retrouver, j'ai fini par mentionner à Violette l'absence des trois cassettes. Quelle qu'en fût la raison, cela n'était pas si grave, puisqu'elle disposait du jeu original. Je lui ai demandé les cassettes manquantes, qu'elle a accepté de me confier. L'idée que Lucile puisse les avoir détruites ou subtilisées m'intriguait.

La cassette 18 commence donc lorsque Georges, après la disparition de *Toute la France*, perd son emploi. Il cherche alors un nouveau journal pour l'accueillir. Il termine un article qu'il juge brillant sur la jeunesse parisienne et le porte lui-même à *Révolution nationale*, un hebdomadaire collaborationniste qui accueillera les plumes de Drieu la Rochelle et de Brasillach. L'article séduit Lucien Combelle, qui dirige le journal et décide de le publier en deux parties. Puis Lucien Combelle commande à Georges une chronique régulière sur la vie parisienne. Celui-ci accepte, intitule sa chronique « Aimer, boire et chanter » et passe dorénavant bon nombre de ses soirées dans les music-halls ou les cabarets. Quelques semaines plus tard, à la demande de Combelle, Georges devient le secrétaire de rédaction de *Révolution nationale*. Il y restera jusqu'à sa disparition. C'est à cette époque qu'il rencontre Liane.

Les trois cassettes manquantes sont essentiellement centrées sur la vie professionnelle de Georges pendant l'Occupation : son travail à *Révolution nationale*, son respect, si ce n'est sa fascination pour Combelle, dont il loue l'audace et l'honnêteté, les nombreuses rencontres (dont celle de Robert Brasillach) que lui offre le journal. À la Libération, Georges raconte comment Combelle, qui refusa de fuir la France, fut arrêté, condamné à quinze ans de travaux forcés puis amnistié en 1951.

Le travail de Georges à *Révolution nationale* n'est pas à proprement parler un secret de famille. Tout le monde le sait, mais tout le monde l'a un peu oublié. Certains se sont interrogés sur le sens qu'ils devaient donner à l'attitude de Georges, ont cherché des réponses. Aucun des frères et sœurs de Lucile ne semble avoir eu de discussion avec lui sur le sujet, dont il n'aimait pas parler, mais aucun aujourd'hui ne semble porter de jugement définitif sur la présence de Georges à *Révolution nationale*.

Pour ce que j'en sais, la plupart des enfants de Georges (dont les choix politiques furent, pour certains, radicalement opposés aux siens) le voyaient comme un réactionnaire. Lorsque j'ai eu l'âge de commencer à m'intéresser au monde, Georges était devenu un homme aigri et revenu de tout, qui fustigeait avec la même amertume la presse écrite, la télévision, la gauche révolutionnaire, la gauche caviar, la droite hypocrite, démagogue ou bien-pensante, la multiplication des ronds-points sur les routes départementales, l'Éducation nationale, les chanteurs dépourvus d'organe, les animateurs de télévision au vocabulaire approximatif, les *quelque part, au niveau de* et autres tics de langage, les adolescents de tous poils et de toutes époques. Mais aussi loin que je m'en souvienne, les deux sujets à éviter coûte que coûte lors des déjeuners de famille furent la politique et le cinéma français (à cette liste s'ajoutera le camembert pasteurisé).

Pourtant, aussi désabusé fût-il, Georges a continué jusqu'à la fin de sa vie à se battre pour des causes invraisemblables ou désespérées.

Sur les bandes qui suivent les cassettes manquantes, Georges revient sur sa position pendant la guerre et, quoi qu'il en dise, tente de se justifier.

Il n'y mentionne pas les échanges qu'il a pu avoir à cette époque avec son propre père, lequel, après avoir perdu son travail à *La Croix du Nord*, lorsque le journal cessa de paraître, refusa d'écrire pour le *Journal de Roubaix*, sous le contrôle de la censure allemande, et fréquenta la Soupe populaire pendant plusieurs mois.

Après la Libération, dans un état de malaise qu'il refuse de nommer, arguant de la priorité qu'il pense devoir laisser à ceux qui n'ont pas travaillé pendant l'Occupation, Georges mettra plus d'un an à se présenter devant le Comité d'épuration pour obtenir sa carte d'identité professionnelle. Celle-ci lui sera accordée après analyse de son dossier et lui permettra d'exer-

cer de nouveau son métier. Georges évoque l'hypothèse d'avoir obtenu le soutien de François Chalais.
Plus tard encore, sur une autre cassette, alors qu'il est
dans le récit des années d'après-guerre, Georges revient
une dernière fois sur ses activités pendant l'Occupation et s'interroge par cet incroyable euphémisme :

« Était-il opportun de travailler dans un journal
qui s'appelait *Révolution nationale* et qui n'était pas
un journal de la Résistance ? Bien entendu… »

Pendant plusieurs semaines, je me suis demandé si
je devais évoquer ces éléments d'une manière ou d'une
autre, ou bien considérer qu'ils n'avaient rien à voir
avec mon propos. La position de Georges pendant la
guerre pouvait-elle entrer en compte dans la souffrance
de Lucile ? L'hypothèse m'est venue parce que les cassettes manquaient (Lucile a toujours eu un sens de la
disparition symbolique ainsi que de la mise en scène de
messages codés, plus ou moins compréhensibles par
autrui), mais aussi sous l'influence du livre *L'Intranquille*[1] publié par Gérard Garouste. Lucile partage avec
Garouste un certain nombre de points communs, à
commencer par la maladie dont ils ont souffert tous les
deux, longtemps appelée psychose maniaco-dépressive
et qu'on appelle aujourd'hui bipolarité. La lecture
de ce texte il y a quelques mois, au moment où je

---

1. Gérard Garouste, avec Judith Perrignon, *L'Intranquille, autopor-
trait d'un fils, d'un peintre, d'un fou*, L'Iconoclaste, 2009.

tournais, sans vouloir m'y résoudre, autour de l'idée d'écrire sur ma mère, m'a bouleversée. Dans ce livre, le peintre évoque la figure de son père, d'un antisémitisme viscéral et pathologique, lequel a fait fortune dans la spoliation des biens juifs. L'horreur trouble et la honte que son père inspire à Garouste ont largement participé de sa souffrance et semblent l'avoir longtemps hanté.

À ma connaissance, Georges ne fut ni antisémite ni fasciste. Je n'ai jamais entendu de sa bouche des propos pouvant laisser supposer la moindre ambiguïté de sa part sur ces sujets, pourtant Georges parlait haut et fort et n'avait pas pour habitude de dissimuler ses opinions. Telle que je me la représente aujourd'hui, la collaboration de Georges à *Révolution nationale* est celle d'un jeune homme opportuniste, avide de reconnaissance et dépourvu de discernement.

Au bout du compte, même si, comme d'autres de ses frères et sœurs, Lucile s'est interrogée sur le passé de son père, même si elle s'est étonnée des nombreux paradoxes que celui-ci abritait, je crois qu'en ce qui concerne les heures de Georges sous l'Occupation, elle lui a accordé, au minimum, le bénéfice du doute.

Et l'a haï pour d'autres raisons.

Au total, Georges a enregistré plus de cinquante heures de souvenirs. Ils commencent dans le Nord avec sa petite enfance et se terminent en 1954, l'année de la mort d'Antonin, comme si Georges n'avait pas pu aller au-delà de ce chagrin. Trente ans après l'accident, j'écoute la voix de mon grand-père sur cette bande, l'évocation lente de ce samedi où leur vie bascule, les mots qu'il peine à trouver, les hypothèses qu'il émet sur la mort de son fils, la description du voyage en train qui le conduit à L., le récit enroué de sa douleur. Georges livre sa propre version de l'événement (il était à Paris), elle diffère de toutes celles que j'ai entendues.

Les enregistrements de Georges contiennent une quantité incroyable de noms, de visages, de conversations et de bons mots, racontés comme s'ils s'étaient passés la veille. Sa mémoire impressionne par l'abondance de détails qu'elle contient. Parfois, sur une même cassette ou quelques cassettes plus tard, Georges retrouve un élément, précise, rectifie, ajoute une anecdote qui lui a été rappelée par Liane à l'heure du déjeuner. Je les imagine tous les deux dans la cuisine de Pierremont, dans la solitude des hivers, Georges sort de son bureau où il a passé la matinée en tête à tête avec son magnétophone, la rejoint devant une soupe brûlante, lui demande comment s'appelait la femme d'Untel, le glacier de Saint-Palais, quel âge avait Lucile lorsqu'ils durent lui raser la tête pour éviter qu'elle s'arrache les cheveux. À eux deux, ils reconstruisent leur petit monde des années cinquante, leurs heures de gloire et d'insouciance.

Comme je l'imaginais, les enregistrements de Georges sont un témoignage précieux sur l'état d'esprit dans lequel ont vécu mes grands-parents. Lorsqu'elle a épousé Georges, Liane l'avait prévenu qu'elle voulait douze enfants. C'était à prendre ou à laisser. Georges a accepté. Jusqu'à la naissance de Milo, il a joué le jeu, s'est réjoui des grossesses répétées de sa femme, s'est félicité de la voir si épanouie par les maternités. Après quoi, l'angoisse l'a rattrapé : l'agence tardait à se développer, ils avaient eu cinq enfants en six ans, n'avaient pas un sou de côté, et même s'il avait conservé une pige à *Radio-Cinéma*, Georges n'était jamais sûr que leurs finances leur permettent de tenir jusqu'à la fin du mois. Il jugea alors plus raisonnable de faire une pause. Ainsi Georges parla-t-il à Liane, sur un ton solennel, et Liane, à contrecœur, acquiesça. Elle allait suivre la méthode Ogino.

Quelques mois plus tard, Liane fut enceinte de Justine. Georges songea qu'elle l'avait dupé, puis s'en accommoda. À la naissance du bébé, afin de répondre aux mauvaises langues qui prétendaient qu'ils faisaient des enfants *à tire-larigot* pour toucher les allocations familiales, Georges avait, en guise de faire-part, reproduit une carte de réduction SNCF sur laquelle il avait écrit :

« Les Poirier ont la joie de vous annoncer qu'ils bénéficient, enfin, des 75 % ! »

En outre, comme il n'avait pas de photo de Justine sous la main, il avait utilisé celle de Milo bébé. Entre les deux, on n'y avait vu que du feu.

Quelques mois plus tard, Liane fut enceinte de Violette. Georges protesta mollement, en conclut que Liane se moquait bien de ses discours, ne lui en tint pas rigueur.

« La rue de Maubeuge » est une période où la question financière est omniprésente, même si Georges a toujours entretenu avec l'argent une relation qui repose sur le déni. Georges vit au-dessus de ses moyens, tandis que Liane tient les comptes avec application (j'ai pu voir chez Violette les cahiers d'écolier, retrouvés dans la maison de Pierremont, sur lesquels elle notait la moindre de ses dépenses), guette avec anxiété le préposé aux allocations familiales et appelle Marie-Noëlle lorsqu'elle doit acheter d'urgence une paire de souliers à l'un de ses enfants.

« La rue de Maubeuge » est ce mélange d'insouciance et d'insécurité, dont ils évoqueront avec nostalgie les repas roboratifs fabriqués à partir de rien, les couches lavées à la main, les draps souillés par les pipis au lit, cette table ouverte aux amis d'un soir ou de toujours (partout où il passe, dès qu'il entre dans une gare ou s'arrête dans un restaurant, Georges rencontre des gens qu'il invite à dîner), ces discussions tardives et ces projets impatients. Parmi ce défilé perpétuel, on croise les voisins du dessous, les voisins du dessus, les amis d'ici et d'ailleurs, des jeunes filles au pair, des journalistes en herbe ou confirmés, des artistes de cabaret, le jeune frère de Georges, les sœurs et les beaux-frères de Liane, Gilberte Pasquier, qui a épousé un aiguilleur du ciel, Pierre Dac et Francis Blanche (Georges a travaillé avec eux pendant quelques mois après la Libération).

Dans la journée, quoi qu'il arrive, Liane s'écroule une heure ou deux et dort d'un sommeil de plomb. Question de survie, expliqueront plus tard les témoins.

Lorsque je tente de les imaginer, il me semble que mes grands-parents forment un couple à la fois étrange et évident, dont la vitalité et l'énergie forcent le respect. Liane clame à qui veut bien l'entendre que le mariage lui a apporté bonheur et liberté. Sa gaieté, son rire, sa vitalité, sont irrésistibles.

Georges vénère sa femme et multiplie les offrandes.

À partir d'un petit meuble qu'il isole avec du liège et des feuilles de zinc, il fabrique pour elle une glacière géante, qui leur permet de découvrir les joies du froid ménager. Mais il faut l'approvisionner en glace et vider le bac qui réceptionne l'eau. Quelques mois plus tard, Georges succombe à la tentation et prend un crédit pour offrir à Liane un vrai réfrigérateur, puis lui achète une petite machine à laver Hoover dont l'essorage est encore manuel.

Liane ne remet jamais en question les choix de Georges et ferme les yeux sur tout ce qui pourrait entacher l'amour qu'elle éprouve pour lui.

Ils partagent pour des raisons différentes une forme de fuite en avant, un mode de vie bohème, ce sont des bobos avant la lettre.

Liane et Georges quittèrent « la rue de Maubeuge » sur un coup de tête, au cours du mois d'avril 1960. Par des amis communs, ils avaient été mis en relation avec un couple qui louait une vaste maison de Versailles, située dans l'un des quartiers bourgeois du centre, et dont les neuf enfants, à l'exception du dernier, avaient quitté le foyer. La famille de Lucile rêvait d'espace, les A. souhaitaient revenir à Paris. Après quelques visites de part et d'autre, il fut décidé d'échanger les deux logements. La nouvelle agence de Georges se développait à un bon rythme, il estima qu'il pouvait se permettre de payer un loyer plus important. La maison était haute de trois étages et entourée d'un jardin sage, clos de mur. La famille de Lucile s'empara donc des quatorze pièces, à l'exception d'un petit bureau dans lequel les A. avaient entassé un certain nombre d'affaires qui ne rentraient pas dans l'appartement de Paris, bureau dont Lucile ne tarda pas à trouver la clé et qu'elle visita régulièrement pour s'approprier différents objets plus ou moins utiles ou à son goût.

Lorsqu'il la vit pour la première fois, le cadet de la famille A., un garçon âgé d'une vingtaine d'années, tomba fou amoureux d'elle. Lucile avait quatorze ans. Le jeune homme déploya une énergie spectaculaire pour rester en contact avec la famille Poirier, multiplia les prétextes pour rendre visite à Georges, se proposa pour l'aider dans différents travaux, et ne tarda pas à demander la main de Lucile, de la manière la plus solennelle et sérieuse qui fût. Georges s'esclaffa.

Du plus grand au plus petit, chacun des enfants avait choisi sa chambre. Lucile, Justine, Violette et leurs parents avaient investi le premier étage, Milo, Jean-Marc et Lisbeth le deuxième, et Barthélémy, tel qu'en son fief, s'apprêtait à régner pour quelques années sur l'étage le plus élevé. Pour la première fois, Lucile disposait d'un territoire propre, auquel nul autre n'avait accès. Elle y installa son désordre, vêtements et livres dans un enchevêtrement qu'elle seule maîtrisait, et referma la porte derrière elle. Lucile passait des heures à rêver, allongée sur son lit, à inventer son avenir, un avenir qu'elle imaginait avant tout sans contraintes, sans rien qui pût l'empêcher ni la retenir. Quand elle pensait aux heures futures, Lucile ne songeait pas à un homme ni à un métier. Aucun prince, aucune réussite ne peuplaient ses rêves, simplement le temps étalé devant elle dont elle pouvait disposer selon sa volonté propre, un temps contemplatif qui la tiendrait à l'abri.

Comme les aînés, Lucile avait continué d'aller au lycée à Paris. Mais à l'été, en raison de ses absences répétées, elle fut renvoyée. L'année suivante, elle intégra Blanche-de-Castille, une école catholique de Versailles où elle ne travailla pas davantage et obtint des résultats déplorables, hormis en français. Lucile, inébranlable dans son silence, occupait l'espace et signalait de manière ostensible son ennui. Il y avait dans son regard une forme d'insolence que la plupart de ses professeurs ne pouvaient supporter. Sans parler des petits mots qu'elle échangeait avec ses amies pour se moquer des tenues ridicules des enseignantes ou supposer que telle sœur entretenait avec telle autre des relations libidineuses. Liane et Georges reçurent un premier avertissement. Cette fois, Georges fut formel avec sa fille. C'était la dernière fois. Liane était fatiguée d'aller plaider sa cause dans les institutions scolaires et avait fort à faire avec ses autres enfants. Si Lucile était renvoyée de Blanche-de-Castille, elle irait chez Pigier. Elle deviendrait secrétaire, oui, voilà tout, secrétaire-dactylo, et le resterait toute sa vie. Tel que Georges l'évoquait, il n'y avait pas métier moins enviable. Mais Lucile n'avait rien oublié de Gilberte Pasquier, altière et gracieuse.

Lucile était allongée, la tête appuyée sur une main, le corps décalé vers le bord du lit, au plus près de sa lampe de chevet dont la lumière jaune projetait un cercle aux contours nets sur les pages qu'elle tournait depuis plusieurs heures, inconsciente du temps et indifférente aux cris venus de l'escalier.

Soudain, la voix de sa mère se fit plus aiguë.

– Lucile, les invités sont arrivés !

Lucile sursauta et laissa tomber le livre. Elle enfila ses chaussures, se recoiffa avec les doigts sans prendre la peine de s'approcher du miroir, tira sur sa chemise pour la défroisser, puis elle descendit dans le salon. Son frère et sa sœur étaient déjà là, souriants et polis. Lisbeth avait mis un peu de rouge à ses lèvres et portait une robe de sa confection, cintrée à la taille et parfaitement ajustée. Barthélémy essayait de se donner une contenance, les mains enfoncées dans les poches. Lucile s'avança dans la pièce et Georges présenta sa deuxième fille. Elle s'assit près de lui, soucieuse de se tenir droite tandis que les regards s'attardaient sur elle. On lui demanda en quelle classe elle était, quel métier elle souhaitait exercer plus tard, ce qui l'intéressait dans la vie. Lucile répliqua, sur un ton dénué de toute arrogance, qu'elle n'en avait pas la moindre idée. On insista : elle devait bien s'adonner à quelque activité extrascolaire. Lucile tardait à répondre lorsque l'un des invités commenta dans un aparté feint : en tout cas, elle n'aurait pas de mal à trouver un mari ! Lucile ne releva pas, pas plus que Georges qui la taquina néanmoins sur l'état de sa chambre, dont il décrivait déjà avec force détails les tas de linge sale posés à même le sol, les empilements de paperasseries inutiles et de cahiers devenus inaccessibles, sans parler des zones desquelles personne ne pouvait approcher, où l'on découvrirait sans doute, si l'on osait s'y pencher, moult emballages de bonbons et une ou deux lectures féminines. Pour trouver un mari, il faudrait apprendre à mettre un peu d'ordre autour d'elle. Georges se lança ensuite dans l'une de ses tirades favorites sur l'inertie profonde et la propension à la paresse des adolescents de l'époque. Non content d'avoir capté l'attention de son auditoire, il continua sur l'incapacité dans laquelle étaient les professeurs d'aujourd'hui, non seulement de susciter l'intérêt de leurs élèves, mais aussi d'imposer leur autorité. Lesquels professeurs, en outre, ne pouvaient formuler une phrase de plus de trois mots dans un français correct ! Georges enchaîna par une diatribe sur l'évolution de l'enseignement en France, diatribe qu'il maîtrisait parfaitement pour l'avoir maintes fois répétée et à laquelle il apportait quelques variantes ou précisions en fonction de son auditoire. L'un des convives, un client de l'agence venu de Suède dans l'espoir de commercialiser des ustensiles de réfrigération, en profita pour se plaindre des difficultés de la langue de Descartes. L'imparfait du subjonctif finissait toujours par trahir quiconque prétendait le maîtriser. Georges lui promit quelques leçons particulières et poursuivit son discours. À titre d'exemple, Lucile avait été renvoyée de tous les établissements qu'elle avait fréquentés. Un souffle d'étonnement traversa l'assemblée. L'école française n'admettait pas l'esprit critique. D'ailleurs, son épouse et lui commençaient à s'interroger sur la potentielle conformité de leurs enfants au système scolaire, aucun des sept, pour l'instant, ne s'étant illustré par ses résultats. Et ce, malgré leurs dispositions.

— Milo travaille très bien à l'école, corrigea Liane. Et Violette se languit d'y aller. Mon chéri exagère toujours.

— Sept? s'étonna la femme du directeur commercial d'une grande marque de jus d'orange.

Elle demanda à voir les autres. Étaient-ils aussi beaux que les aînés? Liane fit venir le reste de la fratrie, Milo en tête de la petite troupe bientôt alignée au milieu du salon. Les enfants dirent bonjour, les uns après les autres, un peu intimidés. On s'extasia. Quelle famille magnifique! Justine profita des commentaires suscités par leur intrusion pour repartir dans la cuisine, aussitôt rejointe par Violette qui ne la

125

lâchait pas d'une semelle. Milo et Jean-Marc s'attardèrent un peu avec les adultes, assis sur l'accoudoir du canapé et serrés l'un contre l'autre. Lorsque Liane les emmena rejoindre leurs sœurs, Milo demanda si lui aussi aurait un jour le droit de rester pour parler avec les adultes. Liane lui répondit dans le creux de l'oreille :

– Bientôt, mon petit ange, bientôt.

Depuis qu'ils avaient déménagé, Liane et Georges organisaient de nombreux dîners. Liane prenait une *extra* pour préparer une partie du repas, assurer le service et l'aider dans le rangement. En début de soirée, les trois aînés descendaient pour dire bonjour, *faire un frais*, répondre à quelques questions sur leurs études ou raconter la dernière pièce qu'ils avaient vue au Théâtre-Français, auquel ils étaient abonnés tous les trois. Parfois, Georges leur demandait de rester pour l'apéritif. Il jugeait utile pour ses enfants d'écouter les adultes et d'apprendre à se joindre aux conversations. Peu à peu, dans ces moments d'échange qui précédaient le dîner, Lucile avait découvert les limites de son père. Georges ne savait pas tout. Entouré d'autres personnalités, aussi fortes, brillantes et érudites que lui, Georges n'avait pas toujours le dernier mot. Il lui arrivait de se heurter à des opinions contraires aux siennes et à des arguments sur lesquels il peinait à renchérir, ce qui ne l'empêchait jamais de conclure, sur un ton sans appel, qu'il avait raison. Lucile observait son père, entrevoyait son intolérance et ses contradictions. Depuis longtemps, Georges avait décrété que Proust était un écrivain mineur, un pisseur de pages, un grouillot incontinent. Le style ? De la broderie bon marché pour vieilles filles presbytes. Autant prendre un somnifère. Georges provoquait le rire, on n'osait le contredire. Mais un jour, dans l'une de ces soirées au cours desquelles il ne renonçait jamais au premier rôle, Georges était tombé sur un spécialiste de Proust, capable de répondre à ses attaques et de défendre la prose de l'écrivain, dont il connaissait des pages entières par cœur. Lucile avait écouté la joute verbale qui s'était engagée entre les deux hommes, n'en avait pas perdu un mot. Ainsi, son père pouvait avoir tort et même se ridiculiser. Barthélémy, qui assistait comme elle à la discussion, avait pris le parti du contradicteur. Georges lui avait ordonné de se taire. Le lendemain, Lucile avait volé dans le porte-monnaie de Liane de quoi acheter le premier tome de *La Recherche* et l'avait enfoui au cœur de son fameux fouillis.

Dans le salon de Versailles, les soirs de réception, Lucile restait telle qu'en elle-même, observatrice et silencieuse. Il était rare qu'on entendît le son de sa voix mais nul ne pouvait ignorer sa présence. Les trois aînés rejoignaient ensuite les petits qui dînaient à la cuisine, tandis que Liane et son mari passaient dans la salle à manger, suivis de leurs convives. Georges avait l'art de mêler ses clients – chefs d'entreprise, directeurs commerciaux, directeurs des ventes – et ses meilleurs amis. Les habitués de la rue de Maubeuge avaient suivi le mouvement, bientôt rejoints par de nouvelles relations que Georges nouait partout où il passait. Les conversations professionnelles ne faisaient pas long feu. On racontait des anecdotes, on commentait le monde, on riait. Une fois que les adultes étaient à table, Barthélémy retournait au salon pour goûter les fonds de verre, puis s'offrait un détour par le vestibule où étaient entreposés les sacs et les manteaux. Il récoltait quelques pièces, touchait rarement aux billets. Le filon fut de courte durée, Lisbeth ne tarda pas à le dénoncer.

Après sept années sans grossesse, alors qu'elle avait renoncé depuis longtemps à faire mine de suivre la méthode de contraception Ogino, Liane était tombée enceinte. La nouvelle avait d'abord provoqué une agitation étrange, teintée d'inquiétude. On avait perdu l'habitude. Mais Liane était restée sereine, son corps s'était arrondi, sa peau s'était tendue, elle n'avait pas attendu pour aller chercher au grenier le lit à barreaux, les langes, les boîtes à musique et les vêtements rangés depuis longtemps. Elle avait recommencé à dormir l'après-midi, profitant de ces quelques heures de silence qui n'appartenaient qu'à elle, maintenant que Violette était entrée à l'école. Les mains sur son ventre, dans la chaleur épaisse de l'édredon, Liane s'était réjouie. Les aînés vivaient leur vie, commençaient à flirter, étaient invités à des rallyes et des surprises-parties. Ils ne tarderaient pas à partir. Les petits n'étaient plus si petits, et même Violette, son amour de petite fille, avait appris à lire et à écrire. Liane aurait bientôt quarante-trois ans. Elle avait donné naissance à sept enfants, sans compter Jean-Marc, et ne connaissait pas de sensation plus pleine, plus intense que de sentir un petit être bouger dans son ventre, puis de le tenir contre elle, cherchant son sein avec avidité.

Liane avait vécu cette grossesse comme aucune autre auparavant. Elle avait profité de la lenteur à laquelle l'obligeait son état et regardé ses seins grossir. Elle n'avait pas été malade, ni fatiguée, rien ne lui avait semblé plus facile, plus évident. Aucun souci n'était venu entacher ces quelques mois de douceur, les enfants l'avaient aidée et Georges était d'excellente humeur. Bien sûr, il rentrait tard le soir, partait parfois en voyage, entretenait avec certaines femmes des relations particulières. Devait-elle s'en plaindre ? Il voyait des femmes en tête à tête, leur prodiguait des conseils, leur présentait des gens, leur faisait découvrir Paris. Parfois même invitait-il ces femmes à dîner. Elles étaient jeunes et le regardaient avec admiration.

Dès le début, Liane avait compris une chose : si elle commençait à imaginer, une seconde, une toute petite seconde, à quelles caresses Georges pouvait s'adonner avec d'autres femmes, si elle se laissait aller à une image, une seule, elle était morte. Elle avait de la chance, une très grande chance. Elle aimait son mari et son mari l'aimait. Elle devait s'en réjouir et ne rien laisser ternir sa joie. Georges voulait les femmes, toutes les femmes, il n'en restait pas moins son époux, *son chéri*, car ainsi l'appelait-elle, y compris quand elle parlait de lui à quelqu'un d'autre. La vie à Versailles était infiniment plus douce que celle qu'ils avaient connue rue de Maubeuge. Elle disposait maintenant d'une aide à domicile, d'une machine à laver à essorage automatique et d'un robot mixeur venu des États-Unis, elle en avait fini avec les comptes d'apothicaire et les lignes de dépenses serrées les unes derrière les autres, sans rien de l'autre côté pour garantir l'équilibre. Un nouvel enfant ne lui faisait pas peur. Liane, malgré ses nombreuses grossesses, avait gardé sa taille fine et sa silhouette sportive. Lorsqu'elle sortait le soir avec Georges, elle se maquillait un peu, fumait quelques cigarettes menthol, passait sa main dans ses cheveux, riait aux éclats.

Elle croyait que son corps n'était plus fertile et voilà qu'elle était de nouveau enceinte : elle était la plus heureuse des femmes. Justine, Milo et Jean-Marc trépignaient d'impatience. Violette, un peu inquiète de perdre sa place, se serrait contre sa mère.

Cet enfant serait le dernier, inattendu, inespéré : un cadeau de Dieu.

Lorsque l'été arriva, Liane et Georges envoyèrent leur tribu dans la maison de Pierremont, sous la responsabilité des aînés. Lisbeth avait dix-huit ans, Barthélémy dix-sept, Lucile seize. Liane resta à Versailles avec son gros ventre, dans l'attente de la naissance. Au mois d'août, ils partiraient tous ensemble en Espagne, à Alicante, où Georges, cette année encore, avait loué un grand appartement.

Au début de juillet, une fin d'après-midi, Liane perdit les eaux, appela Georges à l'agence et, accompagnée d'une voisine, partit en hâte pour la clinique parisienne dans laquelle elle était inscrite. Elle y accoucha en moins de deux heures d'un magnifique petit garçon aux cheveux presque blancs. Georges arriva peu après la bataille.

À Pierremont, on apprit la nouvelle le soir même par téléphone. Tom était né ! Lisbeth et Lucile achetèrent du cidre pour fêter l'événement et invitèrent quelques amis à poursuivre la soirée. Selon Georges, le bébé était magnifique, et plus costaud encore que tous les autres ! Les aînés levèrent leur verre et trinquèrent à l'arrivée de Tom. Quelqu'un avait apporté une guitare, les cigarettes ne manquaient pas, la soirée se poursuivit tard dans la nuit.

Au petit matin, Milo, Justine et Violette (alors respectivement âgés de douze, dix et huit ans) profitèrent de la torpeur du lendemain de fête pour rejoindre leurs propres copains et partir en expédition, après avoir pioché dans le réfrigérateur de quoi pique-niquer. Ils prirent le chemin de la rivière et décidèrent d'aller jusqu'au barrage. Une fois sur place, ils montèrent sur la passerelle afin d'observer la situation. On ne sut jamais si Violette était passée dessus ou dessous la rambarde. De deux mètres cinquante de haut, elle tomba la tête la première sur la dalle de béton. Il se passa plusieurs secondes avant que les autres enfants se rendent compte qu'elle n'était plus là. Violette gisait dans vingt centimètres d'eau, face contre la dalle. Lorsque Neneuil, le plus âgé de la bande, s'en aperçut, il la rejoignit en quelques sauts et eut le réflexe de la retourner.

Lucile avait été réveillée par les hurlements. Elle qui mettait tant de temps à se lever avait bondi du lit, la gorge serrée comme si une main l'étranglait. Elle enfila un pantalon et courut derrière les enfants jusqu'au barrage. Lorsqu'elle découvrit Violette étendue sur le sol, elle faillit vomir de terreur. Elle s'approcha, ses jambes tremblaient, ses mains aussi, elle crut un instant qu'elle allait s'évanouir. Violette était livide, les yeux à peine ouverts. Lucile eut envie de prendre sa sœur dans ses bras mais elle se rappela ce qu'elle avait appris : il ne fallait pas bouger quelqu'un d'accidenté. Lisbeth avait appelé les secours, ils n'allaient pas tarder. Lucile prit la main de Violette, chercha des mots pour la rassurer, mais aucun mot ne lui venait à l'esprit, seulement des cris, des hurlements sourds, qui se heurtaient les uns aux autres sans qu'un seul son pût sortir de sa bouche. Dans l'ambulance, Lucile se tint à côté de sa sœur, le ventre tordu par l'angoisse, hypnotisée par le sang qui s'écoulait des oreilles de Violette et imprégnait maintenant son pyjama en éponge, une tache rouge d'abord, puis le pyjama tout entier. Violette délirait.

Il fallut appeler Georges à l'agence. Lisbeth affronta les questions de son père et sa voix blanche, anéantie.

Violette avait été prise en charge par l'équipe médicale, elle était consciente, elle avait mal, oui, très mal, ils n'avaient rien dit, non. Rien.

Alors que Georges était encore sur la route entre Paris et Joigny, Liane vit arriver à son chevet le médecin qui l'avait accouchée. Il prit quelques précautions oratoires et lui annonça qu'elle allait devoir être très courageuse. L'enfant qu'elle venait de mettre au monde n'était pas un enfant comme les autres. Tom était atteint du syndrome de Down, une maladie qu'on commençait à mieux connaître et que l'on appelait désormais trisomie 21. Et comme Liane ne réagissait pas, le médecin ajouta en prenant soin de détacher chaque syllabe :

— Votre fils est mongolien, madame Poirier.

Le médecin conseilla à Liane de confier le bébé à l'Assistance publique. Un enfant comme celui-là, qui plus est au sein d'une famille nombreuse, ne présageait que catastrophes. Son développement intellectuel serait extrêmement limité et les structures d'accueil manquaient. Tom serait un souci permanent. Autant dire la vérité : toute leur vie, ils le traîneraient comme un boulet. Liane, abasourdie, répondit qu'elle en parlerait à son mari. Elle regarda Tom dans le berceau qui était à côté d'elle, ses minuscules poings serrés, le duvet blond sur son crâne, sa bouche incroyablement fine et dessinée. Le bébé cherchait son pouce et émettait un bruit

134

de succion. Il lui sembla surtout qu'il était comme tous les autres : incapable de survivre seul.

Les jours qui suivirent furent marqués par une grande confusion. Violette, victime d'une fracture du crâne, avait échappé de peu au pire mais devait rester trois semaines à l'hôpital. Liane, coincée à la clinique, dut attendre une dizaine de jours pour aller voir sa fille.

Georges fit la navette entre Paris, l'hôpital de Joigny et la maison de Pierremont.

Au début d'août, toute la famille partit pour Alicante, à l'exception de Violette dont la convalescence nécessitait qu'elle demeurât plusieurs heures par jour allongée et dont l'état était incompatible avec la chaleur. Elle fut confiée à la sœur de Georges et passa la fin de l'été avec ses cousins.

En septembre, quand toute la famille fut de retour à Paris, Georges prit Tom sous le bras et fit le tour des hôpitaux. Son fils ne resterait pas handicapé. Georges multiplia les tests, les examens complémentaires, les avis et les contre-avis, se procura tout ce que la recherche avait écrit sur le sujet dans les vingt dernières années, assista à des conférences et rencontra toutes sortes de gourous. Il allait trouver une solution, dût-il traverser les océans. Ce ne fut pas utile. Le chromosome supplémentaire sur la vingt et unième paire chromosomique avait été découvert en France, deux ans plus tôt, par le professeur Lejeune, qui avait établi, pour la première fois au monde, le lien entre l'état de déficience mentale et l'aberration chromosomique, et lui avait donné le nom de « trisomie 21 ». Georges, après des semaines de démarches, d'audaces et de courriers scandalisés, finit par rencontrer le professeur Lejeune. Si Tom avait un chromosome en trop, il suffisait de le lui enlever. Le médecin l'accueillit dans son bureau et passa plus d'une heure avec lui. Il n'était pas envisageable de détruire le chromosome supplémentaire, mais il serait peut-être un jour possible de le neutraliser. La trisomie 21 devait être considérée comme une maladie et non comme un handicap. Dans un futur lointain, la médecine serait peut-être en mesure de guérir ou d'atténuer la déficience intellectuelle. Mais pas maintenant.

Georges repartit dans un état de grande tristesse. Il prit une décision qui allait modifier de manière sensible le cours de sa vie : il consacrerait à cet enfant toute son énergie et développerait au maximum ses capacités.

Pas une seconde, ni pour Georges, ni pour Liane, il ne fut question de mettre Tom en institution.

Tom était allongé dans son berceau, les yeux grands ouverts. Depuis plusieurs minutes, il émettait des cris aigus pour appeler ses sœurs. Violette étudiait ses leçons tandis que Justine jouait avec Solange, une amie de classe qu'elle avait invitée pour le goûter. Justine s'approcha du berceau, prit l'enfant dans ses bras. Ravi, Tom s'agita. Justine perçut l'odeur âcre qui venait de la couche, adopta une mine experte et annonça qu'elle allait changer son frère. Elle proposa à Solange de la suivre, déroula une serviette de toilette sur le lit de ses parents, allongea Tom sur le linge. Elle nettoya ses fesses, le pli des cuisses, le zizi, puis les sécha avec application. Entre deux vocalises, Tom riait aux éclats. Justine embrassa ses joues, son ventre, ses petits bras, comme elle avait vu si souvent sa mère le faire, fière de montrer à Solange qu'elle savait s'occuper du bébé. D'ailleurs, elle lui donnait très souvent le biberon et, quand ses parents n'étaient pas là, il dormait avec elle. Tom attrapa ses cheveux, entreprit de tirer, mais Justine fit les gros yeux. L'enfant eut une seconde d'hésitation, puis lâcha la mèche blonde et agita de nouveau ses jambes en l'air, en signe d'allégresse. Solange regardait Tom, perplexe. Plusieurs fois Justine s'était retournée vers elle, avait guetté sur le visage de son amie un sourire, un signe d'attendrissement, mais Solange évitait le regard de Tom, bien que celui-ci déployât toute son énergie pour attirer son attention.

Enfin, Solange se tourna vers Justine et énonça son verdict :

— Il est mongol, ton frère.

Justine regarda son amie, cet air de Madame-je-sais-tout qu'elle arborait maintenant, le menton haut, le nez en l'air. Tom s'agita de plus belle, attrapa ses pieds avec ses mains, les porta à sa bouche. Justine l'immobilisa pour nouer la couche propre, lui enfila son pantalon, ses chaussons, le redressa pour l'asseoir. Tom resta dans cette position pendant quelques secondes, en quête d'équilibre, puis se laissa retomber en arrière avec un petit cri de joie.

Justine haussa les épaules.

— N'importe quoi.

Elle prit l'enfant dans ses bras et sortit de la chambre sans un mot. Elle n'avait plus envie de jouer avec Solange, elle avait envie que Solange rentre chez elle, d'ailleurs Solange n'était pas son amie, Solange portait des robes affreuses et avait l'air *nunuche*, c'était son père qui l'avait dit, la dernière fois, un dimanche qu'elle était venue jouer à la maison.

Le soir, après que Solange fut partie, Justine frappa à la porte de Milo, entra sans attendre de réponse. Milo était allongé sur son lit, plongé dans la lecture d'une revue illustrée. Justine s'assit à côté de lui. Milo lui adressa un sourire, puis reprit sa lecture.

– C'est vrai que Tom est mongolien ?

Milo leva les yeux vers sa sœur, visiblement partagé entre la consigne qui lui avait été donnée et la vérité qu'il estimait lui devoir.

– Ouais, c'est vrai.

– Comment tu le sais ?

– C'est maman qui l'a dit à Lisbeth qui l'a dit à Lucile qui me l'a dit.

Justine sentit un grand chagrin l'envahir. Ce n'était pas possible. Tom était un ange, un roi chéri, pas un mongol. Elle dévala l'escalier. Georges lisait un journal dans le salon, Liane était occupée à la préparation du repas. Justine hésita un instant, puis choisit la cuisine où Violette siégeait au côté de sa mère. Toutes deux épluchaient les légumes.

Justine se posta devant la table.

– C'est vrai que Tom est mongolien ?

Il y eut un bref silence, puis Liane, de sa voix la plus douce, répondit :

– C'est vrai, ma reine chérie. Mais on ne dit pas mongolien. Tom est trisomique. Cela veut dire qu'il est handicapé et qu'il ne sera jamais comme les autres

139

enfants. Mais nous lui apprendrons beaucoup de choses et nous essaierons de faire en sorte qu'il soit heureux.

La voix de Liane s'était altérée. Violette en avait aussitôt perçu l'inflexion basse, douloureuse. Elle laissa tomber l'économe et s'accrocha au cou de sa mère.

– On ne pourra pas le réparer ?

Comment Liane pouvait-elle rester si calme ? Justine eut envie d'attraper les assiettes et de les jeter à travers la pièce, de renverser tout, la table, les chaises, les casseroles, les couverts, de renverser tout et de hurler. Elle ne voulait pas que Tom soit trisomique, ni handicapé, ni rien du tout, elle voulait qu'il soit fort et normal et qu'il puisse se défendre. Car Tom allait grandir et devenir un petit garçon. Dans la rue, dans le métro, on le regarderait, on se retournerait sur lui, on dirait des messes basses derrière son dos. Et ça – que l'on puisse rire de Tom – elle ne pouvait le supporter.

Justine attrapa la corbeille de fruits et la fit tomber d'un geste brusque. Elle défia sa mère du regard. Les oranges s'arrêtèrent à hauteur du réfrigérateur, les pommes se répandirent plus loin, presque jusque dans l'entrée. Elle ne se pencherait pas pour les ramasser. Liane n'avait qu'à le faire elle-même.

Justine sortit de la cuisine, monta l'escalier en larmes et tomba nez à nez avec Lucile. Lucile l'attrapa par les épaules et l'attira dans sa chambre. Elle fit asseoir sa sœur sur son lit et lui demanda ce qui la rendait si triste. Justine ne répondit pas. Son corps était soulevé par la colère, sa respiration semblait chercher un point d'ancrage, un point à partir duquel elle pourrait calmer son affolement. Lucile caressa ses cheveux, sans rien dire, le temps que s'apaise la respiration de Justine, que cessent ses sanglots. Justine avait des jambes immenses et les traits de son visage étaient d'une étonnante régularité. Elle était belle. Depuis toujours, Justine était en colère. Elle ne terminait jamais son assiette, ne supportait pas la contrariété, entrait dans des rages folles dont on ignorait généralement la cause. Justine luttait contre sa mère, dans l'affrontement quémandait son attention. On disait qu'elle était une enfant difficile. Le reste, on l'avait presque oublié.

Lucile était allée lui chercher un verre d'eau et, peu à peu, Justine s'était calmée. Elle était maintenant assise au bord du lit, dans cette position sage, mains posées sur les cuisses, qui ne lui ressemblait pas. Lucile n'avait pas cessé de l'observer.

— C'est à cause de Tom, finit par dire Justine, il est mongolien.

Lucile posa sa main sur celle de sa sœur.

— Et alors, ce n'est pas si grave.

— Et si on se moque de lui ?

— Personne ne se moquera de lui. Papa et maman le protégeront. Et nous aussi.

Justine parut réconfortée et s'échappa de la chambre.

Depuis quelques mois, Justine et Violette s'occupaient de Tom comme elle et Lisbeth s'étaient occupées des petits.

Lucile avait adoré Violette, ses joues potelées, ses boucles blondes, lui avait appris des comptines, des chansons et même quelques tables de multiplication. Mais Justine lui avait toujours semblé plus lointaine. Même si parfois Lucile avait songé, en vertu de cette géométrie secrète qui préside aux fratries, qu'elles étaient reliées par quelque chose. Quelque chose qui les unissait en silence, qui sans doute ne portait pas de nom, et, loin de les rapprocher, les éloignait l'une de l'autre.

Maintenant Justine et Violette veillaient sur Tom, se réjouissaient de ses progrès. Les choses se perpétuaient, se transmettaient, c'était le propre des familles nombreuses. Tom était un *amour d'enfant*, un *roi chéri*, un *prince*. Il dormait bien, mangeait bien, ne pleurait jamais. Il était si facile. Dès que l'on s'approchait de lui, il tendait les bras et poussait des cris de joie. Parfois, Lucile le tenait contre elle, caressait le duvet blond sur sa tête, embrassait ses petites mains. Comme ses frères et sœurs, elle s'était attachée à Tom, n'envisageait pas qu'il pût être un autre, ne l'aurait échangé contre aucun enfant. Pourtant, dès les premiers mois, il lui était apparu que, dans cette fratrie noyée par le nombre, Tom était un facteur de dilution supplémentaire. Tom était un chagrin que ses parents avaient su transformer en cadeau. Un cadeau qui prenait beaucoup de place.

Un jour Lucile partirait, elle quitterait le bruit, l'agitation, le mouvement. Ce jour-là, elle serait une et une seule, distincte des autres, ne ferait plus partie d'un ensemble. Elle se demandait souvent à quoi ressemblerait le monde, ce jour-là, s'il serait plus violent, ou au contraire plus clément.

Jean-Marc n'était pas descendu pour prendre son petit déjeuner, il n'était pas descendu non plus pour la messe de dix heures. Liane avait surveillé sa montre, incrédule, avait songé un moment à le réveiller, puis s'était ravisée. Jean-Marc avait suivi un long entraînement de natation la veille, en préparation de sa compétition régionale. Il avait sans doute besoin de se reposer. Elle pouvait bien le laisser dormir. Elle l'attendrait, ils iraient à la messe de midi. Jean-Marc n'allait pas tarder à se réveiller. Elle aimait ce rendez-vous hebdomadaire, entre elle et lui, un moment qui n'appartenait qu'à eux. Jean-Marc était le seul de ses enfants qui croyait en Dieu. Milo et les aînés refusaient depuis longtemps d'aller à la messe, Georges n'était pas entré dans une église depuis la mort d'Antonin, Justine et Violette participaient au catéchisme et ne s'en plaignaient pas, mais elles étaient trop jeunes pour partager véritablement sa foi. Seul Jean-Marc l'accompagnait de sa pleine volonté, et même y allait sans elle, lorsqu'elle ne pouvait pas. Jean-Marc aimait prier, lui avait-il expliqué, prier à genoux et les mains jointes, et que sa

144

voix chuchotée monte vers le ciel. Un jour peut-être, portée par sa ferveur, parviendrait-elle jusqu'au Seigneur. Jean-Marc ne priait pas pour lui-même, mais pour les autres, ceux qu'il savait inquiets ou malheureux, car Jean-Marc depuis toujours percevait mieux que quiconque le désarroi de ceux qui l'entouraient.

Pour Liane, la foi était un cadeau de Dieu qu'elle avait eu la chance de recevoir, comme elle avait eu la chance d'accueillir Jean-Marc neuf ans plus tôt, auquel, même s'il n'était pas son fils, elle était dorénavant liée par un attachement étrange et tout aussi organique, et comme elle avait eu la chance de mettre au monde ce bébé différent des autres, qui ne lui apportait qu'émerveillement et joie. Tom commençait à se tenir debout, et bientôt, il marcherait.

Jean-Marc n'était pas descendu non plus pour la messe de midi et Liane avait senti s'installer en elle un nœud d'anxiété qu'elle avait chassé, debout dans la cuisine, par une tasse de thé brûlant. Son entraînement avait dû l'épuiser. Il pouvait bien rater la messe un dimanche. Jean-Marc aurait bientôt quinze ans. Il s'apprêtait à rejoindre l'Académie populaire des Arts plastiques où Barthélémy étudiait depuis deux ans. Il avait été si heureux d'apprendre qu'il y était admis. Liane avait vu son visage, au retour de la journée portes ouvertes, et comme il était fier à l'idée de suivre les traces de son frère, d'étudier dans la même école que lui. À la veille de la rentrée, il pouvait bien dormir.

Lucile somnolait dans son lit, réveillée de temps à autre par un cri, un bruit de chaise, un éclat de voix. Dans la moiteur des draps elle perdait la conscience de son corps, exactement comme si elle flottait à la surface d'une eau stagnante, à l'exacte température de sa peau. Elle n'avait aucune envie de sortir, ni même d'ouvrir les rideaux. Ils étaient rentrés de vacances quelques jours plus tôt, elle aimait prolonger cet état de latence, d'engourdissement, ne rien prévoir, laisser aller les choses comme elles venaient, accueillir l'étirement du temps. Bientôt, il lui faudrait affronter la rentrée, commencer une nouvelle année. Aussi loin qu'elle s'en souvienne, Lucile détestait cette période. Chaque année, il fallait réinventer les horaires, redéfinir les iti-néraires, tout recommencer. Et cette fois, renvoyée sans appel de Blanche-de-Castille, elle était inscrite chez Pigier.

Liane avait enfilé son manteau. Elle réveillerait Jean-Marc à son retour. Il n'avait qu'à se reposer. Georges était parti à Pierremont pour le week-end afin d'avancer les travaux, il ne pourrait donc pas lui en faire la remarque. Car selon Georges, la grasse matinée avait été inventée pour les asthéniques et les indolents. Pour mener une vie saine, il fallait être debout à la première heure, dimanche compris. N'en déplaise aux adolescents oisifs et aux jeunes filles paresseuses.

Au moment de quitter la maison, Liane frappa à la porte de Lucile. Après quelques secondes, sa fille répondit par un oui embrumé.

– Je pars à la messe, ma reine chérie.

Lucile se leva pour ouvrir à sa mère.

– Il faudrait mettre le poulet au four, vers midi et quart. J'ai tout préparé.

Lucile acquiesça et referma la porte.

Liane prit le chemin de l'église. Elle sentit la petite boule enfler dans son ventre, refusa d'y prêter attention, accéléra le pas. Soudain, elle s'arrêta. Ce n'était pas normal. Il se passait quelque chose. Jean-Marc ne dormait jamais si tard. Et ne ratait jamais la messe. Liane fit demi-tour et se mit à courir jusqu'à la maison, puis monta les marches quatre à quatre. À mesure qu'elle approchait de la chambre de l'adolescent, l'angoisse grandissait.

Lucile entendit sa mère rentrer et monter l'escalier, puis frapper à la porte de Jean-Marc, l'appeler plusieurs fois. Lucile entendit sa mère ouvrir la porte, puis elle n'entendit plus rien.

Liane découvrit l'adolescent allongé sur son lit, un sac en plastique enfoncé sur la tête. Elle se jeta sur lui, retira le sac d'un geste brusque et découvrit son visage. Sa bouche était restée ouverte, à la recherche d'air.

Après la toilette rituelle, habillé d'un costume sombre, Jean-Marc était resté trois jours à la maison. Son corps, étendu sur son lit, avait été entouré de cierges. Tous les enfants avaient pu le voir. Quelques semaines plus tôt, Barthélémy s'était insurgé à l'idée que Jean-Marc le rejoigne prochainement dans son école. Depuis quand Jean-Marc était-il doué pour les Arts plastiques ? Il ne voulait pas l'avoir sur le dos, il avait honte de lui. Mais maintenant que son frère était mort, Barthélémy, qui ne croyait pas en Dieu, priait de toutes ses forces pour qu'il ressuscitât. Il aurait donné n'importe quoi pour revenir en arrière, que la mort de Jean-Marc n'ait jamais eu lieu, pour que rien de semblable ne dévaste à nouveau sa famille.

La presse s'était emparée du fait divers. Les journalistes étaient venus, avaient sonné à la porte, téléphoné sans relâche. Les uns après les autres, ils s'étaient heurtés à la violence de Georges, à ses injures. Certains étaient restés à proximité de la maison, dans l'espoir de recueillir quelques mots de la part des frères et sœurs de l'adolescent mort, ou de quiconque mettrait le nez dehors. Lucile comme les autres sortait le nez enfoui dans son écharpe, ignorant les appels, les harangues, et regardait droit devant elle.

À Lucile et à ses frères et sœurs, on avait expliqué la mort de Jean-Marc d'une voix posée. Parce qu'il avait été un enfant battu, Jean-Marc avait l'habitude de se protéger la tête au moment de s'endormir. Ce soir-là, épuisé par son entraînement de natation, il s'était couvert d'un sac en plastique et ne s'était pas réveillé. Jean-Marc était mort asphyxié dans son sommeil, il n'avait pas souffert. Rien d'autre n'avait été ajouté.

La maison, aussi vaste fût-elle, abritait dorénavant un air lourd, saturé. Georges, hagard, sursautait à la moindre sonnerie. Aux enfants, on cachait les titres des journaux qui nourrissaient sa colère. Aux autres, rien ne devait être dit. Jean-Marc était mort, il n'y avait rien à ajouter.

Est-ce qu'à quinze ans ou presque on pouvait s'endormir avec un sac en plastique sur la tête sans l'avoir voulu, sans l'avoir choisi ? Telle était la question que se posait Lucile comme sans doute la plupart de ses frères et sœurs. Et si Jean-Marc avait décidé de mettre fin à ses jours, quel malheur, quel abandon était-il à l'origine de sa détresse ? Personne ne s'en était rendu compte, Jean-Marc avait l'air heureux. De quoi étaient-ils coupables, eux qui vivaient encore, eux qui n'avaient rien vu ?

Au commencement, lorsque j'ai fini par accepter l'idée d'écrire ce livre, après une longue et silencieuse négociation avec moi-même, je pensais que je n'aurais aucun mal à y introduire de la fiction, ni aucun scrupule à combler les manques. Je veux dire, en quelque sorte, que je pensais rester maître à bord. J'imaginais être capable de construire une histoire, fluide et maîtrisée, ou tout au moins un texte qui s'élaborerait dans une forme assurée et constante et prendrait sens à mesure qu'il progresserait. Je croyais pouvoir inventer, donner un souffle, une direction, créer de la tension, mener l'affaire d'un bout à l'autre sans ligne de faille ni point de rupture. J'espérais pouvoir manipuler le matériau à ma guise, et c'est l'image un peu classique d'une pâte qui me vient, une pâte à tarte comme Liane m'avait appris à les faire quand j'étais enfant, brisée ou feuilletée, que j'aurais fabriquée entre mes mains à partir d'ingrédients épars avant de la faire rouler sous ma paume, de l'aplatir avec force, voire de la projeter vers le plafond pour observer de quelle manière elle s'y collerait.

Au lieu de quoi je ne peux toucher à rien. Au lieu de quoi il me semble que je reste des heures les mains en l'air, les manches remontées jusqu'aux coudes, ficelée dans un horrible tablier de bouchère, terrorisée à l'idée de trahir l'histoire, de me tromper dans les dates, les lieux, les âges, au lieu de quoi je crains d'échouer dans la construction du récit telle que je l'avais envisagée.

Incapable de m'affranchir tout à fait du réel, je produis une fiction involontaire, je cherche l'angle qui me permettra de m'approcher encore, plus près, toujours plus près, je cherche un espace qui ne serait ni la vérité ni la fable, mais les deux à la fois.

Je perçois chaque jour qui passe combien il m'est difficile d'écrire ma mère, de la cerner par les mots, combien sa voix me manque. Lucile nous a très peu parlé de son enfance. Elle ne racontait pas. Aujourd'hui, je me dis que c'était sa manière d'échapper à la mythologie, de refuser la part de fabulation et de reconstruction narrative qu'abritent toutes les familles.

Je n'ai aucun souvenir que ma mère m'ait donné à entendre de sa bouche les différents événements qui ont marqué *son* enfance, je veux dire qu'elle les ait évoqués dans un récit énoncé au *je*, qui nous aurait donné accès, au moins en partie, à sa vision des choses. Ce qui me manque au fond, c'est son point de vue à elle, les mots qu'elle eût choisis, l'ordre d'importance qu'elle eût attribué aux faits, les détails qui lui eussent appartenu. Elle évoquait parfois ces choses, la mort d'Antonin, celle de Jean-Marc, les photos de l'enfant vedette qu'elle avait été, la personnalité de Liane ou celle de son père, elle les évoquait avec une violence certaine, mais hors de toute narration, de toute mise en récit, comme elle aurait jeté des pierres pour nous atteindre de plein fouet ou bien se délester du pire.

Je tente pourtant de reconstituer sa vision à partir des fragments qu'elle a livrés aux uns et aux autres, à Violette, peu de temps avant sa mort, à ma sœur Manon, à moi parfois. Je recompose, certes, je comble les creux, j'arrange à ma manière. Je m'éloigne un peu plus de Lucile en voulant l'approcher.

J'ignore ce que Lucile a ressenti à la naissance de Tom. Je l'ai imaginé. Je sais qu'elle a adoré cet enfant tardif et vulnérable, qu'il fallait protéger du monde, je sais combien Tom comptait pour elle, devenu adulte, combien il lui importait qu'il se sente bien quand il venait passer quelques jours chez elle. D'aucuns m'ont fait remarquer que Tom, de par l'affection immédiate qu'il suscitait, l'attention qu'il demandait, et la volonté qu'ont eue mes grands-parents de développer au maximum ses capacités, avait sans doute pris beaucoup de place. Sur cet enfant drôle, gentil, si dénué de malice, se sont peu à peu reportés les espoirs, les tendresses, les élans déçus. Au fil des années, Tom est devenu le principal pôle d'attention de Georges et l'idole de la famille tout entière. Il en est aujourd'hui la mascotte, et, selon moi, son principal ciment.

Quand j'étais enfant, je jouais avec Tom dans le jardin de Versailles. Nous poursuivions Enzyme, le teckel de Justine, pour chuinter des mots doux dans ses longues oreilles et le voir agiter la tête. Tom n'a que quelques années de plus que moi.

Quand j'étais enfant, les photos d'Antonin et de Jean-Marc, les fils disparus, étaient posées côte à côte sur la bibliothèque, dans le salon de Pierremont. Plus tard, un portrait noir et blanc de Milo est venu les rejoindre. Lors des vacances scolaires, nous – mes nombreux cousins, ma sœur et moi – avons passé des semaines entières dans l'ombre mystérieuse de ces morts. En vertu de l'attirance qu'ont les enfants pour le morbide, nous n'avons cessé de tourner autour de ces photos, d'en observer les moindres détails, d'en explorer le mystère, nous avons demandé à Liane de répéter des dizaines de fois les anecdotes et les souvenirs. Assise sur son petit tabouret, dans cette fameuse cuisine jaune qui fut celle de toutes les légendes, ma grand-mère nous a raconté ses fils, de sa voix mélodieuse et légère, avec parfois ce rire attendri qui n'appartenait qu'à elle, et ces soupirs sonores, chargés d'angoisse, qui seuls laissaient entendre la détresse dans laquelle ces morts l'avaient laissée.

J'ai appris beaucoup plus tard par Violette que Jean-Marc était mort d'hypoxyphilie, appelée également asphyxie auto-érotique, c'est-à-dire lors d'une séance de masturbation où il cherchait à amplifier son orgasme par la suffocation. Jean-Marc, semble-t-il, s'adonnait à des pratiques masochistes et fétichistes. Lors des entretiens que j'ai menés pour écrire ce livre, Lisbeth m'a raconté que, quelques semaines avant sa mort, elle avait surgi sans prévenir dans sa chambre pour récupérer une culotte qu'il lui avait volée, et l'avait surpris, un foulard enroulé autour du sexe, en train d'y planter des épingles.

J'essaie aujourd'hui de reconstituer la manière dont les événements s'enchaînent, l'ampleur de l'impact. Il me semble que la mort de Jean-Marc, et la version officielle qui en a été donnée (mais on imagine combien la vérité est difficile à expliquer à des enfants), introduit pour la première fois dans la fratrie la question du suicide. Lucile a longtemps considéré de cette manière la mort étrange de son frère. Sans explication complémentaire, la version officielle, si elle paraît moins violente, génère une part de doute, et probablement de culpabilité, en particulier chez les aînés dont les sentiments à l'égard de Jean-Marc ont toujours été ambivalents.

Les récits de la mort de Jean-Marc divergent sur quelques points sans importance, notamment qui se trouve à ce moment-là à Pierremont avec Georges pour les travaux (a priori Lisbeth et Barthélémy) et qui, au contraire, est resté à Versailles avec Liane (Lucile et les petits).

En ce qui concerne le harcèlement de la presse, on raconte que Georges a fait appel à son beau-frère, qui était alors rédacteur en chef d'*Ici Paris*, afin qu'il use de son influence pour que cela cesse – dans une autre version, c'est Claude, le beau-frère de Liane, qui utilise le fait divers pour son journal, ce qui lui vaudra une rancœur éternelle de la part de Georges. Mais cette version m'a été plusieurs fois démentie.

Tout le monde s'accorde à dire que c'est Liane qui découvre le corps et téléphone à Georges pour qu'il rentre en urgence. Liane appelle aussi Marie-Noëlle, l'amie de toujours, qui arrive aussitôt pour parer au plus pressé. Milo, qui a treize ans, pleure pendant plusieurs heures et à grand bruit son frère le plus proche en âge, son frère disparu. Milo, *inconsolable,* pleure, comme Barthélémy a pleuré quelques années plus tôt la mort d'Antonin. Aujourd'hui, ces chagrins sont évoqués de la même manière, avec les mêmes mots ; un fil invisible et mortifère les relie.

Je ne sais rien de Lucile, si ce n'est qu'elle était là, dans une chambre pas très loin, et qu'elle avait dix-sept ans. J'ignore ce qu'elle a fait, si elle a crié, si elle a pleuré, comment ces événements se sont inscrits en elle.

Lisbeth, qui vit aujourd'hui dans le Sud, m'avait dit avoir gardé la une d'un journal paru au moment de la mort de Jean-Marc, dont le titre (« L'enfant martyr n'a pas survécu à son passé ») avait mis Georges hors de lui. J'ai demandé à voir l'article. Après plusieurs jours de recherches, Lisbeth m'a téléphoné. Elle ne l'avait pas retrouvé. À y réfléchir, elle l'avait sans doute jeté.

Il y a quelques années, Lisbeth a décidé de *jeter tous les mauvais souvenirs.* C'est dans cette posture, c'est-à-dire délestée du pire, que Lisbeth a passé plusieurs heures à me raconter l'histoire de notre famille. Je l'ai rappelée plusieurs fois dans les semaines qui ont suivi ces entretiens pour obtenir des précisions qu'elle est seule à connaître. C'est dans cette posture qu'elle m'a livré détails et anecdotes, si précieux pour moi, dans une version panoramique et technicolor dont il manque les chutes et les contre-champs, où la souffrance affleure à chaque phrase sans jamais être dite. Lisbeth n'est pas la seule. Chacun fait comme il peut et je respecte aujourd'hui sa ligne de défense ou de survie qui est, à peu de chose près, semblable à celle de Barthélémy. Peut-être parce qu'ils sont les aînés. Peut-être parce qu'ils ont été les plus exposés. Aujourd'hui Lisbeth et Barthélémy ont choisi de garder le meilleur, le plus fantasque, le plus lumineux. Ils ont jeté le reste. Ils ont peut-être raison. Comme les autres, ils ont accueilli mon projet avec enthousiasme et comme les autres ils se demandent à l'heure actuelle ce que je vais faire de tout ça. Ils *tracassent,* comme on dit dans notre famille. Je pense souvent à eux lorsque j'écris – Lisbeth, Barthélémy, Justine et Violette – avec la tendresse infinie que j'éprouve pour eux, mais aussi la certitude que j'ai aujourd'hui de les heurter, de les décevoir.

Je ne parle pas de Tom, adoré de tous, qui a quarante-huit ans et vit depuis quelques années dans un
foyer d'accueil pour handicapés mentaux : il est le seul
dont j'ai la certitude qu'il ne me lira pas.

Les cheveux de Barthélémy avaient poussé d'un coup, comme sous l'effet d'un philtre ou en une seule nuit, ils tombaient en masse devant ses yeux, se répartissaient en boucles épaisses, surmontées de deux épis que l'adolescent laissait poindre ou s'épancher, indisciplinables. Georges avait vu rouge. Les cheveux de Barthélémy incarnaient à eux seuls la quintessence de l'*âge bête*. D'ailleurs, Barthélémy pensait bêtement, s'habillait bêtement, se déplaçait bêtement. Georges, songeait-il, s'était montré tolérant avec ses enfants, leur avait offert une éducation libérale, respectait autant que possible leur personnalité, leurs opinions, mais là, non, il ne fallait pas pousser le bouchon. Il y avait des limites. Dans la vie, la première impression vous situait de manière définitive. Se présenter où que ce fût avec des cheveux longs, qui plus est d'une propreté douteuse, équivalait à un suicide social. Une démission programmée, un auto-sabordage. Georges ne supportait pas les cheveux de Barthélémy, ni cette façon que son fils avait maintenant de le contredire en public, ses manières de prince, ses invitations dans les rallyes, ses

succès auprès de la gent féminine gloussante et caque-
tante, ses amis au regard vide qui se prétendaient épris
de la littérature. Barthélémy ne jouait plus au tennis
(longtemps Georges avait espéré que son fils se classe-
rait au niveau national), fréquentait des gens plus âgés
que lui, se donnait des manières d'artiste. Depuis qu'il
avait les cheveux longs, chaque fois que Barthélémy
entrait dans une pièce ou dans son champ de vision,
Georges soulignait son arrivée d'une remarque acide
ou d'un soupir affligé. Barthélémy se donnait un
genre, il en fallait un quand on n'avait rien à offrir en
termes de contenu, un genre, oui, pour ne pas dire un
emballage, et Dieu sait si Georges s'y connaissait en
matière d'esbroufe et de boîtes vides, lui qui travaillait
depuis plusieurs années dans la publicité. Georges était
à l'affût, s'emparait d'un détail, d'un silence, d'une
hésitation, sautait sur la moindre occasion, s'embar-
quait dans l'un de ces monologues acerbes qu'il peaufi-
nait à mesure que le temps passait et achevait toujours
par cette conclusion consternée adressée à Liane :

– Que veux-tu, ma chérie, c'est l'âââââge bêêêêête.

Georges n'aimait pas non plus les piaillements de
Lisbeth, sa gaieté bruyante, ses préoccupations chif-
fonnières. Il ne supportait pas davantage le temps
que Lucile passait dehors sans autre précision de lieu
ni de compagnie, ses pantalons moulants, ses lèvres
maquillées, sa manière de lever les yeux au ciel, ses
silences désapprobateurs. Dès lors que ses enfants

avaient commencé à sortir le soir et à se préparer pendant des heures, dès lors qu'ils s'étaient liés avec d'autres jeunes gens, dont les noms circulaient autour de la table et tard dans la soirée, dès lors qu'ils avaient commencé à être invités à droite et à gauche, Georges avait pris de plein fouet leur éloignement. Tout cela, au fond, n'était que trahison.

À mesure que ses enfants grandissaient, Georges se laissait aller à des railleries de plus en plus dures. Boutons d'acné, empourprements et regards fuyants alimentaient ses diatribes. Georges avait la métaphore assassine et rien ne lui échappait. Vêtements, attitudes, accessoires étaient passés au crible, analysés, conspués. Certains soirs, la moquerie confinait au lynchage. Car Georges, toujours, jouissait de la dernière frappe, du dernier mot.

Lucile n'échappait pas à la règle, mais son père n'allait jamais jusqu'à l'humilier. Lucile se dérobait à son regard, cherchait les angles morts. Le silence n'offrait pas de prise. À mesure que le temps passait, elle semblait mener une vie parallèle et secrète, à laquelle il n'avait pas accès. Georges se rattrapait sur les amis de Barthélémy qui s'intéressaient à sa fille, dont il déplorait à voix haute le manque de culture, le physique souffreteux, les ambitions mesquines. Il détestait Forrest plus que tout autre, un garçon au visage d'ange, qui n'avait d'yeux que pour Lucile.

Lucile haïssait la toute-puissance de son père, son absence d'indulgence, sa férocité sans limite. Elle observait le visage de Georges, déformé par une douleur sourde, le pincement dégoûté de ses narines, le pli d'amertume à ses lèvres. Elle ne le reconnaissait pas. Depuis quand Georges était-il devenu cet être amer, elle ne savait le dire. Ou bien peut-être le découvrait-elle maintenant sous son vrai jour et prenait-elle la mesure de sa violence. Lui, qui depuis toujours fanfaronnait que ses enfants étaient d'une intelligence très largement supérieure à la moyenne, était maintenant le premier à railler leurs hésitations, à s'agacer de leurs désirs et se moquer de leurs goûts. Milo, Justine, Violette, un jour porteraient eux aussi des vêtements à la mode, arboreraient des coiffures insolentes, fomenteraient des révolutions. Eux aussi, un jour, lui échapperaient.

Désemparée, Liane écoutait son mari, tentait parfois d'atténuer ses propos. L'adolescence de ses enfants constituait pour elle un territoire étranger à l'intérieur même de la famille qu'elle avait construite, clos de mur, un territoire dont elle avait renoncé à comprendre les revendications et les manifestations, trop éloignées du souvenir qu'elle avait gardé de sa jeunesse provinciale et de sa tardive puberté, vécues sous la tutelle d'un père dont l'autorité n'était pas contestable. Elle aurait préféré que ses enfants restent petits, qu'ils cessent une fois pour toutes de grandir. D'ailleurs, à y réfléchir, Liane n'aimait rien tant que la chair fraîche et délicate des bébés, cette chair qu'elle dévorait sans fin de ses baisers. Bien sûr, elle était restée proche de Lisbeth, qui depuis toujours la secondait. Bien sûr, elle était fière de Barthélémy, qui était devenu un magnifique jeune homme. Pour l'instant, Milo travaillait bien à l'école, lisait le journal, s'intéressait aux choses du monde. Les filles étaient petites et elle pouvait encore couvrir Violette de baisers. Quant à Lucile, au retour de ses journées passées chez Pigier, elle fumait des cigarettes dans sa chambre, affichait un détachement poli, sans que rien ne transparaisse de sa pensée ni de ses sentiments.

Lucile lui avait échappé depuis longtemps.

À deux reprises au cours des dernières semaines, Lucile et Lisbeth étaient rentrées de leurs sorties bien au-delà de l'heure fixée par leur père. Aussi, lorsqu'elles furent invitées à la grande fête organisée à Chaville par leurs cousins, Georges leur interdit-il d'y aller. Ce fut sans appel. Et qu'elles aient passé des semaines à confectionner leurs robes n'y changeait rien. D'ailleurs, Georges exigea leur présence au dîner qu'il organisait ce soir-là, auquel était convié le directeur commercial de l'agence, un jeune humoriste qu'il venait de rencontrer, ainsi qu'un réalisateur de feuilletons télévisés pour lequel les petits avaient, à plusieurs reprises, fait de la figuration. Au cours du dîner, Lucile et Lisbeth s'efforcèrent de participer à la conversation et de répondre aux questions qu'on leur posait. Sitôt le dessert pris, elles demandèrent à monter se coucher.

Lorsque les invités furent partis, Georges, froissé qu'elles aient disparu de si bonne heure, monta voir ses filles avec la ferme intention de repréciser quelques notions de savoir-vivre. Leurs chambres respectives étaient vides, la fenêtre de Lucile était ouverte. Georges et Liane sautèrent dans la voiture et se rendirent à Chaville en moins d'un quart d'heure.

Georges se gara devant la maison. La musique avait envahi la rue malgré les volets fermés. Liane sonna à la porte tandis que Georges attendait dans la voiture. Elle apparut sur le seuil de la salle de danse, chercha ses filles du regard. En moins de deux minutes et sans qu'un mot fût prononcé, Lisbeth et Lucile furent assises sur la banquette arrière. Dans le rétroviseur, Lucile aperçut le regard de Georges et se tassa sur son siège. De retour à Versailles, il entra dans une colère étranglée et, sous leurs yeux, déchira avec rage les robes cousues par leurs soins. Dans la nuit, Lucile décida de fuir vers un monde libre. Dès le lendemain matin, elle fit part de son projet à Lisbeth qui ne se fit pas prier. Lisbeth rêvait de voyages, de contrées lointaines, d'hommes aux accents mélodieux. Partir ne lui faisait pas peur. Elles commenceraient par vivre à Pierremont, incognito, le temps de trouver un petit travail et de mettre un peu d'argent de côté. Ensuite, si Lucile se montrait plus téméraire, elles pourraient s'enfuir loin, beaucoup plus loin.

À l'heure habituelle, elles firent mine de partir pour le lycée. Mais au lieu d'aller en classe, elles prirent, de Versailles, un premier train pour la gare Saint-Lazare puis passèrent à la Caisse d'épargne pour y récupérer les économies de Lisbeth. De tout temps, Lisbeth avait été la seule à mettre de l'argent de côté. Depuis peu, elle gardait des enfants pour financer ses futurs voyages. Les deux sœurs se rendirent ensuite à la gare de Lyon où, quelques heures plus tard, elles prirent le premier train pour Pierremont.

Lucile n'avait jamais remarqué à quel point la maison était sombre et abîmée. À quel point l'atmosphère y était humide, glaciale. Le soir venu, elle entendit toutes sortes de bruits suspects venus du grenier. Terrorisée, elle demanda à Lisbeth de dormir avec elle. Au petit matin, elles virent arriver Georges, un sachet de croissants à la main, souriant et soulagé. Il prépara un copieux petit déjeuner, puis les fit monter dans la voiture. En moins de deux heures, elles furent à Paris.

Avec Forrest, Lucile traînait sur les grands boulevards ou se réfugiait dans les salles de cinéma. Dès le premier jour, l'ami de Barthélémy était tombé amoureux d'elle. Il était venu à Versailles ou à Pierremont, ne l'avait plus quittée des yeux. Forrest était devenu le confident, l'amoureux chaste qui attendait son heure. Lucile ne voulait pas coucher. Elle portait les cheveux courts, coupés à la garçonne, des pulls à col roulé, des pantalons fuseau et des souliers plats, arborait de faux airs de Jean Seberg. Forrest voulait être photographe. À Pierremont, il avait pris plusieurs séries de clichés, dont une montrant Lucile, Lisbeth et Barthélémy en train de danser le long des rails du chemin de fer. Ce même jour, Lucile avait volé la lourde plaque en émail accrochée au principal poteau de la gare, abîmée par la pluie et le vent.

Ne traversez pas sans regarder dans les deux directions. Un train peut en cacher un autre.

À Paris, ils s'étaient photographiés tous les deux devant un miroir, Lucile et lui, Lucile tout près de lui.

Mais Forrest ne resterait qu'un premier flirt pour Lucile, un souvenir de douceur et de tendresse.

Lucile avait rencontré Gabriel un peu plus tôt alors qu'elle était en vacances avec sa famille à Alicante. Ils s'étaient vus plusieurs étés, s'étaient étendus côte à côte sur la plage, étaient sortis en bande le soir venu. Gabriel était le plus jeune frère de Marie-Noëlle, la collaboratrice de Georges. À plusieurs reprises, Marie-Noëlle avait demandé à Georges de l'emmener avec eux, il avait besoin de changer d'air. Gabriel était beau parleur, aussi brun que Lucile était blonde, le corps fin et athlétique, à l'aise en toutes circonstances et en apparence très sûr de lui. Gabriel était venu plusieurs fois dans le vaste appartement que Liane et Georges louaient dans l'Espagne de Franco, sous le soleil écrasant des mois de juillet. Le dernier été que Lucile passa avec ses parents à Alicante, elle et Gabriel firent l'amour pour la première fois.

Quelques semaines plus tard, Liane avait observé les seins de sa fille, dont la peau fine était tendue à l'extrême, chaque jour un peu plus volumineux. Lucile était enceinte. Dans le salon de Versailles, on parlementa. Compte tenu de son état, il était préférable que Lucile se marie. Elle avait dix-huit ans, elle n'était pas majeure, Gabriel en avait vingt et un. Liane et Georges se refusaient pourtant à la contraindre. Elle seule devait faire son choix. Lucile n'avait pas hésité. Elle était amoureuse de Gabriel, le temps était venu pour elle de quitter sa famille, de fonder la sienne, de vivre une vie de dame. Loin de l'effervescence, elle allait pouvoir inventer son propre espace et se mouvoir dans le silence. Jusqu'à ce jour, elle n'avait jamais su imaginer son avenir, lui attribuer une forme, une couleur. Elle n'avait jamais su se projeter dans une autre vie, inventer de nouveaux paysages. Parfois, elle en avait conclu que ses rêves étaient si grands, si démesurés, qu'ils n'entraient même pas dans sa propre tête.

Dans l'effervescence des préparatifs qui occupaient maintenant presque tout son espace mental – fiançailles, mariage, appartement à louer – Lucile s'arrêtait parfois, les yeux dans le vague, se laissait envahir par une sensation de douceur, de liberté. De tous ses frères et sœurs, elle serait la première à partir. Elle ouvrait la voie des lendemains. Pour la première fois, celle-ci lui apparaissait distinctement, claire et lumineuse.

Lucile et Gabriel se marièrent dès le mois d'octobre. Sitôt après le mariage, elle quitta la maison familiale pour un minuscule studio dans lequel ils attendirent la naissance du bébé. Au début de mars, Lucile accoucha d'une petite fille dans une clinique de Boulogne. Plus tard, Lucile et Gabriel s'installèrent dans un appartement du 13e arrondissement.

À l'heure où Lucile quitte sa famille, il me semble qu'il manque une dimension à cette composition étrange sur laquelle je travaille depuis maintenant plusieurs mois, qui deviendra peut-être un livre. Je me suis trompée de couleurs, de décor, j'ai tout mélangé, confondu le rouge et le noir et perdu le fil en route. Mais au fond rien de ce que j'aurais pu écrire ne m'eût satisfaite davantage, rien ne m'eût semblé assez proche d'elle, d'eux.

J'aurais voulu donner à lire ma famille dans ce qu'elle avait de plus joyeux, cette vitalité bruyante et excessive qui l'animait, cette manière puissante de lutter contre le drame.

J'aurais voulu donner à lire les multiples étés que Liane et Georges ont passés avec leurs enfants sur les plages du sud, en France, en Italie ou en Espagne, cette capacité que Georges avait de vivre au-dessus de ses moyens, de dénicher des endroits à sa démesure et au moindre coût, d'y entraîner sa tribu, sur laquelle se greffait toujours quelque cousin jugé pâlichon ou voisin carencé en globules rouges. De ces virées estivales témoignent toute une série de films super huit que j'ai récupérés, transférés sur VHS, où l'on voit Lucile et ses frères et sœurs sur la plage, cheveux délavés par le soleil et maillots d'époque, réunis dans l'eau autour d'un bateau gonflable ou allongés en rang d'oignon sur le sable. Lucile est belle, elle sourit, participe aux jeux, court avec les autres, reste à leurs côtés.

Je n'ai pas dit non plus que Georges avait été sans doute l'un des premiers pères de famille à initier ses enfants au ski nautique, qu'il tirait fièrement sur l'Yonne, chaussés de skis en bois fabriqués par lui-même, au volant d'un canot pneumatique pourvu d'un minuscule moteur deux chevaux. Au fil des années, Georges s'est équipé de manière plus sérieuse et le ski nautique est devenu le sport familial.

L'enfance de Lucile a disparu avec elle et nous restera à jamais opaque.

Lucile est devenue cette femme fragile, d'une beauté singulière, drôle, silencieuse, souvent subversive, qui longtemps s'est tenue au bord du gouffre, sans jamais le quitter tout à fait des yeux, cette femme admirée, désirée, qui suscita les passions, cette femme meurtrie, blessée, humiliée, qui perdit tout en une journée et fit plusieurs séjours en hôpital psychiatrique, cette femme inconsolable, coupable à perpétuité, murée dans sa solitude.

Sur la cassette VHS qui rassemble les images de la famille, intitulée « Les Poirier 1960-1970 », j'ai découvert un film que je ne connaissais pas. On y retrouve Lucile et Gabriel, mon père, peu de temps avant leur mariage, lors d'une visite qu'ils rendent à mes grands-parents dans la maison de Pierremont. Dans la lumière pâle d'un week-end d'automne, ils sortent d'une petite voiture d'époque que je ne sais pas identifier, font face à l'objectif, un peu intimidés. Liane les accueille, pose une main sur le ventre de Lucile, arbore un air satisfait, prenant à témoin la caméra que tient vraisemblablement Georges. J'observe Lucile et Gabriel et je suis sidérée par cet air d'enfance qu'ils ont encore, tous les deux, on dirait deux garnements déguisés auxquels on a suggéré de mimer des grandes personnes. Ils portent des pulls en shetland de couleur claire, se tiennent l'un à côté de l'autre, Gabriel attrape Lucile par le cou, elle a les joues rondes des très jeunes filles, ni son corps ni son visage ne semblent sortis de l'adolescence et si j'y réfléchis, ma fille qui a quinze ans paraît plus âgée qu'elle.

De Lisbeth d'une part, et de la sœur de mon père d'autre part, j'ai reçu la copie des lettres que Lucile écrivait quand elle était enceinte de moi, juste après avoir découvert sa grossesse et dans les mois qui ont suivi. Elle y évoque la perspective de son mariage, le fœtus qui remue dans son ventre, les déclarations à la Sécurité sociale, les problèmes de gaz de ville. Elle est

171

« tellement émue, ravie, bouleversée, amoureuse… qu'elle ne sait pas par où commencer ». Elle écoute *Salut les Copains*, croque des pommes et tente d'organiser les choses dans le studio où elle et Gabriel se sont installés. En bas d'une page, Lucile se dessine de profil, ventre et fesses proéminents. Au bout d'une petite flèche, on peut lire : « C'est moi. Il n'y a pas de quoi rire. » Dans une lettre adressée à Lisbeth, elle évoque ses préférences en matière de prénom : Géraldine si c'est une fille, Lucifer ou Belzébuth si c'est un garçon. De toute évidence, Lucile n'a aucune idée de la vie qui l'attend et rien de tout cela ne semble appartenir à la réalité.

Du film super-huit du mariage de mes parents, qui a lieu alors que Lucile est enceinte de quelques mois, se dégage une tristesse que je ne sais pas définir. Ma mère porte une robe blanche à bretelles, légèrement cintrée sous la poitrine, un voile de tulle entoure son visage. Gabriel est vêtu d'un costume sombre. Ils sont beaux, ils ont l'air amoureux, pourtant quelque chose dans le regard de Lucile semble dilué, une forme d'absence (ou de vulnérabilité) la soustrait à ce qui l'entoure.

C'est un mariage bourgeois mené dans la plus pure tradition, dont le banquet se déroule, après la cérémonie religieuse, dans les salons d'un hôtel particulier de Versailles. Tout le monde est chic et bien habillé, Liane est radieuse dans son rôle de mère de la mariée, Justine et Violette (qui ont alors respectivement treize et onze ans), entourées de quelques cousines, jouent avec le plus grand sérieux leur partition de demoiselles d'honneur. La vie de Lucile en dehors de sa famille commence à peine, elle sort de chez Pigier où elle a appris le secrétariat, elle attend un enfant, son mari travaille dans l'agence de publicité que dirige Georges.

En apparence, ils ont tout pour être heureux.

Je n'ai pas encore évoqué le documentaire qui fut réalisé sur ma famille au cours de l'année 1968, soit deux ans après le mariage de Lucile, et diffusé sur la première chaîne de l'ORTF en février 1969. J'en connaissais l'existence : avoir fait l'objet d'un reportage de télévision, même introuvable, participait de la mythologie familiale au même titre que le grand écart spectaculaire que ma grand-mère exécuta dans un justaucorps brillant à l'âge de soixante-dix ans ou la construction artisanale de la piscine de Pierremont. Mais personne jusqu'ici n'avait réussi à remettre la main sur l'émission dont on avait oublié le nom exact et qui n'était pas disponible dans les archives publiques de l'INA. Grâce à différentes aides, j'ai pu la retrouver, puis la transférer sur DVD. L'émission s'appelle *Forum*, elle est consacrée aux rapports entre parents et adolescents. Tout y semble extraordinairement daté : l'image en noir et blanc, un peu passée, les vêtements portés, les intonations de voix, la forme des lunettes, le rythme, le décor. Les premiers reportages, réalisés au sein même de différentes familles, sont suivis de débats au cours desquels des parents, des adolescents, des psychologues et des psychanalystes, qui n'ont aucun lien avec les protagonistes, commentent les images qu'ils ont vues et expriment leur sentiment sur les choix éducatifs ou la qualité des relations parents-enfants dont ils ont été témoins.

Le reportage réalisé chez mes grands-parents clôt l'émission. La voix off explique que la famille n'est pas présentée comme un modèle éducatif au sens strict du terme, «car en matière d'éducation, nulle recette ne peut exister». Mais on espère apparemment que celui-ci – même s'il achève l'émission et ne fait donc l'objet d'aucun commentaire – puisse donner matière à réfléchir et à prolonger les débats.

Le reportage s'ouvre sur l'image du premier palier de la maison de Versailles. Milo surgit dans le champ pour répondre au téléphone et appelle Lisbeth d'une voix forte. Lisbeth accourt pour prendre l'appel, sa voix est aussitôt couverte par le commentaire qui présente un à un les membres de la famille, sur le ton un peu affecté des documentaires de l'époque, tandis que les images les montrent chacun à leur tour : «Lisbeth, vingt-quatre ans. Barthélémy, vingt-trois ans, marié à Coline, ils ont un bébé de six mois. Lucile, vingt et un ans, mariée à Gabriel, leur petite fille a deux ans. Milo, dix-huit ans, élève de première. Justine, seize ans, élève au lycée Estienne, Violette, quatorze ans, lycéenne. (Après un temps) Georges, le père, a fondé sa propre agence de publicité. Liane, la mère, a élevé neuf enfants sans perdre son sourire.» On découvre maintenant les Poirier réunis autour de la grande table de la salle à manger, conjoints compris. La conversation est animée, tout le monde rit. La voix off reprend : « Pour que la famille soit au complet, il faut nommer Tom, six ans, qui est au lit, et deux garçons disparus accidentellement. Après des années de gêne et d'inconfort, la famille s'est installée dans une maison à Versailles. Il est rare qu'on s'ennuie dans une famille nombreuse. Mais celle-ci a reçu une éducation qui explique peut-être sa personnalité et sa fantaisie. »

Lorsque j'ai obtenu les mots de passe qui m'ont permis de visionner ce film pour la première fois, il m'a fallu plusieurs jours pour le regarder. Je voulais être seule face à mon ordinateur. Ces images donnent à voir quelque chose que Lucile a perdu quelques années plus tard, que la vie a brisé en mille morceaux, comme dans les contes où les sorcières aux doigts crochus s'acharnent avec rage sur les princesses trop jolies. Parmi les documents que j'ai retrouvés au cours de mes recherches, ce reportage figure sans aucun doute parmi ceux qui m'ont le plus bouleversée.

Lucile est interviewée à plusieurs reprises, la caméra s'approche de son visage, capte en gros plan son regard, son sourire, tandis qu'elle évoque quelques souvenirs de son adolescence. De tous les enfants de Liane et Georges, c'est elle qu'on voit le plus. Elle évoque sa fugue avortée avec Lisbeth, raconte les *lignes parties* auxquelles elles conviaient leurs amis en secret quand Georges, pour les punir, leur donnait des pages entières à copier. Tout le monde retroussait ses manches et s'y mettait. Elle admet qu'elle n'a jamais rien fait à l'école. Ce n'est pas faute de lui avoir tenu des discours, explique-t-elle, *attristés mais optimistes*, pour qu'elle reparte du bon pied.

– Mais pour moi cela ne s'est jamais fait.

Dans cette position de réserve qui fut toujours la sienne, mesurant la portée de chaque mot qu'elle prononce, Lucile crève l'écran. Elle est d'une beauté stupéfiante, pétille d'intelligence, n'importe qui le noterait, je crois, à la vision de ce film. Quelques images me montrent enfant à côté d'elle, absorbée par un jeu.

Un peu plus tard, Lucile dit :

– Je suis d'un tempérament très angoissé.

Un peu plus tard encore :

– S'il y a quelque chose qu'ils ont réussi, c'est qu'ils nous ont donné confiance en l'avenir.

Je crois qu'au moment où elle est interrogée, c'est exactement ce qu'elle ressent. Elle a peur et elle a confiance. La vie se chargera de trancher.

Le reportage donne à voir une famille joyeuse, unie, où la priorité a été donnée à l'autonomie des enfants et à l'épanouissement de leur personnalité. Lisbeth, Barthélémy, Milo, Justine et Violette sont interviewés les uns après les autres et témoignent tous de la liberté dont ils jouissent : liberté de parler, d'aller au cinéma, de décorer sa chambre comme on l'entend, de circuler et de voyager : Violette explique qu'elle prend le train seule pour aller à Paris depuis l'âge de dix ans, Lisbeth parle de ses voyages aux États-Unis et au Mexique. Tout cela est vrai. On ne dit pas que Tom est trisomique (il reste au lit pendant tout le reportage !) et on ne s'attarde pas sur les garçons *morts accidentellement*. Liane, avec ce sourire irrésistible, raconte comment elle a renoncé à ses principes et combien l'éducation qu'ont reçue ses enfants est éloignée de celle qui fut la sienne, tandis que Georges explique avec de belles phrases que l'important est de savoir laisser sa progéniture quitter le nid. Les extraits des films super-huit de vacances en Espagne, inclus dans le reportage, renforcent l'image d'un bonheur parfait.

Justine a détesté ce film et, lorsque je l'ai retrouvé, c'est tout juste si elle a voulu le regarder. Elle m'a raconté plus tard dans quel état de malaise et de confusion elle s'était trouvée au moment du tournage et de quelle manière on lui avait suggéré, si ce n'est dicté, l'une des seules phrases qu'on l'entend prononcer :

Oui, mon père, c'est à la fois un papa, un ami, un ami avec qui on peut rire, on peut parler, on peut dire je crois n'importe quoi, et quand on a quelque chose à lui dire, on lui dit « est-ce que je peux déjeuner avec vous demain » et à ce moment-là on déjeune en amis.

177

C'est elle qui m'a raconté aussi combien ce film avait blessé Milo, l'avait mis hors de lui, lui qui avait déballé sans retenue sa révolte et sa colère contre son père, dont il ne reste aucune trace. On ne voit Milo que quelques secondes, écrasant une cigarette et tentant d'échapper à la caméra.

On est au cœur du mythe. Le film est à l'image de la légende que Liane et Georges écrivent à mesure qu'ils la construisent, comme nous le faisons tous de nos propres vies. Le film les montre en tant que couple et en tant que parents, il reflète sans doute la représentation qu'ils ont d'eux-mêmes, dont ils ont besoin pour continuer. C'est ainsi qu'ils se perçoivent et qu'ils perçoivent leur famille. Leurs enfants commencent à quitter la maison, ils ont le sentiment de n'avoir pas trop mal réussi, notamment en termes d'éducation, ils sont à l'aise financièrement, partent en vacances, reçoivent des amis. Après les vaches maigres de la rue de Maubeuge, et tant que l'agence de Georges marche bien (elle ne survivra pas à Mai 68), mes grands-parents jouent aux bourgeois. Pour la première fois, Georges peut offrir à sa femme une vie qui correspond au milieu dont elle est issue. Pourtant, dans leur manière d'être, quelque chose, toujours, échappe à. la convention. C'est leur force, je le crois, et cela prédomine dans le souvenir que j'ai gardé d'eux.

Par exemple, bien avant que cela corresponde à un style de vie revendiqué et assumé, Liane et Georges se sont toujours promenés nus devant leurs enfants.

L'un et l'autre étaient débarrassés ou dépourvus de toute pudeur de cet ordre. Moi-même, comme tous leurs petits-enfants, je les ai vus nus presque jusqu'à la fin de leur vie : Georges, à tout âge, troquait publiquement son maillot de bain mouillé pour un slip sec et Liane m'a longtemps autorisée, même à un âge avancé, à assister à la sortie de sa douche, dont le rituel précis et minuté – friction au gant de crin, onction à la crème Nivea et superposition d'une dizaine de couches de vêtements – me fascinait.

Je suis le produit de ce mythe et, d'une certaine manière, il me revient de l'entretenir, de le perpétuer, afin que vive ma famille et se prolonge la fantaisie un peu absurde et désespérée qui est la nôtre. Pourtant, à la vision de ce reportage, à les voir tous si beaux, si bien dotés, à la fois si différents les uns des autres et si semblablement charismatiques, me sont venus ces mots : *quel gâchis.*

Que s'est-il passé, en raison de quel désordre, de quel poison silencieux ? La mort des enfants suffit-elle à expliquer la faille, les failles ? Car les années qui ont suivi ne peuvent se raconter sans les mots drame, alcool, folie, suicide, qui composent notre lexique familial au même titre que les mots fête, grand écart et ski nautique. Au cours des entretiens que j'ai menés, certains parlent de désastre, y compris parmi les plus concernés, et il me semble que ce mot est le plus juste si l'on considère que sur toute ruine on peut reconstruire – ce que chacun, à notre manière, nous avons fait.

Ai-je le droit d'écrire que ma mère et ses frères et sœurs ont tous été, à un moment ou un autre de leur vie (ou toute leur vie), blessés, abîmés, en déséquilibre, qu'ils ont tous connu, à un moment ou un autre de leur vie (ou toute leur vie), un grand mal de vivre, et qu'ils ont porté leur enfance, leur histoire, leurs parents, leur famille, comme une empreinte au fer rouge ?

Ai-je le droit d'écrire que Georges a été un père nocif, destructeur et humiliant, qu'il a hissé ses enfants aux nues, les a encouragés, encensés, adulés et, dans le même temps, les a anéantis ? Ai-je le droit de dire que son exigence à l'égard de ses fils n'avait d'égale que son intolérance, et qu'il entretenait avec certaines de ses filles des relations au minimum ambiguës ?

Ai-je le droit d'écrire que Liane n'a jamais pu ou su faire contrepoids, qu'elle lui a été dévouée comme elle l'était à Dieu, jusqu'au sacrifice des siens ?

Je ne sais pas.

Liane, ma grand-mère, de sa voix douce, chantait des chansons d'une tristesse infinie. Liane a vouvoyé ses enfants et ses petits-enfants d'un *vous* religieux et respectueux, qui attendrissait mes amis. Elle nous appelait *mon petit roi*, *ma reine chérie*, *mon gentil*, *ma gentille*, *ma reinette*. Je lui disais *tu* et je l'adorais.

Il y a quelques jours, j'ai fait un rêve qui n'a pas fini de me hanter.

Nous sommes tous réunis dans la salle à manger de Pierremont, autour de l'immense table en bois qui pouvait accueillir jusqu'à vingt personnes les jours de fête. Tout le monde est là, rien n'a bougé : la collection d'assiettes de porcelaine est accrochée au mur, les panières en osier sont posées de part et d'autre de la table, dans l'air flotte un parfum de gigot. Liane est en face de moi. C'est un repas de famille comme nous en avons connu jusqu'à la fin des années quatre-vingt-dix, quand Georges était encore vivant. L'ambiance est un peu tendue, Georges fait son show, énonce quelques vérités sur le monde-tel-qu'il-va et tel-qu'il-n'est-plus, tandis que Liane invite les uns et les autres à se servir pendant que c'est chaud. À la réflexion, je ne vois pas Lucile, je ne suis pas sûre qu'elle soit dans le rêve, elle n'est pas là, non, sans que toutefois son absence soit signalée. À un moment, par l'un de ces hasards qui font que plusieurs conversations s'arrêtent en même temps (un ange passe), le silence se fait. Le sourire de Liane disparaît, elle se tourne vers moi et me dit, avec ce voile désolé ou accablé qui altérait parfois son regard, dénué de toute hostilité :

— Ce n'est pas gentil ce que vous faites, ma reine chérie, ce n'est pas gentil.

Je me réveille en sursaut et trempée de sueur. L'homme que j'aime et à qui je raconterai ce rêve quelques heures plus tard, sans être capable d'en transmettre l'effroi, dort à côté de moi. Tout est calme autour de nous. Il me faut quelques minutes pour que ralentisse mon pouls.

Je ne me rendors pas. Pas une minute. Je sais ce vers quoi j'avance.

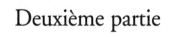

Deuxième partie

Ma mère et mon père ont vécu presque sept années ensemble, pour l'essentiel dans un appartement de la rue Auguste-Lançon, dans une partie du 13ᵉ arrondissement que je connais mal. Je n'y suis jamais retournée. Lorsque j'ai commencé l'écriture de ce livre, à l'endroit de ces sept années, je pensais laisser dans la continuité une dizaine de pages blanches, numérotées comme les autres mais dépourvues de texte. Il m'est apparu ensuite que l'artifice, certes signalerait l'ellipse de manière ostensible, mais ne la rendrait pas pour autant plus acceptable, et encore moins compréhensible.

Durant ces années, mon père a travaillé pour l'agence de Georges, puis, quand celle-ci s'est arrêtée, comme directeur administratif dans une banque. Lucile ne travaillait pas, elle s'occupait de ses deux filles : moi, d'abord, puis, Manon, ma sœur, née quatre ans après moi. Lucile et Gabriel, vus de l'extérieur, formaient ce qu'on appelle un beau couple. Ils dînaient chez des amis, partaient en week-end à la campagne chez leurs parents respectifs, emmenaient leurs enfants au parc Montsouris. Ils se sont aimés, ils se sont trompés, en apparence rien que de très banal.

Je ne peux pas écrire sur le temps que Lucile a passé avec mon père.

C'est une donnée de départ, une contrainte formelle, un chapitre en creux, dérobé à l'écriture. Je le savais avant même de commencer ce livre et cela fait partie des raisons qui m'ont longtemps empêchée de m'y atteler.

Ces années ont été pour Lucile un temps de grande solitude (elle l'a souvent dit), et ont contribué à la destruction de sa personne (c'est moi qui l'écris). La rencontre de Lucile et Gabriel reste à mes yeux la rencontre de deux grandes souffrances, et contrairement à la loi mathématique qui veut que la multiplication de deux nombres négatifs produise un nombre positif, de cette rencontre ont surgi la violence et le désarroi.

Je n'ai pas interrogé mon père sur Lucile, je me suis contentée de lui demander les documents qui étaient en sa possession (le rapport de police établi quelques années après leur séparation, lors du premier internement de Lucile et celui de l'enquête sociale qui s'ensuivit, j'y reviendrai), documents qu'il m'a fait parvenir dès le lendemain par courrier, sans aucune difficulté. Alors que je prétends écrire un livre autour de la femme qu'il a peut-être le plus aimée, et haïe, mon père s'étonne que je ne fasse pas appel à ses souvenirs, que je ne veuille pas l'écouter. Mais mon père ne sait rien. Il a réécrit sa propre histoire, et par là même celle de Lucile, pour des raisons qui lui appartiennent et qu'il n'est pas le lieu ici de commenter.

Afin de faire preuve d'une prétendue cohérence dans ma démarche, je n'ai interrogé aucun des hommes qui ont partagé de près ou de loin la vie de Lucile – ni Forrest, son premier amour platonique, ni Nébo, son grand amour passionnel, tous deux pourtant présents le jour de ses obsèques. Ainsi pourrai-je argumenter et prouver à mon père qu'il ne fait l'objet d'aucune mesure discriminatoire. Je ne suis pas sûre qu'il en sera dupe.

Je n'ai interrogé aucun des hommes qui ont partagé la vie de Lucile, et, à la réflexion, il me semble que c'est aussi bien. Je ne veux pas savoir quelle épouse ni quelle amante Lucile a été. Cela ne me regarde pas.

J'écris Lucile avec mes yeux d'enfant grandie trop vite, j'écris ce mystère qu'elle a toujours été pour moi, à la fois si présente et si lointaine, elle qui, lorsque j'ai eu dix ans, ne m'a plus jamais prise dans ses bras.

Lorsque Lucile quitta Gabriel, elle avait vingt-six ans. Elle trouva d'abord refuge chez ses parents, à Versailles, où nous habitâmes pendant plusieurs semaines et où je fus inscrite dans une école de quartier. De cette période, je garde l'image confuse d'un tableau couvert de lignes tracées à la craie blanche que les autres enfants savaient lire et qu'il m'était impossible de déchiffrer. Mon père finit par venir nous récupérer, puis nous fûmes de nouveau enlevées par Lucile, puis de nouveau par Gabriel, jusqu'à ce qu'une ordonnance de non-conciliation fût enfin signée.

Plus tard, Lucile s'installa avec un autre homme dans un appartement de la rue Mathurin-Régnier, dans le 15e arrondissement. Elle avait rencontré Tibère quelques mois plus tôt par l'intermédiaire de Barthélémy, lequel était devenu directeur artistique junior dans une agence de publicité. Tibère était un géant à la chevelure orange, photographe indépendant et naturiste convaincu. Vu d'en dessous, il venait d'un autre monde et nous inspirait un vague sentiment de peur.

Le seul souvenir précis que j'ai de cet entre-deux – outre les carrés de chocolat que Lucile faisait fondre sur du pain pour notre goûter et le programme de télévision que je regardais le jeudi dans lequel un garçon avec une cape prénommé Samson racontait des histoires aux enfants – est celui d'une rage de dents qui la terrassa pendant plusieurs jours. Lucile pleurait de douleur. C'est l'une des toutes premières images que j'ai de ma mère, chargée déjà de mon impuissance face au mal qui la submerge.

Le divorce de mes parents fut d'une banalité terrible, dominé par une bataille sans pitié pour la garde des enfants, menée sur la base des témoignages plus ou moins complaisants rassemblés par les deux parties. Le jugement fut prononcé aux torts de Lucile (dont l'infidélité fut démontrée par un constat d'adultère dressé par huissier). Celle-ci obtint la garde (ou Gabriel la lui concéda, selon les versions). Je venais d'avoir six ans, Manon en avait deux.

Lucile avait trouvé un travail comme secrétaire dans une petite agence de publicité, où elle avait été choisie parmi une centaine de candidates. Elle seule avait croisé Gilberte Pasquier.

À la rentrée suivante, Lucile et Tibère cherchèrent un endroit où se poser. Lisbeth s'était mariée quelques années après Lucile et s'était installée dans l'Essonne. Par l'intermédiaire du mari de Lisbeth, Lucile et Tibère apprirent qu'un pavillon se libérait non loin de chez eux. Au moment de constituer le dossier, la légende raconte que Tibère, dépourvu de papiers d'identité, présenta sa carte de naturiste. Le bail fut établi. Nous emménageâmes à Yerres, à une trentaine de kilomètres de Paris. La cité des Grands Godeaux se répartissait de part et d'autre de la rue qui portait le même nom. D'un côté étaient alignés quelques immeubles de brique rouge, de l'autre, une dizaine de pavillons se dispersaient autour d'étroits chemins recouverts de goudron rose. Un peu plus loin, en direction de la gare, on trouvait une boulangerie, une pharmacie et une boutique Coop.

Julien, le fils de Tibère, vint vivre avec nous. Manon entra à l'école maternelle tandis que je commençais mon CP. Quelques jours après la rentrée, Lucile fut convoquée par la directrice de l'école qui la sermonna : il était tout à fait nuisible pour les enfants d'anticiper le programme scolaire. Lucile découvrit ainsi que je savais lire et écrire ; il fut décidé de me laisser sauter une classe.

Ce jour-là peut-être, et pour longtemps, naquit en Lucile l'idée que, quoi qu'il arrive, je tirerais mon épingle du jeu.

Au cœur des années soixante-dix, Yerres fut pour nous le commencement d'une vie nouvelle, dans mon souvenir entourée d'un halo étrange et lumineux. Lucile et Tibère peignirent le parquet du salon en blanc et les matelas posés à même le sol, qui faisaient office de canapés, furent teints en vert. Peu à peu, notre pavillon fut envahi d'un bordel joyeux et incalculable, à l'image de notre mode de vie, dont les rares interdictions relevaient davantage de la météo ou de l'humeur que du savoir-vivre. Nous pouvions poser nos coudes sur la table et lécher nos assiettes, dessiner sur les murs, aller et venir comme bon nous semblait, nous passions le plus clair de notre temps dehors, avec les autres enfants. Nous avions peur de Monsieur Z., le voisin d'en face, dont on racontait qu'il ne supportait pas le bruit et n'hésitait pas à sortir sa carabine, nous avions peur du chien jaune, qui venait de nulle part et rôdait devant les immeubles, la queue basse et l'air sournois, nous avions peur de l'exhibitionniste qui avait surgi d'un buisson, un soir d'hiver, alors que nous sortions du centre culturel. Notre territoire, pourtant, ne cessait de s'étendre.

Le soir, des amis et des amis d'amis venaient dîner, boire un verre, partager quelques joints. Une épaisse fumée envahissait le salon. Notre alimentation était essentiellement composée de coquillettes et de spaghettis, agrémentés ou non de sauce tomate, et nous roulions dans une vieille 403, également peinte en vert. Lucile se rendait tous les jours à Paris, Tibère se promenait nu dans la maison, volait des rôtis sous cellophane à la boutique Coop et, entre deux prises de vue, jouait les hommes au foyer.

Dans le quartier, le bruit commença à courir que

notre maison était un repaire de hippies et de drogués, ce qui me fut répété à l'école, sans trouver dans mon esprit de véritable écho. Nous étions différents, nous ne ressemblions pas aux autres familles, le reste m'échappait, ne revêtait aucune signification. Tous les jeudis midi, j'étais invitée à déjeuner chez une petite fille de ma classe, dont la mère se vantait ensuite de m'offrir le seul bifteck que je mangeais de la semaine. Lorsque Lucile l'apprit, je cessai d'y aller.

Nous ne tardâmes pas à faire la connaissance des Ramaud, une famille de sept enfants élevés par leur mère, qui vivaient dans le pavillon d'à côté. Entre leur maison et la nôtre s'instaura un genre de libre circulation des biens (goûters, jeux, stylos, poupées) et des personnes, qui se prolongea pendant plusieurs années. Je rêvais d'avoir un soutien-gorge comme celui d'Estelle, l'aînée des filles, et, comme elle, de plaire aux garçons.

Nous nous regroupions plus ou moins par âge, et parfois tous ensemble pour de vastes jeux. Avec mes copines, je répétais à l'infini les chorégraphies de Claude François qui étaient le clou des spectacles gratuits que nous donnions sur la pelouse commune.

Sandra habitait dans l'un des immeubles de la cité. Malgré les rumeurs, ses parents l'autorisaient à venir chez nous, et même à y rester dormir. Elle fut ma première amie d'enfance. Le mercredi, comme d'autres enfants du quartier, Sandra allait au catéchisme. On pouvait y déguster du quatre-quarts et y boire du jus d'orange jusqu'à plus soif. Je réclamai d'y aller, Lucile refusa.

À notre manière, nous menions une vie régulière, les choses se répétaient et se ressemblaient, Lucile travaillait à Paris, Tibère s'occupait des courses et de la maison.

Un week-end sur deux, Gabriel venait nous chercher. Il garait sa BMW devant la maison, nous attendait dans la rue, nous étions les reines du monde.

Pour les petites vacances ou d'autres week-ends, nous allions parfois à Pierremont, où Liane et Georges s'étaient installés. Mes grands-parents avaient quitté Versailles, l'agence de Georges avait fait faillite, à l'exception de Tom, les frères et sœurs de Lucile étaient partis.

L'année de mes sept ans, Lucile m'emmena à Londres. J'ignore quel événement fut à l'origine de ce voyage, peut-être l'âge de raison que je venais d'atteindre. Aux puces de Portobello, Lucile dénicha parmi les fripes deux mini-jupes en tergal (une rose, une verte, les deux en forme de trapèze) qu'elle acheta pour moi. Je les ai portées jusqu'à ce qu'elles m'arrivent au milieu des fesses et elles furent, pendant des mois, les pièces maîtresses de ma garde-robe (leur succéda un pantalon en velours lisse Newman couleur pêche, récupéré de la fille d'une amie, dont je fus tout aussi fière).

Rien n'était grave, ni les morpions que Lucile et Tibère attrapèrent au cinéma de Brunoy (selon la version officielle) et qui s'installèrent pour quelque temps dans nos cheveux d'enfants (Manon en avait jusque dans les sourcils), ni les matins où nous arrivions en retard à l'école, ni celui où j'entrai dans ma classe la tête encore couverte de Marie-Rose, dont l'odeur de vinaigre était reconnaissable à cent mètres (Lucile n'avait pas eu le temps de me rincer les cheveux), ni la fin des rôtis et des poulets sous cellophane (Tibère s'était fait prendre à la boutique Coop), ni l'insistance de Julien, qui me demandait de caresser son sexe jusqu'à l'éjaculation, ce que j'acceptais de faire à l'unique condition d'envelopper ma main dans un gant de toilette.

Cette époque abrite ses zones d'ombre.

L'été, nous partions dans le camp naturiste de Montalivet où Lucile et Tibère louaient un bungalow au milieu des pins. Nous y retrouvions leurs amis, une communauté à géométrie variable qui nous précédait, nous accompagnait ou nous rejoignait, les uns passaient, les autres restaient, plantaient leur tente dans la forêt. Nous étions nus sur le sable, nus au supermarché, nus à la piscine, nus sur les sentiers couverts d'épines et mon amie Sandra, qui venait avec nous en vacances, fut priée de prouver *de visu* l'existence de son coup de soleil pour avoir le droit d'entrer sur la plage avec une culotte de maillot de bain.

Les photos de ces années, pour l'essentiel prises par Tibère, sont celles que je préfère. Elles racontent une époque. J'aime leurs couleurs, leur poésie, l'utopie qu'elles contiennent. Lucile en possédait quelques tirages. Après sa mort, j'en ai fait développer d'autres, retrouvés chez elle dans un carton sous forme de diapositives. Il y a celle de ma mère, au milieu de la foule, prise lors d'une manifestation dans le Larzac. Une autre où Lucile, vêtue d'un pantalon pattes d'éléphant en damier multicolore, tient Manon dans ses bras. Parmi ces photos, une série m'enchante et me bouleverse : Manon, dont la petite robe verte et blanche semble tout droit sortie d'une reconstitution *Seventies*, joue avec un tuyau d'arrosage, la peau cuivrée, les cuisses potelées, dans une succession de grimaces invraisemblables. Il y a celle encore où nous posons tous ensemble (une douzaine de personnes) nus comme des vers devant le bungalow de Montalivet, les petits devant et les grands derrière, parfaitement alignés, le menton levé et le sourire estival.

Sur certains de ces clichés, on retrouve Lisbeth, Justine, ou encore Violette, je crois que c'est une période où Lucile est moins seule, où elle se rapproche de ses frères et sœurs. Lucile sert parfois de modèle à Tibère, il me semble qu'elle n'a jamais été aussi belle.

Dans la lumière rasante d'une fin de journée, Tibère photographie Manon et Gaëtan (le fils d'une amie de Lucile), qui marchent de dos sur la plage. Ils se donnent la main, hâlés et culs nus, le sable leur colle à la peau. De ce cliché, Tibère tirera un poster dont des milliers d'exemplaires seront vendus dans tous les supermarchés de France.

Dans ma collection particulière figure également une photo de Manon et moi à Yerres, cartables sur le dos, alors que nous nous dirigeons vers l'école. Dans la rue des Grands-Godeaux, nous nous sommes retournées pour faire face à l'objectif, je porte un mini kilt invraisemblable, au retour des vacances nos cheveux sont presque blancs.

Ces images, et chacun de leurs détails (vêtements, coupes de cheveux, bijoux) font partie de ma mythologie personnelle. Si les époques se résument au lieu qui les contient, Yerres reste pour moi l'emblème d'un *avant*. *Avant* l'inquiétude. *Avant* la peur. *Avant* que Lucile déraille.

Avec le temps, voilà donc ce qui l'emporte, la mémoire a fait son tri.

Il y a quelques mois, un journaliste qui me soutient depuis longtemps et dont j'apprécie la délicatesse m'a contactée pour savoir si j'acceptais de participer à la série sur les lieux des écrivains qu'il préparait pour la radio. Avais-je un lieu phare ? Station balnéaire, maison de famille, cabane d'écriture perdue au milieu des bois, falaise battue par les flots ? J'ai aussitôt pensé à Yerres, a priori moins en accord avec sa grille d'été. Il a accepté. Yerres fut pour moi une forme d'âge d'or, cela m'appartient, cela d'ailleurs n'appartient qu'à moi. Je ne suis pas sûre que Lucile, ni Manon, l'évoqueraient de cette façon.

Nous y avons vécu quatre ans, deux années avec Tibère, puis deux années sans lui. Lucile l'a quitté je crois, ou bien ils se sont séparés. Tibère était pour elle l'homme du départ, de la transition. Il nous a laissé Julien, son fils, qui est resté vivre avec nous jusqu'à notre propre déménagement.

De la période qui suivit le départ de Tibère, je garde des souvenirs plus diffus. Les gens qui entourent Lucile ne sont plus tout à fait les mêmes, certains ont disparu, d'autres se sont ajoutés, d'autres se contentent de passer.

C'est à cette époque que Lucile rencontra Nébo, dont elle tomba éperdument amoureuse et qui resta, jusqu'à la fin de sa vie, son grand amour meurtri. Nébo était d'origine italienne, ses cheveux étaient d'un noir qui semblait inaltérable, et ses yeux, vert d'eau. Il était d'une beauté et d'un magnétisme qu'on ne pouvait ignorer. On disait de lui que c'était un homme à femmes, un homme qui ne s'attachait pas, c'est en tout cas le souvenir que j'en ai, cette réputation sulfureuse qui l'entourait et le rendait inaccessible. Pendant quelques mois, Nébo passa des soirées dans notre salon au parquet blanc, apparut par intermittence, avec ou sans ses amis, ne tenta d'établir aucun contact avec nous. J'écoutais les conversations des adultes, les noms qui y circulaient, Freud, Foucault, Wilhelm Reich, tentais de retenir des sigles que je ne comprenais pas.

Estelle Ramaud fit sa communion solennelle et reçut à cette occasion une montre et des soutiens-gorge de dentelle. Je fus frappée par une crise mystique et exigeai de faire la mienne sur-le-champ, ce à quoi il me fut répondu que, d'une part, je n'allais pas au catéchisme et, d'autre part, n'avais pas encore de poitrine.

Nous fûmes cambriolés une première fois, les bijoux de Lucile et le tourne-disque furent emportés.

Lucile décida de mettre un peu d'ordre dans le pavillon et que dorénavant nous rangerions nos chambres.

Lucile commença à travailler pour un fabricant de sacs à main en cuir de toutes les couleurs.

Nébo resta quelques mois auprès de Lucile, puis la quitta. Il laissa derrière lui une empreinte douloureuse et énigmatique, et Lucile tout entière à son chagrin.

Autour de nous le cercle se rétrécit, les matelas verts perdirent leur couleur, la peinture du parquet commença de s'écailler.

Lucile partait tôt le matin et rentrait tard le soir, nous traînions du côté des tirettes à un franc, nous jouions aux billes sur les allées de goudron rose, nous écoutions Dave et Ringo sur des mange-disques, nous coupions les cheveux des poupées. Entre la sortie de l'école et l'heure du retour de Lucile se déployait un temps où l'enfance était reine, un temps vagabond que suffisait à combler la dégustation d'un roudoudou, un temps qui filait entre nos doigts poisseux et semblait n'avoir aucune limite.

Certains soirs, sur le pont qui surplombait les voies, dans la lumière pâle des réverbères, rassemblés en comité d'accueil, nous guettions le train qui ramenait Lucile de Paris. Par-delà notre insouciance, sans doute commencions-nous à prendre conscience que quelque chose de lourd pesait sur elle, quelque chose qui était lié à la solitude et à la fatigue, quelque chose contre quoi nous ne pouvions rien.

Le dernier été que Julien passa avec nous, Lucile nous emmena dans l'Isère où elle avait loué une maison. Sur l'autoroute, les gendarmes arrêtèrent la 403 vert pomme. La voiture était trop vieille, ou pas en règle, il y avait un problème. Lucile parlementa, argumenta, cela nous parut compliqué. Et puis soudain Lucile se mit à pleurer, le visage caché dans ses mains. Les gendarmes nous laissèrent repartir.

À Blandin, dans cette maison immense perdue au milieu des terres agricoles, Lucile commença de peindre. Elle avait emporté avec elle sa boîte d'aquarelle, dont les couleurs – terre de Sienne, rouge vermillon, bleu cobalt – me fascinaient. Nous fîmes la connaissance de Marcel, un agriculteur du coin. Âgé d'une trentaine d'années, il vivait chez ses parents et n'avait pas d'enfants. Il nous adopta le temps d'un été, nous montra comment traire des vaches, nous transporta des journées entières sur son tracteur, nous fit découvrir l'obscurité des étables. Il fut notre héros.

À la fin du mois, nous rentrâmes à Yerres pour préparer nos cartons. Lucile avait décidé de quitter le pavillon et Julien devait repartir vivre avec sa mère. Nous laissâmes derrière nous les murs salis, la peinture écaillée du parquet, le jardin où s'emmêlaient les herbes sauvages.

Nous fîmes nos adieux à Mme Ramaud (la voisine) et à Mme Gilbault (la mère de mon amie Sandra), nous fîmes la promesse de nous donner des nouvelles, de nous rendre mutuellement visite, de ne pas nous perdre de vue.

Lucile laissa aux enfants du quartier le souvenir ému et admiratif que, des années plus tard, ils évoqueraient pour nous. Lucile était une maman plus jeune que les autres, portait des robes légères et des talons hauts, travaillait à Paris et marchait d'un pas de danseuse.

Lucile, lorsqu'elle parlait des autres mères ou s'adressait à elles (même lorsqu'elle a connu leurs prénoms et que ces femmes l'ont appelée par le sien), disait « *Mme* Ramaud » ou « *Mme* Gilbault ». Il y avait dans ce *Madame* une forme de respect dû sans doute à la différence d'âge mais surtout, me semble-t-il, à l'idée que ces femmes étaient, plus qu'elle ne le serait jamais, des *dames,* ancrées dans l'existence et capables de s'y maintenir.

Ce matin, Barthélémy, qui vit dorénavant à Marseille, m'a téléphoné en réponse à quelques précisions que je lui avais demandées par e-mail.

Il m'a demandé si j'avançais, j'ai répondu que ça allait. J'aurais voulu lui dire combien j'étais soulagée d'être sortie de l'enfance de Lucile, ce temps lointain et secret sur lequel je n'ai jamais eu la moindre prise, qui n'a cessé de se dérober à mesure que je croyais m'en approcher. Je ne voulais pas l'inquiéter.

Dès lors que Lucile est devenue mère, c'est-à-dire dès lors que je suis apparue dans la vie de Lucile, j'ai abandonné toute tentative de récit objectif à la troisième personne. Sans doute m'a-t-il semblé que le *je* pouvait s'intégrer dans le récit lui-même, tenter de l'assumer. C'est un leurre, bien entendu. Qu'ai-je vu du haut de mes six mois, de mes quatre ans, de mes dix ans (et même de mes quarante)? Rien. Et pourtant je continue de dérouler l'histoire de ma mère, je mêle à mon regard d'enfant celui de l'adulte que je suis devenue, je m'accroche à ce projet ou bien il s'accroche à moi, je ne sais lequel de nous deux est le plus encombrant. J'aimerais pouvoir raconter Manon, l'inclure davantage dans mon récit, mais il me semble que c'est impossible sans prendre le risque de la trahir. L'écriture ne donne accès à rien.

Comme Barthélémy, les gens me demandent si j'écris, *où j'en suis*, ou bien si *cela avance*. Ceux qui savent hasardent une timide question, évitent de nommer l'entreprise, l'entourent poliment de périphrases ou de points de suspension.

J'évoque alors avec force détails les affres dans lesquelles je me débats, les stratégies matinales pour retarder le moment de m'y mettre (remplir le lave-linge, vider le lave-vaisselle, remplir le lave-vaisselle, vider le lave-linge), mes somatisations diverses (lumbago, contractures musculaires, crampes, torticolis) visant à m'empêcher de m'asseoir devant mon ordinateur, les cheveux que je m'arrache au sens propre comme au figuré, les vingt-cinq cigarettes que je rêve de fumer d'affilée sans reprendre mon souffle, les pastilles-à-la-menthe-à-la-framboise-au-caramel-aux-pins-des-Vosges que je suçote avec passion puisque je ne fume plus, ce sentiment de me battre au sens physique du terme, d'en découdre pour de bon. Et à propos de coudre : les ourlets, les trous, les boutons qui patientaient depuis des semaines, devenus soudain si urgents. J'en rajoute un peu, je force le trait, mieux vaut en rire, n'est-ce pas, bref, je dédramatise. La vérité

203

est que je ne suis pas sûre de tenir la distance, d'arriver au bout, que j'ai le sentiment d'être piégée par ma propre démarche, dont l'impérieuse nécessité n'est plus si évidente.

Mais rien, pourtant, ne peut m'arrêter.

Parfois je rêve que je reviens à la fiction, je me roule dedans, j'invente, j'élucubre, j'imagine, j'opte pour le plus romanesque, le moins vraisemblable, j'ajoute quelques péripéties, m'offre des digressions, je suis mes chemins de traverse, je m'affranchis du passé et de son impossible vérité.

Parfois je rêve au livre que j'écrirai *après*, délivrée de celui-ci.

À la fin de l'été 1976, nous déménageâmes pour Bagneux, plus proche de Paris, où Lucile avait trouvé un appartement à louer dans une petite résidence aux façades blanches. Je n'ai pas souvenir des raisons qui ont conduit à ce changement, j'imagine que Lucile voulait se rapprocher de son travail et ne pouvait plus assumer seule le loyer du pavillon de Yerres. Il est vrai aussi que nous y avions été cambriolés à plusieurs reprises, et qu'à la fin, il ne nous restait plus rien : pas un disque, pas un bracelet, pas une calculette.

En septembre, j'entrai en sixième dans un collège situé à la périphérie de la ville, tandis que Manon commençait son CP dans l'école élémentaire du quartier. Les premiers mois, j'allai chercher ma sœur à l'étude, mais assez vite, elle rentra seule. Manon se fit des amies dans la résidence et ne tarda pas à prendre la mesure de son autonomie (elle m'a raconté plus tard les heures qu'elle passait dans un terrain vague voisin à explorer les containers à déchets, dans l'espoir d'y dénicher quelque trésor). De mon côté, à la faveur d'une invitation autour d'un pot de Nutella, je fis la connaissance de Tadrina, une élève de ma classe. Tadrina portait des vêtements aux couleurs assorties, habitait Fontenay-aux-Roses, *de l'autre côté*, dans un vaste appartement rempli d'antiquités, de tableaux et d'œuvres d'art. Elle représentait à mes yeux une forme de bourgeoisie opulente et comblée, j'enviais son mode de vie, la moquette épaisse de son salon, les attentions démultipliées dont ses parents faisaient preuve à son égard. Chez elle, nous passions des heures à nous dandiner dans les tenues que sa mère portait pour sortir le soir, ou à écouter l'intégrale de Boby Lapointe, dont nous connaissions la plupart des paroles par cœur. Nous inventions des jeux de rôles, collectionnions les échantillons de parfum, fabriquions des bougies que nous vendions dans son immeuble afin de me permettre de partir avec elle pour son prochain séjour au ski (une opération de porte-à-porte qui nous rapporta trente-neuf francs cinquante). Tad n'avait rien de l'enfant gâtée que j'avais cru voir en elle, elle fut l'une de mes éternelles amies d'enfance.

Le soir, j'attendais avec Manon le retour de Lucile, dessinais des fresques aux couleurs pastel sur les murs de ma chambre, fabriquais des crocodiles en perles, peaufinais les arguments de mes farces téléphoniques (malgré le cadenas que Lucile avait posé sur le cadran, dont je n'avais pas tardé à trouver la clé, ce fut, avec Tad, l'une de nos occupations principales).

Lucile n'avait pas trente ans, il me semble qu'alors elle était encore contenue dans un groupe, une bande, faisait partie d'une sorte de nébuleuse aux ramifications multiples qui unissait ses frères et sœurs, ses amis, les leurs, et s'articulait autour de quelques lieux phare. Violette et Milo partageaient à plusieurs des appartements parisiens, Lisbeth était restée dans l'Essonne, Justine vivait en communauté dans une grande maison de Clamart. Ils étaient reliés les uns aux autres, du moins c'est ainsi aujourd'hui que je me les représente, reliés entre eux et entourés d'autres encore, dont les prénoms – Henri, Rémi, Michel, Isabelle, Clémentine, Alain, Juliette, Christine, Nùria, Pablo, Séverine, Danièle, Marie, Robert, auxquels s'ajoutaient toujours quelques réfugiés chiliens et argentins – sont pour moi intimement liés à cette époque. Ils la constituent. Aujourd'hui, quand j'entends parfois parler d'eux – à quel endroit ils vivent, ce qu'ils sont devenus – il m'est difficile de les imaginer à l'âge qu'ils ont et, même pour ceux que j'ai eu l'occasion de revoir, l'image de leurs cinquante ou soixante ans ne peut se superposer tout à fait à celle que j'ai gardée de l'enfance ; elle se juxtapose. Ces noms, comme ceux des lieux plus ou moins communautaires dans lesquels ils ont vécu (Clamart, Eugène-Carrière, Vicq-d'Azir, la Maison des Chats) font partie de notre histoire, y restent attachés d'une manière confuse mais profonde.

À ce moment-là, quelque chose circulait encore entre Lucile et les autres, entre Lucile et ces endroits où l'on parlait, riait, buvait, où s'éteignaient pourtant les rêves d'une autre vie. Car autour de nous, le temps de la déception était venu. Les chemins politiques se séparaient, le militantisme s'essoufflait, la révolution se diluait ou au contraire se radicalisait dans cette France où le confort et la consommation masquaient avec difficulté l'onde de choc de deux crises pétrolières. À ma connaissance Lucile n'a jamais été militante, ne s'est engagée dans aucun mouvement politique, n'a pas appartenu aux « groupes femmes » qui fleurissaient à cette époque. Mais pour ceux qu'elle aimait et qu'elle côtoyait, ces années furent celles de la désillusion.

Peu après notre installation à Bagneux, Lucile fit la connaissance de Niels, un garçon plus jeune qu'elle, qui vivait à Clamart, avec Justine et d'autres. Niels devint l'amant de Lucile. Il venait dîner le soir, restait dormir, passa quelques week-ends avec nous. Contrairement à d'autres hommes que Lucile laissa entrer sur notre territoire, Niels (peut-être parce qu'il était si jeune) trouva grâce à nos yeux. Il portait à notre endroit une attention prudente, bien-veillante, je crois qu'en ce qui me concerne je lui étais reconnaissante de se tenir à la bonne distance. Nous allions le voir à Clamart, nous nous prome-nions dans la forêt, prenions un chocolat chaud dans la cuisine. Une sorte d'apaisement est attachée à ces souvenirs.

Au cours des quelques mois qu'ils passèrent ensemble, Lucile et Niels virent un film sur Edvard Munch, une exposition sur l'expressionnisme allemand, burent du vin et parlèrent tard dans le silence des nuits. Lucile partageait avec Niels un profond désespoir et d'intenses conversations sur l'hypothèse du suicide. Nous l'avons su après. Pourtant, auprès de ce garçon hanté par l'idée de la mort, Lucile retrouva une forme de douceur. L'association de Niels et de Lucile ressemble à l'adjectif italien *morbido* qui, contrairement à ce que l'on imagine lorsqu'on ne parle pas cette langue (ce qui est mon cas), ne signifie pas *morbide,* mais *doux.* Aujourd'hui, lorsque je tente de comprendre le lien qui unissait Lucile à Niels, il me semble qu'il revêt cette ambivalence : ma mère éprouva une forme de paix, de soulagement, à côtoyer d'aussi près quelqu'un dont le tourment était au moins aussi douloureux que le sien.

À la veille d'un week-end qu'ils devaient partager, Lucile attendit des nouvelles de Niels. Il ne se manifesta pas. Lucile téléphona à Clamart, où, en raison des vacances de Pâques, Justine se trouvait seule avec lui. Justine n'avait pas vu Niels, elle promit de lui transmettre le message. Lucile appela à plusieurs reprises, de plus en plus inquiète, demanda à sa sœur d'aller voir dans sa chambre. Justine, qui était enceinte de cinq mois, finit par ouvrir la porte. Elle trouva Niels mort, allongé sur le sol, la cervelle disséminée aux quatre coins de la pièce. Il s'était tiré une balle dans la bouche. Il avait vingt et un ans.

Lucile se rendit à son enterrement. Niels sortit de notre vie comme il y était entré.

Lucile fumait seule, tous les soirs, au retour de son travail. De l'herbe et du shit (je ne sais pas à quel moment ces mots, avec d'autres, sont entrés dans mon vocabulaire) qu'elle cachait dans une petite boîte en fer rose.

À Manon qui assistait à la fabrication d'un joint et lui demanda de quoi il s'agissait, Lucile répondit que c'était un secret dont il ne fallait parler à personne.

En classe, les professeurs nous mettaient en garde contre les risques de la drogue. L'établissement figurait en zone sensible, le sujet était récurrent, jusque dans la dictée de français de Mme Lefèvre, dans laquelle un chien contrebandier se faisait arrêter par les forces de police. Ces séances de prévention me plongeaient dans un profond malaise, se heurtaient aux heures que Lucile passait loin de nous, loin de tout. Car chaque soir, à peine rentrée, Lucile refermait la porte derrière elle. Aucun échange, aucun récit n'était possible avant qu'elle ait fumé seule, entre les quatre murs de sa chambre.

Très vite, ce rituel me devint insupportable. C'était moi qui la réveillais le matin, c'était moi qui m'inquiétais de savoir si elle se rendait à son travail, c'était moi qui faisais la gueule parce qu'elle ne parvenait plus à nous parler. Jusque-là, Lucile avait été ma maman. Une maman différente des autres, plus belle, plus mystérieuse. Mais je prenais maintenant conscience de la distance physique qui me séparait d'elle, je la regardais avec d'autres yeux, ceux de l'école, ceux de l'Institution, ceux qui la comparaient aux autres mères, ceux qui cherchaient la douceur qui avait disparu des siens.

Une mère idéale assiégea bientôt mon espace mental. La mère idéale était une bourgeoise d'intérieur qui veillait sur l'intégrité de ses enfants et de son papier peint, possédait un lave-vaisselle, concoctait des plats en sauce aux parfums subtils, traquait la poussière à longueur de journée et exigeait, à l'entrée de l'appartement, que l'on enfilât des patins. La mère idéale ne se défonçait pas tous les soirs, préparait le petit déjeuner avant de réveiller les siens, les regardait partir en classe, l'œil embué et le sourire confiant. Mes révoltes n'avaient rien à voir avec celles de mes semblables, elles aspiraient au conformisme le plus pur. Je rêvais d'une vie cadrée, confinée, réglée comme le papier millimétré qui accueillait les errements de mes exercices de géométrie. Sans doute n'avais-je pas d'autre moyen d'exprimer la peur confuse et croissante qui avait commencé de m'étreindre. Je m'éloignais de Lucile, ou elle s'éloignait de moi, je lui en voulais de ne pas être plus forte, de ne pas faire face.

Un dimanche, Lucile nous emmena au théâtre pour voir son frère Milo qui jouait le valet dans une pièce de Molière. Ensuite nous allâmes le féliciter, j'observai les boucles serrées de ses cheveux, semblables à celles des poupées de collection, qui se soulevaient quand il parlait.

Un autre dimanche, j'allai avec Lucile aux puces de Saint-Ouen où elle acheta quelques objets pour la cuisine.

Un week-end sur deux, nous prenions le train pour la Normandie, où Gabriel s'était installé. Au début, Lucile nous conduisit en métro jusqu'à la gare Montparnasse. Plus tard, nous nous y rendîmes seules. Dans le train, nous nous occupions à lire ou à faire des jeux. À Verneuil-sur-Avre, Gabriel venait nous chercher puis nous emmenait en voiture jusqu'au village où il vivait avec sa nouvelle femme. Nous pénétrions dans un autre monde, un monde où tout était bien rangé, où rien en apparence ne semblait faire défaut.

Puisque Lucile et Gabriel n'étaient pas capables de se parler au téléphone, toute information concernant les vacances scolaires, les horaires de train, l'organisation pratique de nos déplacements passait par moi : Maman te dit que, papa préférerait que, maman n'est pas d'accord avec. Les rares fois où ils échangeaient quelques mots, Lucile raccrochait avant la fin de la conversation et se mettait à pleurer.

Un jour de printemps, un appel nous apprit la mort de Milo. Au fond d'un bois ou d'une clairière, le frère de Lucile s'était tiré une balle dans la tête. Je ne pris pas tout de suite la mesure de l'information. Lorsque je l'annonçai à mon père (la mort de Milo obligeait à décaler les week-ends), il demanda à parler à Lucile. Pour la première fois, Lucile et Gabriel eurent une conversation qui me sembla normale et se termina sans cris. En silence, je remerciai Milo de ce miracle. Nous partîmes quelques jours plus tard à Pierremont, où se déroulait la messe donnée pour ses obsèques. Cette fois je ne pus rien ignorer de la douleur qui ravageait ma famille, elle saturait l'air comme de la poudre d'explosif.

Dans les semaines qui suivirent, je m'inquiétai davantage encore pour Lucile. Cette peur ne me quittait pas, m'empêchait parfois de respirer. J'ignorais ce qu'elle signifiait. Peu à peu, mon angoisse se formula : j'avais peur de la trouver morte. Chaque soir, quand je tournais la clé dans la porte, voilà à quoi je pensais : et si, elle aussi, l'avait fait ? Cela devint une obsession. Lorsque je pénétrais dans l'appartement, seule ou accompagnée de Tadrina, mes yeux se posaient d'abord sur la moquette du salon (les morts gisaient à terre, je l'avais entendu au détour des conversations), puis j'allais vérifier dans sa chambre. À partir de là, je pouvais respirer.

Peu de temps après la mort de son frère, à l'aide d'un rouge à lèvres couleur sang, Lucile avait écrit sur le miroir de notre salle de bains : « Je vais craquer. » Face à ce miroir, nous nous coiffions chaque matin, Manon et moi, cette menace tatouée sur le visage.

Certains soirs, quand Manon et ses amies rentraient plus tard que nous, je m'amusais avec Tadrina à leur faire peur. Cela constituait une occupation à part entière, au même titre que les farces au téléphone, les concours de danse, les poupées Barbie et leurs vêtements, notre collection d'échantillons de parfums (nous en avions quatre cents à nous deux) et le jeu de la vendeuse en parfumerie qui l'accompagnait. Un soir, nous nous cachâmes dans le placard de l'entrée, alors que Manon et Sabine, la voisine du dessous, pénétraient dans l'appartement. Tandis qu'elles entamaient leur goûter, persuadées d'être seules, nous commençâmes à émettre d'affreux grincements et sifflements. Terrorisées, elles s'approchèrent du placard, lorsque nous laissâmes cette fois éclater un concert de rires macabres et démoniaques. Elles hurlèrent de concert, descendirent aussi sec prévenir le père de Sabine, qui venait de rentrer chez lui. Il monta et nous découvrit toutes les deux, bredouillantes, écarlates, et empêtrées dans de coupables explications.

Plus tard, Manon m'a reproché ces séances de terreur, la place que j'occupais, et la domination d'aînée que j'exerçais sur elle. Peut-être avais-je besoin qu'elle ait peur aussi, qu'elle sorte de cet état d'inconscience qui me semblait alors être le sien, qu'elle partage mon désarroi. Peut-être étais-je tout simplement jalouse d'elle, qui entretenait avec Lucile une relation que j'avais perdue depuis longtemps.

Quand Lucile n'avait pas le courage de préparer le repas, nous nous réjouissions d'un *dîner belge* (chocolat chaud et tartines beurrées). Plus tard, une amie à qui j'en expliquais le principe me raconta qu'il s'agissait chez elle d'un *dîner suisse*.

Ensuite, chacune de nous trois vaquait à ses occupations. Nous n'avions pas la télévision, Lucile refusait de céder à cette facilité.

D'autres soirs, nous écoutions les disques que Lucile aimait : « *Bella Ciao* » (le chant des partisans italien), Chick Corea, Archie Shepp, Glenn Gould. La chanson de Jeannette, « *Porque te vas* », tirée du film *Cría Cuervos,* que nous avions vu avec elle, devint notre hymne domestique. Les images de Géraldine Chaplin se vidant de son sang me hantèrent longtemps. Et si ma mère venait à mourir de la même manière, d'un chagrin hémorragique et silencieux ?

L'été de mes douze ans, mon père et sa femme eurent un petit garçon. Il me sembla que Gaspard serait promis à une vie facile, que les choses seraient pour lui plus douces qu'elles ne l'étaient pour nous. Nous aimions nous occuper de lui, le changer, lui donner le biberon, le faire rire, et plus tard, nous admirâmes ses premiers pas.

Un week-end, je parlai à Gabriel des inquiétudes que j'avais pour Lucile. Pour la première fois sans doute je prononçai ces mots : j'ai peur qu'elle se suicide. Il me demanda des précisions. Je parlai de sa solitude, de sa fatigue, des heures qu'elle passait enfermée à fumer.

Dans le train du retour, je ne pensais plus qu'à une chose : j'étais une balance.

Mes relations avec Lucile se détériorèrent davantage encore le jour où elle m'accusa d'avoir volé la boîte dans laquelle elle rangeait ses barrettes de shit, et de l'avoir donnée à mon père afin qu'il l'utilise contre elle comme pièce à conviction. Quelques jours plus tard, Lucile retrouva la petite boîte rose qu'elle avait cachée elle-même, me présenta ses excuses. Plus tard encore, elle lut mon journal intime où il était question d'elle et de ma peur, me l'avoua, me promit que les choses allaient s'arranger.

Lucile savait que je l'observais du haut de mes douze ans, avec cet air de tout savoir sans avoir rien appris, cette façon d'afficher en silence ma désapprobation. Lucile savait que je la jugeais.

Un soir, alors qu'une de mes tantes nous raccompagnait après que nous avions dîné chez elle, la voiture qui nous suivait d'un peu trop près nous percuta dans un grand bruit de ferraille. Manon et moi étions toutes les deux assises sur la banquette arrière. De la place avant où elle se trouvait, Lucile bondit par l'extérieur, ouvrit notre portière en hurlant « Ma fille, ma fille ! », se jeta sur Manon. Cette utilisation du singulier, même dans la plus intense panique, m'apparut comme la preuve de sa démission. Je n'avais plus de contact physique avec elle depuis déjà longtemps. Manon venait sur ses genoux, Manon l'embrassait, l'enlaçait, Manon ne se rendait compte de rien : Manon était *sa* fille. J'étais devenue son ennemie, j'étais du côté de mon père, du côté des bourgeois, des riches et des réactionnaires, je ne comptais plus.

Bien sûr, aujourd'hui que je l'écris, et alors que je n'ai plus aucun doute quant au fait que Lucile m'a aimée, l'épisode de la voiture m'apparaît sous un autre jour, qui interroge ma manière d'être, et ce depuis si longtemps, cette façon de vouloir paraître si forte quand je suis si fragile, qu'on finit sans doute par me croire.

Un soir, Lucile m'emmena au théâtre voir *Les Mille et Une Nuits*, créées par Jérôme Savary et son *Grand Magic Circus*. Je portais un chemisier rouge que ma mère m'avait offert, je m'étais habillée *chic*, pour autant que je me souvienne c'était la première fois que j'allais voir un spectacle (excepté le Guignol du Luxembourg). Émerveillée, je découvris un monde abondant où les femmes étaient plantureuses et puissantes. Il y avait dans la mise en scène une humeur, un excès, qui m'impressionnèrent au plus haut point et dont je sentis confusément qu'ils évoquaient la vie dans ce qu'elle avait de plus dense, de plus libre, de plus merveilleux. L'or des costumes et des bijoux brillait dans la lumière, je voulus en retenir les reflets, ne jamais les oublier.

À cette même époque, un garçon du collège qui était en section technique se prit de passion pour moi. Il devait avoir quinze ou seize ans, son élocution et ses propos trahissaient un probable retard mental. Il me guettait à la sortie, me suivait dans la rue, m'attendait dans les tunnels et sous le porche des immeubles. Il connaissait mes horaires et mes itinéraires. Peu à peu, il me terrorisa. Nous élaborions avec Tad toutes sortes de stratégies pour l'éviter et échapper à sa vigilance. Nous passions par des chemins détournés, restions parfois plusieurs heures à l'intérieur du collège afin de le décourager. Un soir que nous avions fait des courses pour Lucile à la supérette de mon quartier, le garçon était là, dissimulé dans l'obscurité d'un porche. Au moment où nous arrivâmes à sa hauteur, il se jeta sur moi et tenta de m'embrasser sur la bouche. Je le repoussai, Tadrina s'empara d'une grosse boîte de conserve et s'interposa entre nous, le bras levé et le petit pois menaçant (nous nous sommes ensuite repassé en boucle cette séquence).

Le garçon me regarda et de sa voix pâteuse prononça cette phrase qu'il nous arrive encore aujourd'hui d'évoquer pour son potentiel comique :

– Tu m'dis rien ?

Nous détalâmes à toutes jambes. Sur la main que j'avais eu le temps de mettre devant ma bouche, je gardai la sensation de ses lèvres humides, de sa salive gluante. De retour chez moi, je la frottai avec une brosse à ongles. Je n'en parlai pas à Lucile. Lucile ne pouvait rien pour moi. *Tu-m'dis-rien* (car c'est ainsi que nous l'appelâmes dorénavant avec Tad, ignorant son vrai nom) hanta longtemps mes nuits.

À part en français, mes résultats scolaires étaient en chute libre. Je ne travaillais pas, je n'apprenais pas, passais mon temps à lire, allongée à plat ventre sur la moquette de ma chambre. Avec Tad, nous commençâmes à voler dans les magasins de la ville – tablettes de chocolat, paquets de biscuits, brillants à lèvres – autant de minuscules défis adressés à nous-mêmes, que nous relevions haut la main.

Régulièrement, j'étais terrassée par une migraine qui m'obligeait à quitter le collège avant l'heure, titubante, pour rentrer chez moi m'allonger dans le noir, un marteau-piqueur dans le crâne et un gant de toilette humide posé sur les yeux.

Le mercredi, Manon et moi allions par le métro et le RER à l'École dentaire de la rue Garancière, dans le 6e arrondissement. Nous y passions des heures entre les mains d'apprentis dentistes à la dextérité variable, Manon le matin et moi l'après-midi. Nous y retrouvions Bérénice, l'une des sœurs aînées de Gabriel, qui nous emmenait déjeuner au café, puis goûter chez elle, où il me semblait qu'enfin, nous étions à l'abri.

Mais de retour chez nous, la réalité s'imposait, chaque semaine plus limpide : après la mort de Niels, puis celle de Milo, Lucile était en train de perdre pied et nous étions, Manon et moi, les seules spectatrices de ce naufrage.

Lors des entretiens que j'ai menés, les années que nous avons passées à Bagneux sont celles à propos desquelles j'ai recueilli le moins de souvenirs concernant Lucile. Personne ne se rappelait l'endroit où elle travaillait, quelles étaient ses occupations, ses fréquentations, ni la manière dont elle avait traversé ces années. Je crois que peu à peu Lucile s'est isolée de ses amis, de sa famille, qu'elle s'est s'éclipsée, afin de dissimuler ses propres errances ou tenter, comme les autres, de mener sa propre vie.

Au fond d'un carton que je trimballe de cave en cave, j'ai retrouvé le journal intime que j'ai commencé à l'âge de douze ans. Concernant cette époque et pour les dix années qui suivent, il est mon plus précieux matériau.

Au commencement de ces pages, d'une écriture hésitante, je parle de Lucile, de la distance qui se crée entre elle et moi, de ma peur grandissante de la trouver par terre le soir, en rentrant du collège. Lucile est en sursis et nous vivons Manon et moi dans la hantise de l'événement ou du détail qui la fera sombrer.

La période dite *des suicides* figurait parmi les thèmes de mon guide d'entretien (car bientôt Baptiste, le cousin germain de Lucile, qui vivait également à Clamart et qui est le père de l'enfant de Justine, se tirera, lui aussi, une balle dans la tête). Au-delà de mes propres souvenirs, je voulais revenir sur l'ampleur de la déflagration : savoir ce qui, autour de ces morts, s'était dit, murmuré, chuchoté – quelles hypothèses ou quelles certitudes, de quelle manière il avait été possible de survivre à ça.

Si l'on s'intéresse à la trajectoire de Lucile, à ce qui la conduit, dans les mois qui suivront, à sortir pour de bon du réel, rien de cela ne peut être ignoré.

La légende raconte que tous les trois, Niels, Milo et Baptiste, un soir qu'ils avaient un peu d'argent à flamber et dînaient dans un grand restaurant, ont fait la promesse de mettre fin à leurs jours. La légende parle d'un pacte, passé entre eux, dont Lucile connaissait l'existence, voire auquel, de manière tacite, elle s'était associée. Encore aujourd'hui, au cours des entretiens que j'ai menés, plusieurs personnes en ont évoqué l'hypothèse ou restent convaincues de l'existence de ce pacte. Quant au restaurant où il aurait eu lieu, certains évoquent Lasserre, d'autres le Pré Catelan. Justine, à qui j'ai posé la question, ne croit pas que ce pacte ait vraiment existé.

Parce qu'on me l'avait conseillé à plusieurs reprises, j'ai vu pour la première fois *Mourir à trente ans*. Le film de Romain Goupil raconte l'engagement politique au plus jeune âge, le combat, le désenchantement. Il s'agit de prendre en compte l'époque, de considérer de quelle manière elle interfère. Cela est vrai pour tous les trois. Au moment où ces suicides ont eu lieu, cette vision politique ou philosophique du passage à l'acte l'a parfois emporté sur le reste. Plus tard, d'aucuns se sont interrogés sur la manière dont ces désillusions étaient entrées en résonance, pour chacun d'eux, avec des failles infiniment plus intimes.

Tous ceux qui ont côtoyé Niels se rappellent à quel point l'idée du suicide était omniprésente dans son discours. Alain, qui était son cousin et l'un de ses meilleurs amis, m'a raconté quelques souvenirs qu'il avait de lui, la manière dont Niels avait évoqué devant lui sa relation avec Lucile, et m'a confié la photocopie du journal que ce dernier avait tenu sur un cahier d'écolier, durant les deux semaines qui ont précédé sa mort. J'espérais y trouver trace de ma mère, ce n'est pas le cas. Le texte procède par bribes, décousues, raturées, asphyxiées, il me semble qu'il n'y a plus de place pour personne.

À chacun des frères et sœurs de Lucile, j'ai demandé de me parler de Milo, disparu si jeune. Dans cette fratrie de neuf enfants, il est le troisième frère mort.

J'ignore si ces douleurs s'additionnent ou se multi-plient, mais je pense que, pour une même famille, cela commence à faire beaucoup.

Et Lisbeth de me répondre, avec l'humour provo-cateur qui est le sien :

– Oh, tu sais, on commençait à avoir l'habitude.

De Milo, on raconte qu'il était fragile, qu'il s'était beaucoup opposé à son père, qu'il avait été détruit par lui, n'avait jamais vraiment trouvé sa place, qu'il était le plus proche de Jean-Marc et avait donc été particu-lièrement affecté par sa mort, qu'il vivait de petits bou-lots, avait cru à la révolution, buvait beaucoup pour son âge, qu'il avait eu un gros chagrin d'amour, qu'il était né deux semaines après terme, qu'il était mala-droit et faisait tout tomber, qu'il était le premier de la fratrie à avoir eu son bac. Et à Georges qui lui deman-dait sur un ton solennel ce qu'il allait en faire, Milo avait répondu, écrasant sa cigarette dans un sourire victorieux : partir en vacances, longtemps.

À Lucile, il avait offert les paroles d'une chanson inter-prétée par Mouloudji, recopiées de sa main, que tous les deux chantaient à l'époque et que nous chantions avec elle, dont je n'ai pas oublié l'air, ni le dernier couplet.

Autant de pavés par le monde
De grands et de petits pavés
Que de chagrins encavés
Dans ma pauvre âme vagabonde.

Rien ne s'oppose à la nuit

Je meurs je meurs de tout cela,
Je meurs je meurs de tout cela,
Et ma chanson s'arrête là.

Un samedi matin, Milo est parti de chez lui, a acheté un pistolet dans une boutique (alors qu'il n'avait pas de port d'armes), a pris un train de banlieue et s'est enfoncé dans une forêt, *quelque part à l'Est*, m'a-t-on dit. Personne ne se souvenait du nom de cet endroit (je l'ai retrouvé dans un texte écrit par Lucile, il s'agit du Fort de Chelles) que Milo avait choisi vraisemblablement parce qu'il ne signifiait rien pour sa famille et qu'aucun souvenir n'y était attaché. Quelques heures plus tard, un marcheur l'a vu de loin, étendu sur le sol. Il a pensé à un homme ivre, a poursuivi son chemin. Le lendemain, le marcheur l'a retrouvé dans la même position. Cette fois, il s'est approché. Milo avait ses papiers sur lui, Liane et Georges ont reçu l'appel de la gendarmerie. Ensuite, ils ont prévenu leurs enfants. Sauf Violette, qui venait tout juste de partir en vacances.

Comme je l'ai fait pour les autres, j'ai écouté pour les retranscrire les enregistrements des trois entretiens que j'ai menés auprès de Violette, chez elle ou chez moi, stockés sur mon ordinateur en format MP3. Au moment où elle évoque le suicide de Milo et ce détail – on ne juge pas utile de la prévenir parce qu'elle est en vacances dans la Drôme – Violette s'interrompt et s'éclipse quelques minutes. En son absence, on

m'entend dire à voix haute : « C'est dingue, ça. »
Quand Violette revient dans la pièce, je m'étonne
auprès d'elle qu'on ne l'ait pas avertie. Cela ne semble
pas la choquer. J'argumente : te prévenir pour partager
le choc, l'effroi, pour que tu puisses aborder la douleur
en même temps que les autres. Le fait est qu'elle
n'apprend la nouvelle que huit jours plus tard, à son
retour. Entre-temps, Barthélémy est allé reconnaître le
corps avec son père à l'Institut médico-légal et Milo
a été enterré à L., à côté d'Antonin et de Jean-Marc.
Violette rentre de ses vacances juste à temps pour la
messe qui a lieu à Pierremont. Celle-ci est suivie d'une
collation à laquelle sont conviés les membres de ma
famille, les amis, les voisins. Ce moment est dominé
par la souffrance de Georges, un paquet de haine
compacte, amère, jetée à la face de tous.

À l'écoute de l'enregistrement, j'entends combien
l'évocation de cette journée est douloureuse pour
Violette, combien il lui est pénible d'en parler. Sa voix
s'altère davantage encore lorsqu'elle évoque les souvenirs qu'elle et les autres sœurs de Lucile ont retrouvés
à Pierremont au moment de vider la maison. Liane,
ma grand-mère, avait rassemblé pour chacun de ses fils
disparus quelques objets fétiches. Pour Antonin, une
minuscule valise en carton, un cahier d'écolier, une
carte écrite avec application, à l'occasion de la fête des
mères. Pour Jean-Marc, un cahier, une médaille de
natation et une croix scout en bois sculpté. Pour Milo,
réunis dans le sac en plastique transparent qui a proba-

blement servi à les lui restituer, sa carte orange, un briquet, et l'agenda sur lequel il avait écrit ces mots, à la date exacte de son passage à l'acte…

— Sur lequel il avait écrit quoi ?

Cette fois Violette pleure. D'une voix étranglée, je m'entends lui proposer un mouchoir qu'elle accepte. S'ensuit un silence de quelques secondes pendant lequel nous ne pouvons articuler un mot ni l'une ni l'autre, et puis je relance d'une voix qui cherche sa propre détermination : « Sur lequel il avait écrit quoi ? » Je ne pleure pas. Je veux savoir. Je suis une sadique, voilà tout, un vampire avide de détails, je remue le couteau dans la chair et me repais du bruit humide des entrailles, je patouille avec délectation, *splash*, *splash*, j'enfonce au plus profond, voilà à quoi je pense à ce moment-là, et voilà à quoi je pense encore lorsque j'écoute le fichier.

Violette se mouche à grand bruit, puis finit par terminer sa phrase :

– Sur lequel il avait écrit : « Je vous demande pardon, je n'ai jamais voulu vivre. »

S'ensuit un nouveau silence de deux ou trois minutes, d'un poids infini, et puis soudain nous éclatons de rire. Pliées, écroulées, mortes de rire. Entre deux hoquets, je murmure : la torture…

Violette rit de plus belle et m'avoue qu'elle est venue à reculons (c'est la deuxième fois que nous nous voyons), elle n'en avait aucune envie, mais vraiment aucune, elle s'est même demandé *pourquoi j'y vais* et puis elle a pensé qu'il le fallait. C'était important.

Violette me demande si je me rends compte des effets que provoque ma démarche, car maintenant les frères et sœurs de Lucile en parlent entre eux, ils se racontent ce qui ne se raconte plus depuis longtemps, ce que chacun connaît de l'histoire des morts et des vivants. Et Violette prononce ces mots qui me font sourire : tu sais, ça fait bouger le système.

Plus tard dans la conversation que j'écoute encore, pour en saisir le moindre souffle, ne rien perdre du cadeau qu'elle m'a fait, comme les autres, en acceptant de se prêter au jeu, Violette me dit qu'elle a hâte de lire le livre. Cela la touchera, pense-t-elle, de lire *ma* Lucile. Elle précise :

— Parce que je crois malgré tout qu'elle vous a permis d'entrer dans la vie de plain-pied. Il y a des photos de Lucile d'une douceur, tu sais, dans cette famille, que je ne connais que d'elle.

Alors je tente d'expliquer ce que je voudrais parvenir à écrire. Au moment où je mène ces entretiens, plusieurs semaines avant de commencer, je n'ai aucune idée de ce qui m'attend. Car c'est exactement ça : je voudrais rendre compte du tumulte, mais aussi de la douceur. Ma voix s'altère, cette fois c'est moi qui faiblis.

Soudain, mon ordinateur qui est resté en veille nous annonce d'une voix féminine et solennelle (comme à peu près trois fois par jour) :

– LA BASE VIRALE VPS A ÉTÉ MISE À JOUR.

Violette me regarde, malicieuse, et me demande :

– T'es contente ?

À Bagneux, Lucile m'offrit *En attendant Godot*, parce que Manon me surnommait Didi et que je l'appelais Gogo. Didi et Gogo, c'est ainsi que se nomment les deux personnages de la pièce de Samuel Beckett, deux vagabonds qui attendent comme le messie un troisième larron qui n'arrivera jamais. À douze ans je découvris ce texte, auquel je ne compris sans doute pas grand-chose mais qui m'inspira cette question : qu'attendions-nous, Manon et moi, quel messager, quel sauveur, quel protagoniste miraculeux susceptible de nous sortir de là, d'interrompre la spirale morbide dans laquelle Lucile était happée et de nous ramener aux temps d'avant, quand la douleur de Lucile n'était pas si envahissante, ne se voyait pas à l'œil nu ? Qu'attendions-nous si ce n'était que notre mère renoue avec quelque chose qui était de l'ordre de la vie ? À mes yeux, l'homme qu'elle fréquentait à ce moment-là ne lui apportait rien, au contraire, c'était un homme fuyant, qui l'aspirait vers le bas. Robert riait bêtement, marchait sur la pointe des pieds et faisait crisser la moquette, Robert était défoncé et ne voyait rien, surtout pas combien ça tanguait et que plus rien n'était stable.

Lucile fumait de plus en plus et, quand elle n'avait plus de cigarette, mangeait le shit en gâteau ou tout cru comme les ogres.

Un soir que Lucile était dans son bain, elle m'appela à plusieurs reprises. Les portes étaient ouvertes, j'étais assise par terre dans ma chambre, je me coupais les ongles. Je lui demandai d'attendre. Lucile m'appela de nouveau, me demanda ce que j'étais en train de faire. Soudain, je la vis sortir de son bain, couverte de mousse et dégoulinante. Elle surgit dans ma chambre et balaya la pièce du regard. Lucile imaginait qu'il *se passait des choses entre Robert et moi*, c'est avec ces mots que je l'écrivis dans mon journal, suffoquée d'indignation. Comment Lucile pouvait-elle penser que je puisse m'approcher à moins d'un mètre cinquante de ce type immonde qui me dégoûtait au plus haut point ? Pas une seconde il ne me vint à l'esprit que Lucile pouvait avoir peur pour moi, son agressivité à mon égard me laissa croire au contraire que j'étais l'objet de sa suspicion.

Lucile avait quitté le fabricant de sacs en cuir quelques mois plus tôt pour être secrétaire dans une agence conseil en distribution et promotion des ventes. Elle se lia avec l'une de ses collègues, Marie-Line, qui devint peu à peu son amie. Marie-Line devait avoir l'âge de Lucile, ses cheveux étaient coupés au carré, elle portait des chemisiers à col rond, des gilets bleu marine en laine fine, était l'épouse d'un homme qui travaillait dans une banque et s'habillait en costume-cravate, ce qui m'apparaissait, à l'époque, comme un gage indéniable de sérieux. Marie-Line et son mari avaient une petite fille plus jeune que Manon. De temps en temps, ils nous invitaient à déjeuner dans le 15e arrondissement, leur appartement était moderne et parfaitement rangé, ou bien Marie-Line venait chez nous. Aujourd'hui, on dirait de Marie-Line qu'elle était *bon chic bon genre*, j'ignore si l'expression existait à l'époque. Très vite, Marie-Line incarna à mes yeux une forme d'idéal maternel et domestique.

Un soir où nous rentrions tout juste de l'école, Manon et moi jugeâmes intolérable la solitude des souris blanches que Lucile nous avait offertes quelques semaines plus tôt, enfermées chacune dans sa cage. L'observation minutieuse desdits mammifères nous amena à la conclusion qu'il s'agissait de deux mâles et que, par conséquent, leur rapprochement ne comportait aucun risque. Quelques semaines plus tard, une dizaine de larves roses piaulaient dans la cage de Jack, la souris de Manon, qui était donc, selon toute vraisemblance, une femelle. Les bébés souris faisaient un bruit fou et Lucile n'allait pas tarder. Il nous fallut les tuer avec de l'éther et les jeter au vide-ordures, la mort dans l'âme et l'estomac en vrac.

Nous menions nos vies d'enfants. En attendant le retour de Lucile, nous inventions des potions magiques et des gloubi-boulga, nous échangions nos poupées, nos stylos, nos carnets, nous dessinions chacune de notre côté, nous nous cherchions des poux, nous nous tirions les cheveux, nous dansions sur la musique de *Grease* que nous avions vu au cinéma. Parfois, nous descendions chez Sabine, la voisine du dessous, pour regarder la télévision.

Une fois par semaine, Lucile se rendait à Paris chez Mlle C. pour sa leçon de piano. De retour à la maison, elle suivait les partitions, travaillait parfois plusieurs heures, reprenant à l'infini le même passage sur lequel elle achoppait. Jouer du piano était devenu pour Lucile la seule occupation possible. Elle avait du mal à nous parler, à nous écouter, s'impatientait de nos jeux, cuisinait peu, dormait de moins en moins. Mais face à l'instrument, elle se tenait droite et concentrée. Les *Gymnopédies* de Satie et les valses de Chopin seront pour moi à jamais attachées à elle, tout comme Bach l'est à mon père qui jouait de la flûte traversière.

Pendant quelques jours, Lucile rentra de son travail plus pâle encore, et toujours plus fatiguée. Elle ne parvenait plus à trouver le sommeil. Elle écrivait un texte, m'expliqua-t-elle, quelque chose de très important.

Un soir après le dîner, Lucile resta allongée dans

sa chambre, je me réfugiai dans la mienne où je relus pour la centième fois *L'Évasion des Dalton* ou *Le Naufragé du A*. Vers vingt-deux heures, Manon vint me trouver. Lucile allait mal, il fallait appeler Marie-Line, son amie du travail, c'est elle qui l'avait demandé, appeler Marie-Line et lui dire de venir, tout de suite. Je ne m'approchai pas de Lucile. J'étais terrorisée à l'idée qu'elle puisse mourir là, sous nos yeux. Je composai le numéro de Marie-Line qui tenta de me rassurer et promit de venir au plus vite. Il se passa encore plusieurs minutes avant que j'ose entrer dans la chambre de ma mère, où Manon était restée avec elle.

Nous attendîmes Marie-Line qui arriva une demi-heure plus tard, accompagnée de son mari. Lucile avait beaucoup fumé mais n'avait pas pris de somnifères, en tout cas pas dans une quantité qui pût la mettre en danger. Elle parla avec Marie-Line qui resta tard et nous incita à nous coucher. Le lendemain, quand nous partîmes à l'école, Lucile dormait encore. Je rentrai le soir, pleine d'appréhension, la trouvai là, dans la même position, elle n'était pas allée travailler. Lucile évoqua pour la première fois ce texte qu'elle avait terminé la veille, qu'elle nous donnerait bientôt à lire, ce texte dont la fin lui avait échappé pendant plusieurs jours, à laquelle elle s'était heurtée comme à un rempart, mais qu'elle avait fini par coucher sur le papier.

Lucile avait échappé de peu à la folie et au suicide. Ce furent ses paroles et c'est ainsi que je les notai, mot pour mot, dans mon journal. L'écriture avait laissé émerger un souvenir qu'elle avait relégué loin, très loin, là où elle pensait qu'il ne pouvait plus jamais l'atteindre. Lucile me parla de la honte, de l'emprise de la honte. Maintenant elle irait mieux. Elle promit de fumer moins.

Lucile se releva, au sens propre comme au sens figuré, reprit son travail.

Quelques jours plus tard, elle fit des photocopies de son texte, nous le donna à lire, l'envoya à ses parents et à tous ses frères et sœurs.

Le texte de Lucile s'appelle *Recherche esthétique*. Nous l'avons retrouvé parmi d'autres, dactylographié et dupliqué en plusieurs exemplaires. Au fil des pages, elle y évoque le désir de mourir, la folie qui la guette, les dessins aux couleurs vives que nous confectionnons pour elle, nos cadeaux de fête des mères, dont la minutie l'émeut. Elle y décrit le mal-être qui ne cesse de grandir et dont elle se laisse envahir, jusqu'à son paroxysme :

J'aime me sentir si mal, si désincarnée à côté de mon corps et si attentive à ses battements, son gauchérisme prononcé, à sa faiblesse.
(…)
11h premier joint, premières angoisses. Comment vais-je gouverner ma pensée, faire mon repassage, parler à mes

enfants, écouter autre chose que le vide. Mes doigts vont-ils trembler sur le clavier. Arriverai-je à travailler, au lieu de répéter mécaniquement dans le but d'atteindre une improbable perfection.

(...)

J'aime si peu m'endormir. La chambre est apaisante. Je suis raide, j'y pense et je me dis que j'ai raison. Je veux user ce corps et, de là, le faire vivre. Pourquoi le gâterais-je, est-ce qu'on m'a gâtée peut-être ?

(...)

Ferais-je expier mon père, sachant qu'il ne peut me refuser aucun caprice que j'ordonne, devant ma mère. Comme ce collier d'or que je me suis fait offrir récemment.

(...)

J'achète beaucoup de cigarettes, j'ai aimé des hommes, ma bouche est amère. Je suis éblouie des Petits poèmes en prose, *à croire que je ne les avais jamais lus.*

(...)

Je dis à Delphine que j'écris depuis quelques jours. Je me sens coupable, elle me trouve bizarre.

(...)

Mon écriture, si elle dure, ne peut être qu'un immense malaise. Je renonce à la vie, je me couche pour mourir.

Mes filles se taisent.

Au bout de quelques pages, fragments douloureux additionnés les uns aux autres sans cohérence apparente, le texte de Lucile se terminait par ces mots :

Rien ne s'oppose à la nuit

Nous partons pour notre maison de campagne. Je suis avec mon amoureux, nous sommes avec mon père.

Je ne suis pas tendre pourtant j'aime mon ami.

La nuit je ne dors pas, je suis traquée. Forrest dort en haut. Je vais pisser, mon père me guettait, il me donne un somnifère et m'entraîne dans son lit.

Il m'a violée pendant mon sommeil, j'avais seize ans, je l'ai dit.

É crire sur sa famille est sans aucun doute le moyen le plus sûr de se fâcher avec elle. Les frères et sœurs de Lucile n'ont aucune envie de lire ce que je viens de retranscrire ni ce que je m'apprête éventuellement à en dire, je le sens dans la tension qui entoure maintenant mon projet et la certitude que j'ai de les blesser me perturbe plus qu'aucune autre. Aujourd'hui, ils se demandent sans doute ce que je vais faire de *ça*, de quelle manière je vais l'aborder, jusqu'où je suis prête à aller. Dès lors que je tente de m'approcher de Lucile, je ne peux faire l'économie des relations qu'elle a eues avec son père, ou plutôt qu'il a eues avec elle. Je me dois, au minimum, de poser la question. Or la question n'est pas indolore.

Je tire à bout portant et je le sais.

Un jour que je déjeune avec ma sœur, je lui raconte la terreur dans laquelle m'a plongée la lecture du très beau livre de Lionel Duroy, *Le Chagrin*[1], qui revient sur son enfance et raconte la manière radicale et sans

---

1. Lionel Duroy, *Le Chagrin*, Julliard, 2010.

appel dont ses frères et sœurs se sont éloignés de lui après la parution d'un autre roman, écrit quinze ans plus tôt, où l'écrivain mettait déjà en scène ses parents et la fratrie dont il était issu. Aujourd'hui encore, aucun d'entre eux ne lui adresse la parole : il est le traître, le paria.

La peur suffit-elle à se taire ?

Devant un croque-monsieur, un peu impressionnée, ma sœur m'assure de son inconditionnel soutien. Il faut aller au bout, me dit-elle, ne rien laisser dans l'ombre.

Je repars convaincue que le seul chemin possible, au point où j'en suis, au point où nous en sommes tous, est celui qui passe par ce point.

L'homme que j'aime (et dont j'ai fini par croire qu'il m'aime aussi) s'inquiète de me voir perdre le sommeil à mesure que j'avance dans l'écriture. J'essaie de lui expliquer que c'est un phénomène normal (rien à voir avec le fait que je me sois égarée dans un exercice d'un genre nouveau, rien à voir avec le matériau que je manipule, cela m'est arrivé pour d'autres livres, de pure fiction, etc.). Je joue les fières-à-bras, balaie les sollicitudes d'un revers de main.

La peur suffit-elle à se taire ?

À trente-deux ans, Lucile écrit que son père l'a violée. Elle envoie le texte à ses parents et à ses frères et sœurs, nous le donne à lire. Pendant quelques semaines, j'imagine qu'il va se passer quelque chose de très grave et de tout à fait retentissant, une implosion familiale qui ne manquera pas de provoquer de terribles dégâts. Je suis dans l'attente du drame.

Pourtant, il ne se passe rien. Nous continuons d'aller de temps en temps en week-end à Pierremont, personne ne chasse mon grand-père avec un balai, personne ne lui défonce la gueule sur les marches de l'escalier, ma mère elle-même parle avec son père et ne lui crache pas au visage. J'ai douze ans et la logique des choses m'échappe. Comment est-il possible qu'une telle révélation ne soit pas suivie d'effets ? Au collège, la grammaire est la seule matière qui m'intéresse. Pourtant à Pierremont, en l'absence de conjonction de subordination – *si bien que, par conséquent, à la suite de quoi* – il ne se passe rien, ni larmes, ni cri, ma mère va chez ses parents qui s'inquiètent pour elle qui a l'air si fatiguée, elle a maigri, ses traits sont tirés, elle ne dort pas, la vie est si dure pour leur fille qui élève seule ses enfants.

Quelques mois plus tard, Lucile s'est rétractée. Elle parlait alors d'une relation incestuelle plutôt qu'incestueuse, réfutait le récit du passage à l'acte.

Comme des milliers de familles, la mienne s'est accommodée du doute ou s'en est affranchie. À la rigueur pouvait-on admettre une certaine ambivalence, un climat qui prêtait à confusion, mais de là à imaginer le pire… Un viol fantasmé par Lucile, voilà tout. Cela rendait les choses respirables, or il y avait si peu d'air.

La preuve qu'elle ne tournait pas rond, on ne tarderait pas à l'avoir.

Des années plus tard, alors que Manon et moi étions devenues adultes, à une époque où Lucile allait bien, ma sœur lui a reposé la question. Lucile lui a répondu que oui, cela était arrivé. Et que personne n'avait réagi à la lecture du texte qu'elle avait envoyé.

Le texte est resté lettre morte et Lucile n'a reçu en retour qu'un silence pétrifié.

Il y a quelques mois, lorsque j'ai demandé aux frères et sœurs de ma mère de me parler d'elle, ils ont tous accepté avec un enthousiasme non feint. Rendre hommage à Lucile, tenter de l'approcher : oui, bien sûr.

Pour nous tous, Lucile – sa douceur, sa violence – reste un mystère.

Il va de soi que l'hypothèse du viol de Lucile par mon grand-père figurait en bonne place parmi les thèmes que je voulais aborder. Pourtant, au moment où j'ai commencé ce travail, je n'avais aucune certitude.

Lorsque je réécoute les conversations que j'ai eues avec chacun d'entre eux, il me semble que la question est omniprésente, dès les premiers mots. Elle pèse avant même d'être posée. Malgré le silence, des années plus tard, le texte de Lucile a laissé son empreinte. Ils savent que j'y viendrai, retardent le moment, ou au contraire le devancent, ils admettent pour certains l'*adoration* que Georges avait pour sa fille, parlent de *fascination* ou de *passion*. Un amour, un regard, oui, qui pouvait être oppressant pour elle, susciter le fantasme. Mais toutes les filles ne sont-elles pas amoureuses de leur père ? Ils prennent des précautions, évaluent chaque mot. L'inceste, non, sûrement pas : pas un geste.

Seule Justine (qui aborde le sujet d'entrée de jeu) admet la possibilité du passage à l'acte.

Justine est la dernière des frères et sœurs de Lucile que j'ai interrogée. Elle vit à la campagne, ne vient pas souvent à Paris, nous avons eu du mal à trouver une date pour que j'aille chez elle, finalement c'est elle qui est venue. J'appréhendais cet entretien plus que les autres car les rapports de Justine et Lucile ont souvent été conflictuels, tendus à l'extrême, comme si s'était cristallisée entre elles une douleur impossible à partager. Après avoir entendu Lisbeth, Barthélémy, Violette, et l'impossibilité épidermique dans laquelle ils sont d'envisager que Lucile ait pu dire la vérité, le témoignage de Justine, qui n'a jamais mâché ses mots (et s'est éloignée de Georges pendant quelques années), m'intéressait au plus haut point.

Justine m'a raconté un mois d'été qu'elle avait passé seule avec Georges, quand elle avait dix-huit ou dix-neuf ans, à l'époque où ce dernier emmenait ses enfants à Pierremont, un par un ou à plusieurs, pour l'aider dans les travaux. Justine m'a raconté la manière dont Georges l'avait harcelée, sans répit, pour qu'elle enlève son tee-shirt, son soutien-gorge, qu'elle se déshabille, qu'elle se mette à l'aise. Il voulait prendre des photos d'elle, l'aider à découvrir sa sexualité, lui apprendre à se masturber. Justine s'échappait dès que possible pour marcher sur les bords du canal, Georges fermait la porte d'entrée à clé. Elle a eu peur, tout le temps. Il a pris une série de photos d'elle que Justine n'a jamais retrouvées. Georges n'était pas un homme à qui l'on disait non.

J'ai demandé des précisions : jusqu'où était-il allé ? Il l'avait *tripatouillée,* mais pas violée. Peut-être avait-il eu peur qu'elle parle car Justine, contrairement à Lucile, avait le verbe haut. Justine a vécu l'oppression de Georges, son regard, la menace qu'il représentait.

Aujourd'hui, elle revendique une part de haine pour cet homme qui a brisé sa jeunesse et compromis pour longtemps son aptitude au bonheur. *Cet homme qui aurait pu se contenter d'être un père merveilleux.*

Un autre jour, toujours en préparation de ce livre, j'ai vu Camille. Camille est la plus jeune sœur de Gabriel, elle était l'une des meilleures amies de ma mère quand elles avaient une vingtaine d'années. Je voulais qu'elle me parle de Lucile, de ses premiers émois, savoir quelle jeune fille Lucile avait été, connaître la façon dont elle riait, dansait, envisageait l'avenir. J'espérais que Camille m'aiderait à retrouver la Lucile lumineuse et pétillante du documentaire tourné pour la télévision, je voulais Lucile futile et insouciante.

Je n'imaginais pas une seconde ce que Camille allait me raconter et pourtant cela est venu très vite, à demi-mot, lorsque je lui ai demandé de me parler de Lucile, de Georges, de la famille Poirier. Une phrase inachevée, suspendue, dont je n'ai pas raté le signal. Camille a hésité : ce n'était pas mon sujet, nous avions déjà tellement souffert, elle n'était pas sûre de devoir évoquer *ça*. J'ai insisté.

Camille ne parlait pas des rapports de Lucile et de son père, mais de ceux qu'elle-même avait eus avec lui. L'une des toutes premières fois qu'elle a vu Georges, elle avait seize ans. Il était prévu qu'il l'emmène à Alicante, où Liane et ses enfants, ainsi que Gabriel, étaient déjà en vacances depuis quelques jours. Camille était invitée en Espagne par les Poirier. Son père était mort l'année précédente, sa mère était âgée, on s'était dit que cela lui ferait du bien, changer d'air, partir avec des jeunes, s'amuser. Quelques jours plus tard, Camille s'est retrouvée dans la voiture de Georges qu'elle connaissait à peine. Sur la route, ils ont fait une première escale pour récupérer un cousin de Lucile, puis une seconde, chez des amis de Georges, pour dormir un peu. Ils se sont retrouvés tous les trois dans le

244

même lit, le cousin, Camille et Georges, ce dernier prenant d'autorité la place du milieu. Pendant la nuit, Georges s'est collé contre elle, a commencé à la caresser. Pétrifiée, Camille n'a rien dit. En Espagne, elle s'est tenue à distance, avant d'être frappée par une crise d'appendicite aiguë et d'être rapatriée illico en France.

Pendant des mois, Georges a exigé que Camille l'appelle, qu'elle le rejoigne, ici ou là. Il était fou d'elle. Il lui donnait des rendez-vous auxquels elle se dérobait, des noms de code pour qu'elle lui téléphone à l'agence, des adresses où le retrouver. Plus elle le fuyait, plus il se montrait menaçant. Si elle n'accédait pas à son désir, il raconterait à sa mère de quelle manière elle s'était collée à lui, cette nuit-là, comment elle s'y était prise pour provoquer son désir, l'aguicher. Camille ne connaissait rien au sexe et l'idée que sa famille pût apprendre de telles horreurs la terrifiait. D'autant que sa mère insistait au contraire pour qu'elle remercie Liane et Georges, si généreux de l'inviter chez eux, et qu'elle accepte les invitations de ce dernier, sans cesse réitérées. Le temps est passé et Georges n'a pas lâché prise, ne ratant jamais une occasion de lui rappeler ce qu'elle lui devait.

Il a fini par parvenir à ses fins. Un soir d'abord, à la suite d'un dîner qu'il avait réussi à obtenir, puis un week-end entier à Pierremont, où il lui tendit un véritable guet-apens pour se retrouver seul avec elle. Terrorisée par ses menaces, Camille avait cédé. De ces deux jours qu'elle passa enfermée sous la domination de

Georges (sous prétexte que les voisins ne devaient pas la voir), où elle dut se plier à ses jeux érotiques et à ses *punitions*, Camille a gardé un souvenir honteux, douloureux et longtemps inavoué. À la rentrée suivante, elle est partie dans un collège en Angleterre pour échapper à Georges, à son emprise. Pendant des années, elle s'est sentie coupable.

À son retour en France, Camille s'est mariée, a eu des enfants, malgré l'empreinte que Georges avait laissée sur son corps, et ce sentiment de culpabilité qui ne l'a jamais quittée.

Après le divorce de Lucile et Gabriel, Lucile et Camille se sont perdues de vue. Camille a divorcé aussi, s'est remariée quelques années plus tard.

Aux obsèques de Lucile, elle était là.

J'ai raconté à Camille le texte de Lucile et puis sa volte-face. La manière dont nous nous sommes rangés derrière l'idée qu'il s'agissait d'un délire, mis sur le compte de sa maladie, le doute qui pour moi subsistait encore et ne trouvait aucune réponse. Camille était bouleversée. Elle m'a dit avoir souvent eu le sentiment que Lucile se protégeait de son père, qu'elle évitait de se trouver seule avec lui.

Elles ne se sont jamais parlé. Lors d'un week-end où Camille était à Pierremont avec Lucile et Gabriel, Georges était entré nu, en pleine nuit, dans la chambre de Camille. Mais quand il a entendu Gabriel dans le couloir, qui sans doute l'avait vu entrer, il a eu peur. Plus tard, sur le trajet du retour, alors qu'elles étaient toutes les deux seules en voiture, Lucile a posé à Camille des questions sur son père, ce qu'il faisait là en pleine nuit, ce qu'il voulait. Lucile était tendue, agressive, Camille n'a rien dit.

Si elle avait parlé, si elles s'étaient parlé, leur vie aurait-elle été différente ?

Après sa visite, Camille m'a écrit combien notre conversation l'avait soulagée. Après toutes ces années, elle se sentait moins coupable.

Au cours de mes recherches, Manon m'a raconté une scène dont elle m'avait déjà fait le récit et que j'avais occultée. Un jour qu'elle était en vacances à La Grande-Motte, Georges, pour une raison qu'elle a oubliée, avait décidé de lui offrir un maillot de bain. À l'époque où le *topless* était de rigueur, Manon avait choisi un maillot une pièce de couleur blanche, double épaisseur et d'allure sportive. Alors qu'elle le remerciait pour ce cadeau, Georges s'était approché d'elle, lui avait caressé l'épaule et lui avait dit :

— Si tu es très gentille, tu peux avoir d'autres cadeaux.

Manon avait seize ans, l'ambiguïté de Georges ne lui avait pas échappé. Elle s'en était confiée aux enfants de Lisbeth et l'un de nos cousins n'avait pu s'empêcher de répéter la confidence à Liane. Cette dernière, sur un ton glacial que Manon ne lui connaissait pas, l'avait mise en garde :

– Ce n'est pas bien de raconter des choses comme ça sur votre grand-père.

Lucile gardait tout son courrier. Quand elle est morte, nous avons retrouvé dans ses cartons la plupart des lettres de son père. Manon les avait rangées chez elle avec le reste des papiers et des écrits. Lorsque j'ai commencé ce travail, j'ai demandé à les récupérer. Manon les avait lues, il n'y avait rien, m'a-t-elle prévenue, rien de particulier. Georges écrivait à Lucile de temps à autre pour donner les nouvelles, rien de plus. Lorsque j'ai voulu les classer par date, un fait étrange m'est apparu : au cours de l'été 78 (quelques mois avant l'écriture du texte de Lucile), Georges lui avait écrit huit lettres en moins de trois semaines. Selon la tradition, Liane fait alors son *tour de juillet* (une sorte de tournée des popotes consacrée à la famille et aux amis), tandis que Georges part seul dans le Sud, où ma grand-mère le rejoint ensuite pour le mois d'août. Huit lettres en trois semaines, parfois deux datées du même jour. J'ai frémi à l'idée d'y trouver un indice, un détail, qui eût échappé à la vigilance de ma sœur et les ai lues avec la plus grande attention. Mais ces lettres ne révèlent rien. À en juger par les propos de Georges, Lucile rencontre des difficultés à son travail et s'inquiète concernant sa santé. Georges lui conseille d'aller voir un hématologue, de se reposer, insiste pour qu'elle le rejoigne, espère un moment qu'elle se libérera pour le week-end du 14 juillet, lui rappelle que le cas échéant, il prendrait en charge le billet, puis, une fois le 14 juillet passé, insiste pour qu'elle vienne au mois d'août.

Deux mois après la mort de Milo, à laquelle n'est faite aucune allusion, Georges s'inquiète pour Lucile. Sans doute a-t-il peur pour elle, voilà tout.

Le jour où nous étions chez Violette dans sa cave, à la recherche des mémoires de Georges enregistrés sur cassettes, au moment où j'ai fait part de mon désir d'emporter chez moi ce matériel, Violette est entrée dans une colère terrible. Une colère tremblante, aiguë et fébrile, pour me dire que non, elle ne voulait pas, il était hors de question qu'elle me confie ces éléments si c'était pour les utiliser contre son père. Désemparée, j'ai précisé que je n'y cherchais rien d'autre que les souvenirs professionnels de Georges et quelques anecdotes sur la rue de Maubeuge, dont je voulais rendre compte et pour laquelle je manquais d'atmosphère. Ce qui était vrai, dans la mesure où je ne pensais pas une seconde trouver dans ce matériel une quelconque trace de l'ambiguïté de Georges vis-à-vis de Lucile.

À l'époque où Georges enregistrait ses mémoires, il a annoncé un jour à Violette qu'il avait consacré une cassette à sa sexualité. Elle lui a signifié clairement qu'elle n'en voulait pas. Quinze jours plus tard, il lui a dit l'avoir détruite. C'est elle qui me l'a raconté.

Violette m'a laissée prendre les cassettes.

Lucile et Georges sont morts tous les deux, il est trop tard pour connaître la vérité. Lucile était bipolaire et il semblerait que l'inceste figure parmi les facteurs déclenchants de la maladie. Je n'ai pas trouvé d'études statistiques sur ce sujet. Le texte, que Lucile a laissé parmi ses affaires, raconte que Georges lui a fait prendre un somnifère, puis l'a violée.

Dans les écrits que nous avons retrouvés chez elle (écrits qu'elle n'a pas non plus jugé utile de jeter, qu'elle a donc laissés à notre connaissance), j'ai retrouvé l'un des brouillons de ce texte, écrit au crayon de papier sur un cahier d'écolier. Il révèle sur ce point les étapes de son élaboration.

Dernier tableau = nous partons pour notre maison de campagne avec mon amoureux, nous sommes avec mon père. Je ne suis pas tendre ~~j'ai tellement peur que mon père nous voie l'être~~. ~~Mon ami~~ Forrest dort en haut. Je vais pisser il me guettait, il me donne un somnifère et m'entraîne dans son lit ~~pour me détendre, je suis si nerveuse~~. ~~Je ne sais pas s'il m'a violée,~~ Il m'a violée pendant mon sommeil, il y a seize ans et je le dis.

Quand Manon est revenue sur ce sujet, des années plus tard, Lucile lui a raconté que Georges l'avait obligée à s'asseoir sur le bord de son lit, puis avait

250

commencé à la caresser. De terreur, elle s'était évanouie. Il n'était plus question de somnifère. C'est d'ailleurs à peu de chose près cette version qu'elle écrit en 1984, lorsque le psychanalyste, qui la suit depuis des mois et se heurte à son silence, lui demande de tenir un journal :

Samedi 29.12.1984. Aujourd'hui mon père m'a offert une montre ronde pour cacher mon tatouage au poignet qu'il n'aime pas. Moi j'aime mon tatouage, il fait partie de moi-même. Mon père ne sait pas qu'il est à l'origine de ce tatouage. Dix heures dix, c'est l'heure à laquelle je me suis réveillée dans leur chambre après avoir passé une nuit avec lui et qu'il m'a peut-être violée. Je ne sais pas. Tout ce que je sais c'est que j'ai eu très peur et que je me suis évanouie. C'est la fois où j'ai eu le plus peur de ma vie.

Lucile jusqu'à la fin de sa vie a gardé cette montre ronde, tatouée au poignet. Dix heures dix, l'heure du réveil, l'heure à laquelle sont arrêtées les montres, dans les vitrines des bijoutiers.

Et si, au cours de cette nuit, il ne s'était rien passé ? Et n'avait existé que la peur, cette peur immense, et l'inconscience qui l'a suivie ?

Parfois, une autre idée me vient et me hante :
Et si, incapable de le dire ou de l'écrire, Lucile s'était heurtée à un tabou plus profond encore, celui

251

de son état de conscience ? Et si Lucile ne s'était pas évanouie, quoique tétanisée par la peur, et que Georges ait abusé de son pouvoir, de son emprise, pour la soumettre à son désir, la convaincre d'y céder ? Et si Lucile, comme Camille, n'avait pas pu, pas su dire non ?

Ensuite, la honte aurait distillé son venin et interdit toute parole, sauf à être travestie. Ensuite, la honte aurait creusé le lit du désespoir et du dégoût.

Je relis ces mots de *L'Inceste*[1], où Christine Angot révèle comment son père a abusé de l'ascendant qu'il avait sur elle : « Je suis désolée de vous parler de tout ça, j'aimerais tellement pouvoir vous parler d'autre chose. Mais comment je suis devenue folle, c'est ça. J'en suis sûre, c'est à cause de ça que je suis devenue folle. »

Nous ne saurons jamais. Nous avons, les uns et les autres, nos propres convictions ou bien nous n'en avons pas.

Peut-être est-ce cela, le plus difficile, n'avoir jamais pu haïr Georges, mais n'avoir jamais pu l'absoudre non plus. Lucile nous a laissé ce doute en héritage, et le doute est un poison.

Quelques mois après la rédaction de ce texte, et le silence qui entoura sa diffusion, Lucile fut internée

---

1. Christine Angot, *L'Inceste*, Stock, 1999.

pour la première fois. La coordination est à l'écriture ce que le montage est à l'image. Telles que j'écris ces phrases, telles que je les juxtapose, je donne à voir ma vérité. Elle n'appartient qu'à moi.

À Bagneux, Lucile ne supportait plus l'atmosphère confinée de notre résidence, la moquette salie par le temps, les doubles vitrages fendus de haut en bas, la longueur du trajet qui la conduisait à son travail par les transports en commun. À la fin du mois de juillet, à une heure de l'après-midi, elle visita un appartement dans le 9e arrondissement, à deux pas du quartier où elle avait vécu enfant. Beaucoup plus grand que les autres proposés au même prix, il lui parut propre et clair. La cuisine et la salle de bains étaient vastes et aménagées. L'agent immobilier la pressa, elle signa sur-le-champ. Lucile s'occupa du déménagement, repeignit nos chambres, puis nous rejoignit dans le Sud où nous étions en vacances avec Liane et Georges. Tout se passa comme si le texte n'avait jamais existé, comme si rien de tout cela (les heures noires, les accusations) n'avait eu lieu. Nous rentrâmes toutes les trois à la fin du mois d'août. Lucile ne tarda pas à mesurer l'étendue de son erreur.

Au 13 de la rue du Faubourg-Montmartre, notre nouvel appartement se situait exactement en face de la boîte de nuit *Le Palace* et du siège du journal *L'Équipe*. Dans cette artère étroite, circulaient deux lignes de bus et d'innombrables cars de touristes, dont le trajet vers Pigalle ou les Folies-Bergère, à toute heure du jour ou de la nuit, passait sous nos fenêtres. La rue était l'une des plus bruyantes de Paris, il y avait du monde partout, tout le temps. Dans le hall de notre immeuble, pour rejoindre l'escalier, il nous fallait contourner la queue du *Studio 43*, un cinéma de quartier dont la programmation (films de série B, Z ou X, deux pour le prix d'un) me reste, encore aujourd'hui, assez obscure. De la fenêtre de la cuisine, nous observions les rats monstrueux qui se nourrissaient en toute sérénité des poubelles du fast-food voisin, les enseignes clignotaient tout au long de la nuit, et il n'était pas rare, à l'heure où *Le Palace* fermait, que nous soyons réveillées par les cris et les sirènes. Cachée derrière les rideaux, je me levais pour observer les altercations, les descentes de police, la dispersion qui suivait les bagarres.

Lucile travaillait toujours comme secrétaire dans la même société de promotion, se moquait volontiers de son patron, rêvait de vacances longues et lointaines, nous racontait parfois quelques anecdotes de bureau.

La chambre de Manon était ouverte sur le salon où Lucile avait installé son lit. Le matelas de Lucile reposait sur des palettes en bois qui lui servaient de sommier. Tous les soirs ou presque, Manon entendait Lucile pleurer.

J'étais entrée en troisième dans un collège de la rue Milton, auquel je me rendais par le bus. Loin de Tadrina et de notre complicité enfantine, l'adolescence m'apparaissait comme un véritable chemin de croix : je portais un appareil dentaire que mes cousins appelaient *la centrale nucléaire*, j'avais des cheveux frisés impossibles à discipliner, des seins minuscules et des cuisses de mouche, je rougissais dès que l'on m'adressait la parole et ne dormais pas de la nuit à l'idée de devoir réciter une poésie ou présenter un exposé devant la classe. Dans cet environnement parisien qui m'intimidait tant, afin de me donner une contenance, je m'inventai un personnage de jeune fille triste et solitaire, rongée par un drame secret, et refusai toute invitation susceptible de me distraire de mon tourment. Manon, qui était en CM1 dans une école du quartier et dont la plupart des amies étaient juives, prétendit qu'elle l'était aussi, s'inventa des fêtes religieuses et d'intenses prières. Pour expliquer la forme de son visage (large et lisse, à la Faye Dunaway), Manon raconta à qui voulait l'entendre ce jour où, galopant à grande vitesse sur un cheval indocile, elle avait percuté un arbre.

Manon était une enfant joyeuse, confiante, souriante. J'étais une adolescente sérieuse, grave, cérébrale. Nous passions le plus clair de notre temps à voler dans les magasins, le quartier nous offrait de multiples possibilités. *Pains d'Épices*, une boutique de jouets et de miniatures du passage Jouffroy, où nous officiions plusieurs fois par semaine et dont nous sortions les poches pleines, ainsi que le Monoprix, où les systèmes de protection antivol n'existaient pas encore, devinrent nos lieux de prédilection. Afin de justifier auprès de Lucile ces soudaines abondances, je multipliais les mensonges : échanges de pacotilles, argent trouvé miraculeusement dans la rue, amies trop rondes qui me donnaient leurs vêtements, mères attendries qui m'offraient des cadeaux – le reste était caché dans nos tiroirs.

Un jour Manon se fit prendre et sermonner par une vendeuse, nous échappâmes de peu à la catastrophe.

Lucile ne supportait pas le bruit incessant de la rue, les souris qui envahissaient la cuisine dès que nous avions le dos tourné, les rats aussi gros que des lapins qui s'agitaient toute la nuit dans les poubelles.

Lucile s'isolait dans un monde de plus en plus opaque, où la poudre succéda parfois aux volutes de fumée.

Virginia était dans ma classe et habitait juste en face de chez nous, au sixième étage de l'immeuble de *L'Équipe*. Elle n'avait que faire de mes problèmes, ni des siens, ni des problèmes en général. Virginia vivait dans dix mètres carrés avec sa mère qui était femme de ménage, se piquait de me traîner aux boums et aux sorties ciné, chaque matin me sifflait par la fenêtre avec force pour me donner le signal du départ. Son énergie ne tarda pas à entamer mon rôle de composition. Grâce à elle, j'intégrai la bande la plus prestigieuse du collège. Je découvrais *The Specials*, *Madness*, *Police* et *The Selecter*, j'évitais les cours que je jugeais ennuyeux, auxquels je préférais les discussions enflammées des cafés, ou les expéditions aux Galeries Lafayette. J'entrais de plain-pied dans un monde nouveau, un monde qui vivait, battait, vibrait.

Le 4 janvier 1980, Barbara, la sœur de ma grand-mère, et son mari Claude Yelnick, qui était à l'époque Directeur de l'information de *France-Soir*, furent invités sur le plateau d'*Apostrophes* pour un livre qu'ils avaient écrit ensemble, intitulé *Deux et la folie*. Le livre racontait à deux voix la maladie de Barbara, caractérisée par l'alternance de périodes d'excitation, voire de délire, et de périodes de dépression profonde.

Sans doute cette date correspondait-elle à la fin des vacances de Noël, car dans l'invraisemblable *salle de télévision* de Pierremont, tout entière dévolue au culte du petit écran (lequel était immense et trônait au milieu d'un meuble en bois conçu pour l'accueillir), il me semble que ce jour-là, la famille entière fut réunie dans un silence religieux. Les uns s'étaient installés sur les larges fauteuils recouverts de moumoute à poil doux, les autres s'étaient assis par terre sur la moquette bleue. On retenait son souffle. L'émission commençait à peine que déjà se chuchotèrent les premiers commentaires, mais pourquoi s'est-elle habillée comme ça, par qui va-t-il commencer, mais enfin, pas du tout, son tailleur est parfait. Les premiers *chut* exaspérés fusèrent à travers la pièce. Et puis voilà, attention, oui, Barbara et Claude passaient en premier, si ce n'était pas chic, formidable, épatant, mais enfin taisez-vous, et qui tousse comme ça sans arrêt ?

Lorsque nous rentrâmes à Paris, Lucile commença à peindre sur le mur du salon, qui était aussi sa chambre, une fresque tourmentée, composée d'arabesques et de spirales, vert foncé sur fond blanc. C'est ainsi que je me la rappelle, tortueuse et menaçante.

Un soir, Pablo, le compagnon de Justine, sonna à notre porte, les mains chargées d'une bourriche d'huîtres qu'il venait de voler en devanture d'une brasserie du boulevard Montmartre. Il passait par là. Quelques minutes plus tard, il redescendit pour demander un citron, consola d'un mot gentil l'écailleur qui se lamentait d'avoir été ainsi berné, à peine avait-il le dos tourné. Pablo ouvrit les huîtres et nous profitâmes du festin.

Dans les jours qui suivirent, Lucile me sembla de plus en plus agitée.

Un autre soir, en guise de dîner, elle nous servit des framboises surgelées, à peine sorties de la boîte, qu'il nous fut impossible de manger.

Pendant quelques jours, Lucile n'acheta que des aliments sucrés (je précisai dans mon journal : *qui coûtent super cher*).

Le 29 janvier, Lucile nous convoqua Manon et moi pour une réunion extraordinaire dont l'ordre du jour ne tarda pas à être révélé. Lucile voulait nous annoncer qu'elle était télépathe. Elle pouvait donc savoir tout ce qui se passait, même à une grande distance, et contrôler la plupart des objets. Alors qu'elle venait de prononcer ces mots, un cri de souris se fit entendre dans la cuisine. Lucile précisa qu'elle pouvait également faire fuir les souris, avant de se reprendre aussitôt : « Ah non, je suis conne, ce ne sont pas des objets » (phrase reproduite *in extenso* dans mon journal). Où que nous soyons, elle nous voyait dans les miroirs, nous protégeait ainsi à distance. Nous aussi, nous avions des pouvoirs. Manon était une sorcière qui entendait tout et pouvait déchiffrer, grâce à l'ouïe, le monde hostile qui l'entourait. Lucile précisa qu'il fallait l'emmener chez un otorhino afin d'optimiser ses pouvoirs auditifs. Pour ma part, j'étais l'oracle de Delphes, je prédisais l'avenir et mes prédictions se réalisaient. Mais je devais me garder d'énoncer de mauvais présages. Lucile approcha de mon cou une paire de ciseaux dont la pointe effleura

ma peau. Je ne respirai plus, je surveillai le tremblement de sa main. Elle se rassit et nous expliqua ensuite
qu'elle avait écrit une lettre à un psychanalyste de
renom qu'elle allait, faute de timbres, lui transmettre le
soir même par télépathie.

Le lendemain était un mercredi, jour de l'École dentaire. Manon était prise en charge le matin par
des étudiants pour des soins classiques, tandis que
l'après-midi était consacré à l'orthodontie pour laquelle
j'étais suivie. Alors que nous étions sur le point de
partir, Lucile déclara qu'il n'était pas question pour
nous d'y aller en métro : le réseau RATP échappait
en partie à son contrôle. Elle me donna de l'argent
pour que nous prenions un taxi, car elle contrôlait en
revanche et sans restriction l'ensemble des taxis parisiens. Aucun véhicule n'échappait à sa vigilance. Lucile
me demanda avec le plus grand sérieux si je préférais
que le nôtre fût conduit par un homme ou par une
femme. Après plusieurs secondes de réflexion, je finis
par répondre que je préférais une femme. Manon et
moi n'osions plus nous regarder, nous descendîmes
l'escalier dans un silence consterné.

Ma mère était une adulte, ma mère avait beaucoup
lu et connaissait des tas de choses, ma mère était
savante, comment pouvais-je imaginer que ma mère
pût dire n'importe quoi ? J'avais treize ans, j'avançais
d'un pas hésitant vers les voitures rangées en file,

déchirée entre le respect de sa parole et l'éveil de ma propre conscience, déchirée entre le désir que le chauffeur fût un homme et celui que le chauffeur fût une femme. Quelque chose était en train de se passer qui ne se formulait pas, qui échappait à ma connaissance. L'idée m'effleura de prendre le métro en cachette et de lui rendre l'argent plus tard (prendre un taxi ne faisait pas partie de notre mode de vie et cela m'apparut comme un gaspillage épouvantable), mais je craignis, grâce à ses pouvoirs, qu'elle découvre ma trahison. Manon était silencieuse. Le ventre noué, nous nous dirigeâmes vers la tête de taxi.

En haut de la file, un homme était au volant. Nous montâmes dans la voiture, je lui indiquai notre destination, rue Garancière, le billet que Lucile m'avait donné me brûlait les mains. J'avais mal au cœur.

Le soir même, Lucile rentra à la maison avec un œil au beurre noir. Elle nous expliqua que Jacques Lacan, le grand psychanalyste, l'avait frappée.

De Brunoy, Lisbeth vint dîner avec nous. Les frères et sœurs de Lucile commençaient à s'inquiéter pour elle, elle tenait des propos bizarres au téléphone, Lisbeth avait été envoyée en éclaireuse. Lucile nous emmena au restaurant, l'œil poché, dans un état de grande agitation. Chez Chartier, comme la coutume le voulait, nous partageâmes notre table avec d'autres clients. Au cours du repas, Lucile parla beaucoup, rit, éclata en sanglots, vola des frites dans l'assiette de son voisin, agita les bras et interpella le serveur pour un oui ou pour un non. Elle était persuadée que ce dernier faisait exprès de nous laisser attendre, il avait une dent contre nous, il lui en voulait, à elle, personnellement, elle l'avait déjà remarqué.

Je regardais Lisbeth, j'attendais qu'elle dît quelque chose, n'ayez aucune inquiétude, ce qui se passe en ce moment est tout à fait normal il n'y a aucune raison de s'affoler ni même d'avoir peur, votre maman va redevenir comme avant, une bonne nuit de sommeil et il n'y paraîtra plus, mais Lisbeth avait l'air tout aussi désemparée que nous. Après le dîner, nous remontâmes dans l'appartement, Lisbeth rentra chez elle. Au moment où je m'apprêtais à éteindre la lumière, Lucile m'annonça qu'elle m'offrirait, dès le lendemain, le pantalon de velours rose à fines rayures côtelées que je lui avais réclamé sans succès.

Depuis quelques jours Lucile dépensait l'argent qu'elle n'avait pas, nous n'allions pas tarder à le découvrir, Lucile achetait sans compter.

Plus tard dans la nuit, Manon l'entendit pleurer une nouvelle fois dans son lit.

L e lendemain, Lucile décida qu'elle n'irait pas à son travail (elle n'y était pas allée la veille non plus). De même elle estima que nous avions mérité une grasse matinée. Nous nous étions couchées tard, elle nous dispensait par conséquent d'aller à l'école pour une durée qu'elle ne précisa pas, mais dont on pouvait imaginer, à la manière dont elle l'évoqua, que celle-ci avait tout lieu de se prolonger. En outre, Lucile percevait à distance et depuis quelques jours que M. Rigon, le proviseur de mon collège, était très énervé. Il était préférable d'éviter tout contact avec lui. Je n'avais aucune envie de rester avec elle, je commençai à trouver qu'elle ne tournait pas rond, j'insistai pour partir en classe et tentai de convaincre Manon d'en faire autant. Manon refusa, elle préférait rester avec Lucile dont elle percevait le désarroi.

Dans le bus qui me conduisit au collège, je tentai d'analyser la situation. Fallait-il s'inquiéter ? Même après avoir passé en revue les éléments de la veille et des jours précédents, il me fut impossible d'admettre que Lucile déraillait pour de bon et encore moins qu'elle pût devenir dangereuse pour nous ou pour elle-même. Lucile traversait une mauvaise passe, c'était tout. Arrivée au collège, je retrouvai Virginia et Jean-Michel, un autre ami de ma classe, qui avaient prévu de sécher le cours de gymnastique pour aller aux Galeries Lafayette. Je parlementai un moment avec eux, j'étais venue jusque-là par le bus, j'hésitai à repartir, je finis par accepter de les suivre. Pour une raison que j'ai oubliée, nous repassâmes chez Virginia. À peine arrivée chez elle, je m'approchai de la fenêtre. Du sixième étage, la vue plongeante me permettait d'observer ce qui se passait chez nous. Je découvris Lucile debout dans le salon, elle était nue, son corps était peint en blanc. Cette vision me coupa le souffle. Paralysée, je ne pouvais détacher mon regard de la scène à laquelle j'assistais sans pourtant y croire tout à fait, je cherchai Manon qui échappait à mon champ de vision. Près de deux heures s'étaient écoulées depuis que j'avais quitté l'appartement, quelque chose n'allait pas, n'allait pas du tout, je ne voulais plus me rendre aux Galeries Lafayette, je voulais rester là et que tout s'arrête et redevienne normal. Je restais un moment à regarder Lucile, il m'était de plus en plus difficile de respirer. Elle se tenait toujours debout, à ses gestes d'impatience je compris qu'elle demandait à Manon de s'approcher d'elle. Lucile tapa du pied, Manon n'apparut pas, refusant manifestement de lui obéir. Soudain Lucile s'empara de la planche de bois qui servait de dossier au vieux fauteuil de coiffeur, des deux mains elle la leva au-dessus de sa tête, la planche était suspendue en l'air, prête à s'abattre sur Manon. Je me jetai dans les escaliers, traversai la rue sans regarder, en quelques secondes je fus dans le hall de notre immeuble, montai les marches quatre à quatre, à bout de souffle j'arrivai devant notre porte. Violette était là, elle venait de sonner deux ou trois fois sans réponse, je hurlai elle la tape, elle la tape, me ruai sur la sonnette sur laquelle j'appuyai de toutes mes forces, hurlai encore, Violette me prit dans ses bras et mon corps se renversa en arrière, Violette me retint quelques secondes, je ne pouvais plus respirer. Dans ma panique, je finis enfin par prendre conscience que j'avais la clé. J'ouvris la porte, nous nous précipitâmes dans le salon, Lucile tenta de retenir Manon par les cheveux, Violette lui ordonna de la lâcher, Manon se jeta dans mes bras. Maintenant elle était là, contre moi, elle pleurait, Lucile avait voulu lui planter des aiguilles d'acupuncture dans les yeux et avait réussi à en planter une sous son œil droit. Soudain des hommes en uniforme apparurent derrière nous, quelqu'un avait appelé la police, la police était là. Tout se mêla dans une insoutenable confusion, Lucile était nue et peinte en blanc, le regard hagard et le corps tremblant, Manon était terrorisée, Virginia et Jean-Michel nous avaient rejoints, quelqu'un me suggéra d'emmener ma sœur chez le médecin d'à côté, au numéro sept de la rue. Je lui lâchai la main et Jean-Michel la prit dans ses bras.

Il nous fallut sortir de l'appartement, il nous fallut laisser Lucile nue et blanche face à une demi-douzaine de flics.

Chez le médecin, un brigadier nous retrouva.

Le médecin enleva les éclats de peinture que Manon avait dans les deux yeux, nettoya la petite trace que l'aiguille avait laissée sous son œil droit. Plus tard, nous sortîmes du cabinet médical et tandis que Lucile était prise en charge dans notre appartement, nous fûmes mises à l'écart dans la camionnette de police garée en face de l'immeuble. Un attroupement se forma aussitôt. De l'autre côté des vitres, on se poussait, on se pressait, on se hissait sur la pointe des pieds. Les regards étaient braqués sur nous, avides d'hématomes et de plaies sanguinolentes, j'eus envie de leur cracher au visage.

Lorsque Lucile fut habillée – Violette lui avait fait prendre un bain pour la calmer et tenter de lui ôter la peinture qui la recouvrait –, nous lui cédâmes la place dans le camion. Afin de nous éviter de la croiser, on nous emmena avant qu'elle y fût transférée.

Il était onze heures du matin, la rue continuait de battre comme si rien ne s'était passé, rien ne s'était arrêté, ni les livraisons, ni le bruit des klaxons, ni les odeurs de friture échappées des échoppes, ni le clignotement des enseignes. Rien sauf notre vie.

Violette nous récupéra ce jeudi d'hiver comme deux colis endommagés. Elle avait vingt-cinq ans.

Dans l'après-midi, nous retournâmes à l'appartement pour prendre quelques affaires pour la nuit. Le soir Violette nous accueillit dans son petit studio, trouva de quoi nous coucher. Enroulées dans les duvets de ses voyages en Amérique du Sud, nous finîmes par nous endormir.

Le lendemain, je me réveillai courbatue et assommée, j'insistai pour aller au collège. Je savais que je n'y reviendrais plus. Chaque heure eut un goût de dernière fois, dernier cours de français, dernier cours d'histoire, derniers bouts de papier échangés à travers la classe, dernières confidences chuchotées dans la cour où, quelques semaines plus tôt, je m'étais fracassé toute seule la tête contre un mur afin d'échapper à un contrôle d'allemand. (Le stratagème avait si bien marché qu'on m'avait conduite à l'hôpital. Ensuite, je n'avais pas dormi de la nuit, coupable d'avoir coûté à Lucile le prix d'une radiographie inutile.)

Tout cela n'avait plus aucune importance. Ma mère était devenue folle, ma mère était atteinte d'une *bouffée délirante,* ma mère ne tournait pas rond. Le mot *bouffée* me semblait entretenir une familiarité suspecte avec le mot *bouffon,* je ne voyais rien de comique dans tout cela, je ne comprenais pas ce qu'on tentait de nous expliquer : Lucile était très fatiguée, elle devait se reposer, elle n'avait pas voulu faire de mal à Manon, elle n'était pas dans un état normal, elle nous aimait de tout son cœur mais ses nerfs avaient lâché, les choses allaient s'arranger, les choses finissaient toujours par s'arranger.

Le soir nous prîmes comme prévu le train pour la Normandie où notre père vivait toujours avec sa femme et notre petit frère. Le front appuyé sur la vitre, je regardai défiler ce paysage que nous connaissions presque par cœur, je fermai les yeux, à la recherche d'un temps volé au temps, où rien de tout cela n'était arrivé.

Une fois sur place, il nous fallut raconter ce que nous ne comprenions pas nous-mêmes, ce qui n'obéissait à aucune logique, ne s'ordonnait pas, s'énonçait au compte-gouttes et pourtant avait eu lieu.

Le lundi suivant, je rentrai au collège de L'Aigle, dans l'Orne, tandis que Manon découvrit l'école primaire de la même ville, sans autre forme de préavis. Exilées et abasourdies. La forme de mon jean dite *cowboy* (large en haut et serré en bas) n'était pas encore parvenue dans ces contrées, on s'étonna d'un tel accoutrement et on rit derrière mon dos.

Quelques jours plus tard, notre belle-mère nous acheta quelques vêtements. Il se passerait plusieurs semaines avant que nous puissions retourner dans l'appartement de Lucile pour récupérer des affaires et plusieurs mois avant que nous puissions la revoir.

C'est ici que nous allions habiter pendant quelques années. Nous ignorions à quel point notre vie avait basculé.

Dans la belle maison de Gabriel, au bout d'un petit chemin de terre, nous allions découvrir une autre forme de violence, sur laquelle, pendant des années, nous serions incapables de mettre des mots.

Le 31 janvier 1980 représente pour moi une forme de rupture originelle, de celles dont la mémoire semble rester intacte, ancrée dans le corps, celles dont on sait qu'elles ne s'effaceront jamais tout à fait, pas plus que la douleur qui leur est attachée.

Plus tard, la peur sera assimilée par le corps, circulera dans le sang, se diluera, deviendra partie prenante de son fonctionnement.

Pour Lucile, je suis sûre d'une chose : il y aura un *avant* et un *après*.

J'ai écrit en quelques pages le premier internement de Lucile, je sais combien celles-ci sont empêchées, combien tout cela est réducteur, partiel. Encore aujourd'hui, j'observe la scène de loin, incapable de la déchiffrer, je suis – au sens propre comme au figuré – dans l'immeuble d'en face.

Dans un effet de réel d'une nécessité douteuse, j'aurais pu recopier mot pour mot le rapport de police que mon père m'a rendu, établi le jour même par le gardien de la paix Jean-Michel R., dont l'objet est indiqué comme suit :

Conduite à l'hôpital Lariboisière d'une personne en crise nerveuse, auteur de sévices sur une mineure de moins de treize ans (sa fille). Patron PJ sur place.

Je ne suis pas sûre que cela m'aurait permis de m'approcher.

Lors de ma série d'entretiens, j'ai demandé à Violette et Manon de me raconter cette journée. Je voulais confronter mes souvenirs aux leurs, reconstituer les choses telles qu'elles s'étaient passées. Sur quelques points de détail la mémoire diffère (mon cousin Franck était-il là, le jour où Lucile prétendit contrôler les taxis, avons-nous dormi toutes les deux chez Violette le soir de son internement ?), mais l'essentiel converge, brutal.

Ce matin de janvier, Lisbeth avait appelé Lucile après mon départ. Elle l'avait trouvée de plus en plus confuse et s'était inquiétée de savoir Manon seule avec elle. Lisbeth avait prévenu Violette, qui n'habitait pas très loin de chez nous, lui avait demandé d'aller voir.

Au cours de sa crise, Lucile s'était exhibée nue et blanche devant la fenêtre, avait exigé de Manon qu'elle lui décrive les passants. Peu à peu, alerté par les cris, un petit attroupement s'était formé sur le trottoir d'en face, quelqu'un avait dû prévenir la police.

J'aimerais être capable d'écrire ce qui est arrivé à Lucile, minute par minute, saisir le moment exact où cela a dérapé, examiner le phénomène au microscope, en saisir le mystère, la chimie.

Avant de commencer l'écriture de ce livre, dans cette période singulière et précieuse où le texte se pense, se fantasme, sans qu'aucun mot, aucune musique ne soient encore posés sur le clavier, je prévoyais d'écrire les dérives de Lucile à la troisième personne, comme je l'ai fait pour certaines scènes de son enfance, à travers un *elle* réinventé, recommencé, qui m'eût ouvert le champ de l'inconnu. Par exemple, j'aurais aimé écrire sa visite chez Jacques Lacan *(elle surgit dans la salle d'attente malgré l'interdiction de la secrétaire, puis demanda à s'asseoir),* raconter ses errances dans la ville, combler les manques, reconstituer ce qui ne pourra jamais l'être, ce temps de folie pure dont même Lucile ne connaissait pas tout.

Je n'ai pas su.

Ma mère a écrit, plusieurs années après qu'elle a eu lieu, un texte qui raconte sa première crise de délire, ainsi que le vide immense qui s'est ensuivi. Nous avons retrouvé ces pages chez Lucile, parmi les autres, en vrac : pensées vagabondes, morbides, amoureuses, fragments plus ou moins lisibles griffonnés au crayon de papier, poèmes en vers ou en prose, jetés sur des cahiers, feuilles volantes sans dates, sans années. Le tout était entreposé dans un casier de rangement en fer-blanc, que je lui avais offert il y a très longtemps.

Ce texte ne porte pas de titre, mais il est dactylographié et, comme les autres, existe en plusieurs exemplaires. J'ai commencé par le recopier à l'intérieur de mon propre texte, dans son entier, une vingtaine de pages serrées, un récit brut, empesé de culpabilité. Je pensais que rien ne pouvait mieux traduire la souffrance de Lucile que ses propres mots. Mais une fois que le texte a été là, coincé au milieu de mes pages, il m'a semblé que cela ne convenait pas, cela ne s'intégrait pas à ma propre matière, en tout cas pas de cette manière, d'un seul bloc. Ensuite j'ai pris le parti de n'en conserver qu'une série d'extraits, séparés par des points de suspension, une sélection digne du Reader's Digest qui ne se fondait pas davantage, mais résistait au contraire, donnait à voir sa temporalité propre, âpre, heurtée, et l'instabilité de ses registres lexicaux.

Plus tard il m'est apparu que je devais assumer mes mots, mes silences, mes hésitations, ma respiration, mes circonvolutions, ma propre langue en résumé. Et tenter de faire l'usage le plus juste de celle de Lucile, d'en garder les motifs les plus intenses, les plus singuliers.

Le texte commence par ces mots :
Cette année-là, en novembre, j'ai trente-trois ans. Un âge un peu douteux, j'y songe pour peu que l'on soit

superstitieux. Je suis une belle femme sauf que j'ai les dents pourries, ce qui d'une certaine façon me fait très plaisir et même parfois rire. J'ai voulu que la mort latente soit sue.

Lucile raconte ensuite les jours qui précèdent la crise. Elle pleure seule dans les rues, dans un magasin chinois, puis aux Galeries Lafayette, achète un piano rue Vivienne, puis toutes sortes d'objets et de vêtements qui ne lui ressemblent pas. Plus tard, elle se retrouve chez Lacan à qui elle a adressé une lettre quelques jours plus tôt, exige de le voir. Lorsque la secrétaire lui annonce qu'il ne la recevra pas, Lucile demande à se reposer dans la salle d'attente. Au moment où le psychanalyste sort de son bureau et s'inquiète de sa présence, elle se jette sur lui et lui arrache ses lunettes en criant « Je l'ai eu, je l'ai eu ! ». Lacan la frappe au visage, la secrétaire parvient à la plaquer au sol, avant qu'à eux deux ils ne la jettent dehors, sans aucune forme d'assistance. Cette scène, telle que Lucile la décrit, explique l'œil au beurre noir avec lequel elle est rentrée chez nous, la veille de son internement. Des années plus tard, à une époque où je me suis intéressée aux séminaires de Lacan, j'ai demandé à Lucile si ce récit était vrai. Les choses s'étaient-elles vraiment passées de cette manière, comme elle l'avait raconté ? Elle m'a assuré que oui. À la fin de sa vie, Lacan recevait des patients toutes les dix minutes pour des sommes astronomiques et, atteint d'un cancer qu'il refusait de soigner, n'en faisait plus grand cas. Pas plus que d'une femme, en pleine crise de délire, surgie dans son cabinet. Voilà ce que Lucile m'a dit. Je n'ai jamais cherché à vérifier cette version. Je l'ai crue.

De la journée du 31 janvier, Lucile garde un souvenir précis : mon refus de rester à la maison, mon départ matinal pour le collège, les croissants aux amandes achetés par Manon pour le petit déjeuner, le titre des chapitres du *Maître et Marguerite* qu'elle lui lit à voix haute, la menace que représente d'un seul coup la couverture du livre de poche, la fresque qu'elle peint depuis plusieurs semaines sur le mur du salon, soudain jugée maléfique (il lui semble que les lignes entrelacées dessinent une croix gammée) et qu'il lui faut effacer sur-le-champ. Elle demande à Manon de l'aider à la recouvrir de peinture blanche, s'impatiente de sa lenteur. Elle la secoue, la frappe pour qu'elle accélère. Et puis arrive le pire : l'idée folle, qui s'impose comme une certitude, qu'elle doit pratiquer de l'acupuncture dans les yeux de Manon pour la soigner (après s'être elle-même enfoncé plusieurs aiguilles dans la tête sous le regard terrifié de ma sœur).

Dans la camionnette de police, Lucile se déshabille de nouveau. Sous la couverture brune qu'on lui impose, elle a des hallucinations dont elle se souvient : Jean-Marc, son frère, sortant de son cercueil,

276

vêtu du bleu de travail qu'il aimait porter. À l'hôpital Lariboisière, on la juge trop agressive pour la garder. Elle est alors transférée aux services psychiatriques du 13e arrondissement et finit par atterrir à l'hôpital de Maison Blanche, dont elle ressortira deux semaines plus tard, toujours en plein délire.

J'ai parlé plus tôt du livre de Gérard Garouste, combien celui-ci m'avait touchée. J'aurais aimé que Lucile vive assez longtemps pour le lire. D'abord parce qu'elle aimait la peinture, ensuite parce que je suis certaine qu'à la lecture de ce texte, elle se serait sentie moins seule. Lucile a beaucoup dessiné, parfois peint, a laissé derrière elle un certain nombre d'écrits et une collection impressionnante de reproductions d'auto-portraits de toutes les époques et de tous les pays, parmi lesquels figure celui de Garouste. Elle est née la même année que lui et habitait en face du *Palace* dont il peignit les décors avant d'y passer quelques-unes de ses nuits. Dans *L'Intranquille*, Garouste raconte en détail son premier épisode délirant. Lui aussi se souvient de tout : la manière dont il s'enfuit de la maison où il est en vacances avec sa femme, le trajet effectué en stop et par le train, son alliance donnée à un inconnu, sa carte d'identité jetée par la fenêtre d'un taxi, l'argent volé chez ses parents, les billets de cinq cents francs qu'il donne à des gamins dans la rue, la manière dont il gifle une femme sans raison, le curé de Bourg-la-Reine qu'il veut voir à tout prix, ses accès de violence.

« Certains délires sont indélébiles, confesse-t-il, d'autres non. »

Lucile non plus n'a rien oublié de ce jour de janvier 1980 lorsqu'elle écrit :

Ce jour ma vie a basculé de manière irréversible. Je prends des vessies pour des lanternes, les enfants du bon dieu pour des canards sauvages. Je ne fais plus la part du réel et de l'imaginaire. Je vais passer quarante-huit heures d'enfer avant d'arriver à l'hôpital psychiatrique pendant lesquelles je vais me déplacer, parler, agir, outrepasser sans désemparer.

C'est du temps qui va aller très loin et me coûter très cher. C'est du temps irrémédiable.

La mémoire enregistre tout, et le tri s'effectue après coup, une fois la crise passée.

Je n'avais jamais mis en mots le 31 janvier, ni dans le journal intime que je tenais à l'époque (je n'en ai pas eu le temps ou pas le courage), ni dans les lettres écrites à mes amies dans les jours qui ont suivi, ni, plus tard, dans mon premier roman. Aujourd'hui, la fin du mois de janvier est pour moi un genre de période à risque (j'ai découvert Lucile chez elle le 30 janvier). C'est quelque chose qui est ancré dans la mémoire du corps.

Le récit que ma sœur a fait de ce qu'elle avait vécu ce matin-là, seule avec Lucile, m'a bouleversée. Je l'avais oublié en partie, sans doute parce qu'il contient des détails insupportables. Manon avait neuf ans et demi. Elle n'a fait l'objet d'aucune assistance psychologique, elle est restée là, dans la solitude de ce qui ne pouvait être dit. Cela lui appartient ; cela aussi, sans doute, est constitutif de sa personne.

Il y a quelques mois, un jour que je prenais un taxi pour me rendre à l'aéroport de Roissy, le chauffeur s'est mis à me questionner sur ma destination, les raisons de mon voyage, mon métier… Il est rare que je prenne des taxis (mon éditrice qui connaît ma phobie la relie à Lucile), le fait est que je finis toujours, *à l'arrière des berlines*, par avoir mal au cœur. Ce matin-là pourtant, je fis l'effort de répondre au chauffeur, d'abord un peu évasive, et puis, comme il insistait, je finis par lui dire que j'écrivais.

– À quoi c'est dû ? m'a-t-il demandé, exactement comme s'il s'agissait d'une maladie, voire d'une punition, ou d'une malédiction.

Dans le rétroviseur, il m'observait d'un œil compatissant.

À quoi c'est dû ?

Lorsque je vais à la rencontre des lecteurs, dans les bibliothèques, les librairies ou les lycées, on me demande souvent pourquoi j'écris.

J'écris à cause du 31 janvier 1980.

L'origine de l'écriture se situe là, je le sais de manière confuse, dans ces quelques heures qui ont fait basculer nos vies, dans les jours qui les ont précédées et le temps d'isolement qui a suivi.

Je me souviens d'avoir entendu dire que ma mère avait la même maladie que Barbara, la sœur de Liane, qui pendant plusieurs années, dans un cycle désespéré et sans cesse recommencé, avait oscillé entre les phases d'excitation délirante et les périodes d'apathie profonde. La maladie était passée de l'une à l'autre, voilà tout. Comme s'il ne s'agissait que de ça, une folie héréditaire transmise de génération en génération par de complexes détours, une fatalité qui frappait les femmes de la famille et contre laquelle on ne pouvait rien. Liane soupirait dans sa cuisine, avec ce regard triste, les mains enroulées autour de la chaleur d'un thé. C'était là, dans le sang de nos veines, il fallait faire avec, prendre patience, car au bout de quelques années Barbara s'était stabilisée, avait cessé les allers-retours à l'hôpital, s'en était sortie. Et Liane finissait par conclure :

– Fermez la porte, ma petite reine. On gèle.

Seulement quelques semaines séparent l'émission *Apostrophes* et la première crise de Lucile. Je n'avais jamais pris conscience de cette chronologie, dans mon souvenir ces deux événements n'étaient pas si proches. Cela ne signifie rien. Grâce aux archives disponibles de l'INA, j'ai pu revoir l'émission. Elle avait échappé à ma mémoire. Mon souvenir était dans la salle de télévision de Pierremont, saturée par la tension solennelle qui entourait ce moment. Je crois que Lucile était là, avec nous, je n'en suis pas certaine.

J'ai regardé avec émotion la prestation de Barbara et Claude, que je n'ai connus que de loin en loin, comme on connaît les gens que l'on croise aux enterrements et aux réunions de famille (autant dire qu'ils me sont demeurés deux parfaits inconnus). Aujourd'hui, ils sont morts tous les deux. Sur le plateau d'*Apostrophes*, ils sont assis l'un à côté de l'autre, comme reliés, son attention à lui est tout entière portée sur elle, et réciproquement, le reste semble ne les concerner que dans un deuxième temps. Tous deux évoquent ces années en creux dont ils sont revenus, les internements répétés, la douleur pour lui de devoir signer les placements, les lettres qu'elle envoyait de la clinique pour demander le divorce. Elle est belle, incroyablement présente, plus charismatique que lui. Il lui prend la main à plusieurs reprises, elle sourit quand il évoque ses reportages un peu volages, «que celui qui ne l'a jamais été me jette la première pierre», ajoute-t-il avec conviction. Très digne, elle rit.

Je n'avais pas lu leur livre. Je l'ai commandé sur Internet où l'on peut encore le trouver d'occasion. Des rapports très étroits ont toujours existé entre la famille de Barbara et celle de ma grand-mère. C'est grâce à

Barbara, je le rappelle, que Liane et Georges se sont rencontrés. Puis grâce à Georges que Barbara a connu Claude, son deuxième mari. Les deux sœurs n'avaient que trois ans d'écart et toutes deux ont élevé, comme leur propre mère, une nombreuse fratrie. Bien que très différentes, elles partageaient, me semble-t-il (et hors des périodes de maladie pour Barbara), cette force tellurique puisée dans les éléments, cette énergie inextinguible, ce don pour la vie. Toutes deux croyaient à l'amour et revendiquaient la dévotion sans limite dont une épouse devait, selon elles, faire preuve à l'égard de son mari. Toutes deux ont épousé des hommes à forte personnalité, qui avaient besoin d'être le centre de l'attention et des regards. Elles étaient pieuses sans être bigotes (une conception de la religion, me semble-t-il, qui n'excluait rien du corps) et fortement marquées par l'éducation qu'elles avaient reçue.

Dans *Deux et la folie*, Barbara évoque la mort de leurs deux frères, à un an d'intervalle, tous les deux à peine âgés de vingt ans : l'un des suites d'une blessure de guerre en Indochine, qui s'avéra mal soignée, l'autre d'une pneumonie, après un bain dans une rivière glacée. Par l'un des détours dont se pare le délire, ces morts reviennent aussi lors de sa première crise, comme si sa responsabilité était engagée.

Au cours des conversations que j'ai eues en préparation de ce livre, j'ai appris que certaines sœurs de ma grand-mère avaient selon toute vraisemblance été victimes d'abus sexuels de la part de leur père quand elles étaient jeunes filles. De cela, Barbara ne dit rien.

Je ne me suis jamais vraiment intéressée à la psycho-généalogie ni aux phénomènes de répétition transmis d'une génération à une autre qui passionnent certains de mes amis. J'ignore comment ces choses (l'inceste, les enfants morts, le suicide, la folie) se transmettent.

Le fait est qu'elles traversent les familles de part en part, comme d'impitoyables malédictions, laissent des empreintes qui résistent au temps et au déni.

Lucile resta douze jours à Maison Blanche. Elle y reçut plusieurs visites, dont celle de Forrest, de certains de ses frères et sœurs, et des amies de la Maison des Chats. Quelques jours après son arrivée, on lui apprit la mort de Baptiste, le fils de Barbara et Claude. Il s'était tiré une balle dans la tête. Si le pacte avait eu lieu, Baptiste en était. Il fut le troisième et le dernier de la *vague* dite *des suicides*.

Lucile quitta Maison Blanche alors que le délire n'était pas encore retombé. Elle n'y avait vu le psychiatre que deux fois, une pour entrer, une pour sortir, et, en raison des nombreuses piqûres qui lui avaient été administrées, n'y avait pas souffert. Lisbeth lui avait évité le placement d'office, elle l'accueillit chez elle avec un traitement que Lucile refusa de prendre. La situation devint rapidement impossible. Pour la plus grande joie des enfants de Lisbeth, Lucile désobéissait, faisait des bêtises, multipliait les ruses et les subterfuges afin de s'évader. À quatre pattes sur la moquette, elle tentait de gagner la porte dès que sa sœur avait le dos tourné, inventait pour sortir d'improbables rendez-vous. Enfermée à clé, elle prononçait à voix haute tout ce qui lui passait par la tête, en un flot continu qui succédait aux années de silence.

Gabriel avait entamé une procédure pour récupérer notre garde.

Lucile, à peine sortie de l'hôpital et toujours en plein délire, comparut devant le juge une première fois. Accompagnée par une amie, tenant à peine debout, elle pleura, rit à gorge déployée, joua sur les mots et réclama une cigarette à cor et à cri (on lui avait pourtant recommandé de ne pas fumer). Le juge finit par lui offrir une Camel.

Une enquête sociale fut ordonnée.

Un samedi, dans les jours qui suivirent, Lucile nous téléphona en Normandie. Elle demanda à nous parler à tour de rôle, nous posa plusieurs fois les mêmes questions, voulut de nouveau parler à l'une, puis à l'autre, connaître le temps qu'il faisait. À Manon, elle demanda de lui décrire ses jeux et me fit répéter les mêmes mots, toujours persuadée que j'étais l'oracle de Delphes. La conversation dura plus d'une heure, ce fut le seul contact que nous eûmes avec elle pendant plusieurs mois.

Lucile finit par s'échapper de chez Lisbeth et s'enfuit à Barcelone, où s'était installé le meilleur ami de Milo.

Henri et Nùria la reçurent avec la plus grande gentillesse, malgré l'état d'agitation dans lequel elle se trouvait. Ils l'emmenèrent visiter la ville, l'accompagnèrent dans ses périples. Lucile voulut tout voir, tout faire, tout acheter. En quelques jours elle amassa un nombre incalculable d'objets (stylos plume à pompe, Jésus en plâtre peint, collection de petits cactus).

Pendant ce temps, Barthélémy qui travaillait pour le supplément de *Libération* y fit paraître le texte que Baptiste avait écrit quelques jours avant de se donner la mort.

Lucile rentra à Paris, reprit ses pérégrinations, distribua de l'argent dans la rue. L'idée s'imposa dans son entourage qu'elle devait de nouveau être hospitalisée. Lisbeth et Michel B., un ami de Violette, passèrent une journée avec elle dans l'espoir de la conduire en douceur jusqu'aux urgences de l'hôpital Saint-Antoine. Lucile exigea de s'arrêter dans les cafés, dansa sur les tables, chanta des vieilles chansons de Sheila, retarda le moment de l'enfermement. Une fois sur place, elle commenta à voix haute le physique du médecin qui la reçut et s'inquiéta de sa santé mentale en découvrant qu'il était gaucher (elle l'était aussi). Dans l'ambulance qui la conduisait une nouvelle fois vers Maison Blanche, Lucile chanta de nouveau à tue-tête et ordonna au conducteur d'aller plus vite (alors qu'elle était habituellement terrorisée en voiture).

Quelques jours s'écoulèrent avant que Lucile soit transférée à la clinique de Belle-Allée, près d'Orléans, où elle séjourna trois ou quatre mois. Le traitement fut mis en place, Lucile rencontra des médecins plusieurs fois par jour, continua de délirer sous médicaments.

Dans le texte qu'elle écrivit plus tard, Lucile se souvient des motifs de ses fantasmes : la peinture, la philocalie, la mythologie (Aphrodite et Apollon), l'architecture de Viollet-le-Duc, *Les Très Riches Heures du duc de Berry*.

(Une autre phrase lue dans le livre de Gérard Garouste, prononcée par son médecin : « On a les délires de sa culture. »)

De Belle-Allée, Lucile nous envoya quelques lettres dans lesquelles elle tentait de raconter sa vie à la clinique, ses occupations, les médecins qui la suivaient. Nous lui écrivions en retour des lettres rassurantes où nous évoquions nos écoles, nos activités, nos nouveaux amis (Lucile a gardé toutes nos lettres d'enfant, nous les avons retrouvées chez elle après sa mort).

Au bout de quelques semaines, le délire finit par céder. Lui succéda la honte, une honte poisseuse et coupable qui ne la quitterait jamais.

Lucile ouvrait les yeux sur sa vie dévastée. Elle était en train de perdre la garde de ses enfants, elle avait

287

dépensé l'argent qu'elle n'avait pas, elle avait fait et dit n'importe quoi.

Cela avait eu lieu, cela était irrémédiable.

Après plusieurs mois, alors que son état semblait enfin stabilisé, Lucile finit par sortir de la clinique. Elle retrouva l'appartement de la rue du Faubourg-Montmartre et reprit son travail, le temps que soit mise en œuvre sa procédure de licenciement.

Peu de temps avant l'été, le moment vint pour nous de la revoir. Le week-end avait été organisé longtemps à l'avance, il était prévu qu'elle ne soit pas seule pour venir nous chercher. Gabriel nous conduisit à la gare de Verneuil-sur-Avre, nous pleurions tous les trois dans la voiture.

Dans le train que nous prendrions désormais dans l'autre sens, nous essayions de nous préparer aux retrouvailles qui nous attendaient. L'appréhension ne cessait de grandir, nous ne pouvions jouer à rien, ni au jeu de l'objet mystère, ni au verbe *Tipoter,* ni à *ni oui ni non.*

Arrivées à la gare Montparnasse, nous avons marché côte à côte en direction de la sortie, la peur l'emportait sur la joie.

Lucile était là, au bout du quai, au milieu du va-et-vient et de la foule, minuscule silhouette blonde enveloppée dans un manteau bleu marine. Lucile était là, accompagnée de Violette et d'une amie, tout près de nous, et soudain il n'y eut plus d'autre visage que le sien, pâle, amaigri. Lucile nous embrassa sans effusion, aucune de nous ne savait quoi faire de ses bras et nous ne tenions pas tant que ça sur nos jambes.

Nous sommes reparties vers l'entrée du métro. Lucile a pris la main de Manon, elle marchait devant moi, je la regardais de dos, comme elle semblait frêle et fragile et brisée. Elle s'est retournée vers moi, elle m'a souri.

Lucile était devenue une toute petite chose friable, recollée, rafistolée, irréparable en vérité.

De toutes les images que j'ai gardées de ma mère, celle-ci est sans doute la plus douloureuse.

L' enquête sociale eut lieu dans les mois qui suivirent sa sortie de la clinique. À plusieurs reprises, on nous demanda de rencontrer des psychologues et des psychiatres, de passer des tests, de répondre à des questions, de dessiner sur des feuilles blanches des familles et des maisons, de les colorier à l'aide de feutres de couleur.

Lucile, Gabriel et Marie-Anne, sa femme, ainsi que quelques membres de la famille, furent également entendus.

À l'issue de cette enquête, le rapport médico-psychologique recommanda que la garde des enfants soit confiée à Gabriel et qu'un large droit de visite et d'hébergement soit accordé à Lucile.

Dans le même temps, Lucile fut licenciée de son travail et interdite bancaire. Elle avait trente-trois ans et venait de perdre à peu près tout ce qui la maintenait en vie.

Pendant quelques mois, elle continua de payer l'appartement de la rue du Faubourg-Montmartre, devenu trop grand pour elle, dans l'espoir que nous y reviendrions. Elle s'inscrivit au chômage, prit des cours intensifs d'anglais, se laissa bercer par un écho lointain qui ne lui parvenait que par bribes.

Pendant plusieurs années, Lucile vécut sous camisole chimique.

Son regard était fixe, embué, une pellicule fangeuse semblait s'y être collée. Derrière les yeux, on pouvait deviner les comprimés pris à heure fixe, les gouttes diluées dans des verres d'eau, le temps étale et sans relief. C'était un regard qu'on ne captait pas, qui se fixait au sol ou un peu plus haut, juste au-dessous de la ligne d'horizon.

Parfois Lucile gardait la bouche ouverte, sans s'en rendre compte, bâillait à s'en décrocher la mâchoire. Ses mains tremblaient à cause des médicaments, sa jambe aussi quand elle était assise, un mouvement saccadé, plus visible encore, qu'elle ne pouvait maîtriser. Lorsque Lucile marchait, les bras repliés à hauteur de la taille, ses mains avaient l'air de deux cadavres. Lucile ressemblait à tous les gens qui prennent des neuroleptiques à haute dose, leur regard est le même, ils se tiennent de la même façon, leurs gestes ont des allures mécaniques. Ils sont loin, comme protégés du monde, rien ne semble pouvoir les atteindre, leurs émotions sont contenues, régulées, sous contrôle.

Voir Lucile comme ça fut insupportable. Il n'y eut pas de mots pour traduire la révolte ni la douleur, juste parfois l'envie de la secouer pour que quelque chose sorte d'elle, un rire, un sanglot, un minuscule cri.

Elle ne quitterait cet état léthargique que pour revenir au délire, quelques années plus tard. En attendant elle tentait de survivre, de combler le temps devenu si vide.

Violette lui téléphonait, l'incitait à sortir, l'emmenait au cinéma, où Lucile s'endormait presque chaque fois.

Les dimanches où nous n'étions pas là, Lucile retrouvait d'autres amis à la piscine. Là comme ailleurs, il s'agissait de la maintenir hors de l'eau.

Un week-end sur deux, nous prenions le train pour la retrouver, elle nous attendait à la gare Montparnasse, ensemble nous empruntions le métro jusqu'à la station Rue Montmartre, dont le nom aujourd'hui a disparu et dont les escaliers interminables achevaient, si besoin en était, de nous couper les jambes. Pourtant, au fil des mois, le lien se reconstruisait, hésitant, fragile.

Lucile voulait entendre notre nouvelle vie, nous racontions notre petit frère, l'école, le collège, le lycée, les copines, les voisines, le cheval, les claquettes, les chiens, la cantine, mais au fond nous ne disions rien, ni dans les lettres ni de vive voix. Rien ne pouvait être dit.

Lors de ces week-ends Lucile invitait nos amies d'enfance, multipliait les attentions, tentait à sa manière de nous rendre les choses plus douces.

Je retrouvais les souvenirs d'un temps lointain, je flânais avec mes amies sur les grands boulevards, j'allais au cinéma.

Je crois que c'est à cette époque que j'inventai, avec plusieurs d'entre elles, le jeu de *Maître Capello*, une parodie de programme télévisé que nous enregistrions sur magnétophone et qui nous valut de mémorables fous rires.

Lucile ne lisait plus, n'allait plus voir les expositions de peinture qu'elle aimait tant, en notre absence restait allongée sur son lit pendant des heures, le regard dans le vide. Lucile était suivie par un psychiatre qui lui prescrivait les médicaments et un psychothérapeute qu'elle voyait deux fois par semaine, avec lequel elle avait entrepris un travail au long cours, dont les séances se heurtaient à son mutisme. Lucile n'avait rien à dire.

Elle se battait pour nous offrir son visage le moins abîmé, le moins fatigué, elle se battait pour rester en vie. Pour nous, Lucile se levait, s'habillait, se maquillait. Pour nous, elle sortait acheter les gâteaux du dimanche midi.

Chaque geste lui coûtait cher, nous ne pouvions l'ignorer.

Pendant quelques mois, Lucile avait cherché du travail comme secrétaire, et répondu de son écriture tremblante à trois ou quatre annonces. Il fallait se rendre à l'évidence, elle était incapable de passer un entretien d'embauche.

Lorsque l'argent avait manqué pour garder l'appartement de la rue du Faubourg-Montmartre, grâce à la garantie de quelques proches, Lucile avait déménagé dans un petit deux pièces sur cour, situé rue des Entrepreneurs, dans le 15e arrondissement.

Au printemps suivant, l'effervescence de l'élection présidentielle de 1981 sembla sortir Lucile de son silence. Pour la première fois depuis longtemps, elle parut concernée par quelque chose qui se situait à la fois à l'extérieur d'elle et en dehors de nous. À tâtons, elle exprima un désir, c'était si rare, tenta de m'expliquer pourquoi. De ces quelques échanges, je conclus que François Mitterrand était de toute évidence l'homme de l'avenir : notre sauveur. François Mitterrand incarnait le renouveau, le recommencement, la parole si précieuse de Lucile, son espoir conjugué, la preuve tangible qu'elle était encore des nôtres. La force tranquille, voilà ce dont nous avions besoin, et qu'en douceur tombent les remparts du silence et de la solitude.

Je venais d'avoir quinze ans, je m'opposai à Gabriel de la seule manière qui fût possible. Je voulais parler de la peine de mort, je voulais parler du déterminisme social, je voulais parler des pays sous-développés, dénoncer la vie étriquée des notables de province, je montais le volume de mon électrophone pour écouter mes disques, parmi lesquels figurait en bonne place le chanteur Renaud qui répétait : *Société, société, tu m'auras pas.* Fini les rêves de confort et de conformisme, de bourgeoisie paisible, de moquette épaisse et d'intérieurs immaculés, j'étais devenue une rebelle.

Le 10 mai 1981, dans le train qui nous ramenait d'un week-end fébrile passé chez Lucile (nous l'avions accompagnée jusque dans l'isoloir), quelques minutes après vingt heures, un contrôleur SNCF triomphant fit le tour des wagons pour annoncer la victoire de la gauche. La moitié des passagers l'applaudit tandis que l'autre accusait la nouvelle dans un silence consterné. Les portables n'existaient pas, nous bûmes les paroles du messager, il le savait, oui, il venait de l'apprendre grâce à la radio qui reliait le conducteur du train au poste central, c'était sûr, sûr et certain, autour de 52 %. Entre la gare de Versailles et celle de Dreux, tandis que le train traversait la campagne, il m'apparut que nous étions sauvées. François Mitterrand était président de la République.

À la descente du train, nous foulâmes un sol neuf. À la nuit tombante, une voie lumineuse s'était ouverte sous nos pieds, dont nous ignorions encore les conquêtes, les méandres et les revers. Gabriel était venu nous chercher à la gare, il était tendu, tendu comme chaque fois que nous rentrions de Paris, tendu parce que François Mitterrand venait de l'emporter.

Le soir, je m'endormis en pensant à ma mère, je l'imaginai place de la Bastille où je savais pourtant qu'elle était incapable d'aller, je l'imaginai au milieu de la liesse et de la foule qui ne cessait de grandir, Lucile dansait, faisait tourner sa jupe à fleurs, elle était heureuse.

Quelques mois plus tard, j'écoutais en boucle la chanson de Barbara consacrée à ce jour de 1981 et à l'espoir qu'il contenait encore.

Regarde, quelque chose a changé, l'air semble plus léger, c'est indéfinissable.

Regarde, sous ce ciel déchiré, tout s'est ensoleillé, c'est indéfinissable.

Un homme, une rose à la main, a ouvert le chemin, vers un autre demain…

On a envie de se parler, de s'aimer, de se toucher.

Et de tout recommencer.

J' ignore au fond quel est le sens de cette recherche, ce qui restera de ces heures passées à fouiller dans les cartons, à écouter des cassettes ralenties par l'âge, à relire des courriers administratifs, des rapports de police ou médico-psychologiques, des textes saturés de douleur, à confronter des sources, des discours, des photographies.

J'ignore *à quoi c'est dû*.

Mais plus j'avance, plus j'ai l'intime conviction que je devais le faire, non pas pour réhabiliter, honorer, prouver, rétablir, révéler ou réparer quoi que ce fût, seulement pour m'approcher. À la fois pour moi-même et pour mes enfants – sur lesquels pèse, malgré moi, l'écho des peurs et des regrets – je voulais revenir à l'origine des choses.

Et que de cette quête, aussi vaine fût-elle, il reste une trace.

J'écris ce livre parce que j'ai la force aujourd'hui de m'arrêter sur ce qui me traverse et parfois m'envahit, parce que je veux savoir ce que je transmets, parce que je veux cesser d'avoir peur qu'il nous arrive quelque chose comme si nous vivions sous l'emprise d'une malédiction, pouvoir profiter de ma chance, de mon énergie, de ma joie, sans penser que quelque chose de terrible va nous anéantir et que la douleur, toujours, nous attendra dans l'ombre.

Aujourd'hui mes enfants grandissent et même s'il est d'une grande banalité de dire à quel point cela m'émerveille et me bouleverse, je le dis et je l'écris, mes enfants sont des êtres à part entière dont la personnalité m'impressionne et me réjouit, aujourd'hui j'aime un homme dont la trajectoire a étrangement percuté la mienne (ou plutôt l'inverse), à la fois si semblable et si différent de moi, dont l'amour inattendu, dans le même temps me comble, me renverse et me renforce, aujourd'hui il est dix heures quarante-quatre et je suis face à mon vieux PC que je maudis pour sa lenteur mais que j'adore pour sa mémoire, aujourd'hui je sais combien tout cela est fragile et que c'est maintenant, avec cette force retrouvée, qu'il faut écrire et aller au bout.

Il sera toujours temps de pleurer.

Approcher Lucile, avec toutes les précautions du monde ou à bras raccourcis, c'est aussi approcher les autres, les vivants, au risque d'ailleurs de m'en écarter. À ma sœur, j'ai demandé comme aux autres de me parler de Lucile, de me prêter ses souvenirs.

Manon m'a raconté ce matin de janvier, et puis l'impossibilité dans laquelle elle avait été pendant plusieurs mois de s'abandonner au sommeil en présence de Lucile, ses nuits de petite fille hantées par la peur de voir sa mère surgir dans sa chambre pour terminer ce qu'elle avait commencé. Cela m'a bouleversée.

Manon m'a raconté, de son point de vue, les années qui ont suivi, les spectatrices muettes que nous sommes devenues, incapables de mettre fin à la douleur de Lucile.

Manon m'a raconté beaucoup d'autres choses qui nourrissent ce livre et que j'espère ne pas trahir.

Manon m'a fait promettre de détruire l'enregistrement de la longue conversation que nous avions eue (ce que j'ai fait), elle m'a envoyé dans les jours qui ont suivi deux textes qu'elle avait écrits, l'un après notre rencontre, l'autre au moment de la mort de Lucile.

Venant de Manon qui est si secrète, c'était un cadeau magnifique.

De cette période qui suit l'internement de Lucile il ne reste finalement que peu de traces. Le rapport de police est sordide et relativement imprécis. Le rapport de l'enquête sociale que Gabriel m'a restitué, adressé au tribunal de grande instance de Paris un an après l'hospitalisation de Lucile, fait état des différents entretiens qui ont conduit à une recommandation en faveur de Gabriel. Il décrit dans les grandes lignes les personnalités telles qu'elles sont apparues aux psychiatres, confronte les points de vue de mes parents qui réclament tous deux le droit de garde. Les inquiétudes de Lucile concernant la violence de son ex-mari ou le climat d'enfermement dans lequel elle craint que nous vivions sont signalées, ainsi que les doutes de Gabriel sur la capacité de son ex-femme à assumer la garde et la manière dont nous avons été, jusque-là, livrées à nous-mêmes. À la question de savoir si nous préférons vivre avec notre mère ou notre père, nous nous sommes, l'une et l'autre, gardées de répondre. Les psychiatres soulignent notre volonté de nous tenir à l'écart du conflit parental. En ce qui me concerne, le test de personnalité révèle une forte quête d'indépendance.

Les mots de Lucile sur les mois qui suivent son hospitalisation sont empreints de culpabilité et d'une tristesse infinie.

À propos des week-ends où nous recommençons à venir chez elle, elle écrit :

L'organisation de ces deux jours me soucie toute la quinzaine. Les retrouvailles à la gare Montparnasse, le train qui a souvent du retard, ce qu'on va manger et surtout ce qu'on va faire, se dire. Avec elles aussi, j'ai la chique coupée. Je ne sais plus comment leur parler. Je suis tombée de mon piédestal de mère. Même vis-à-vis d'elles je n'existe plus, pourtant les voir est mon seul profond plaisir-douleur dans cette vie.

Désespoir de ces jours écoulés les uns après les autres, sans fil conducteur ou coupé en morceaux.

(…)

J'éprouve encore des sentiments pour mes enfants, mais je ne peux pas l'exprimer. Je n'exprime plus rien. Je suis devenue laide, je m'en fous, rien ne m'intéresse sinon d'arriver enfin à l'heure de dormir avec les médicaments. Le réveil est horrible. Le moment où je passe de l'inconscient au conscient est un déchirement. Se forcer à prendre une douche, trouver des oripeaux acceptables.

À propos du docteur D., l'analyste qu'elle verra deux fois par semaine pendant des années, Lucile écrit :

C'est la première personne au monde à qui je fais confiance. C'est énorme. Je lui dois beaucoup de reconnaissance. Je lui crie à mots feutrés mon désarroi. Je ne lui tais pas mes idées de suicide et au fil des mois des choses émergent qui seront réglées pour toujours. Ma situation avec mon père, ma mère et chacun de mes frères et sœurs. Qui s'en trouve bien, qui en profite. Ma personne éclatée dans cette terrible fratrie. Les nouvelles relations à construire, notamment avec mes filles.

Dans les affaires de Lucile, nous avons retrouvé aussi quelques papiers qui concernaient l'enquête sociale et la prise en charge financière de celle-ci. Le 2 décembre 1981, Lucile reçoit un courrier du cabinet d'avocat qui suit son dossier. Je le reproduis ici pour le post-scriptum qui le clôt : une incongruité au cœur même de la machine judiciaire, qui résume Lucile peut-être mieux qu'un livre tout entier.

Chère Madame,
Suite à l'audience sur l'opposition à taxe et pour éviter que vous ayez à régler les frais de l'expertise, il me paraît nécessaire de vous faire demander l'aide judiciaire, ce qui amènera, bien entendu, le renvoi de l'audience sur le fond.
PS : Maître J. vous remercie de la délicate pensée et du dessin dont il a beaucoup apprécié le choix des coloris.

Les photos de l'époque montrent ce que nous partageons avec d'autres (les cheveux courts, les pantalons serrés, les pulls Benetton et les écharpes de coton), et ce que nous ne pouvons partager : le regard vide de Lucile, ses épaules voûtées, sa bouche qui ne se ferme jamais tout à fait.

Je ne peux ignorer combien le livre que je suis en train d'écrire me perturbe. L'agitation de mon sommeil en est la preuve tangible.

Au lendemain d'une nuit déchirée par le hurlement strident qui me réveille moi-même (cela ne m'était pas arrivé depuis des années), j'essaie de convaincre l'homme que j'aime de ne pas s'inquiéter. Je rêvais qu'on m'enfermait.

Pourtant, je continue d'envoyer aux uns et aux autres des e-mails aussi urgents qu'impromptus, je réclame des noms, des dates, des précisions, bref j'emmerde le monde.

Lucile s'était retirée, loin de nous, loin de tout. Elle n'était plus qu'une figurante dans un film dont le scénario semblait lui échapper chaque jour davantage, stationnait au milieu du plateau, n'entendait pas qu'on lui demandait de revenir au centre, ou au contraire de s'écarter, ne captait plus la lumière, s'en moquait, cherchait un endroit où elle pourrait passer totalement inaperçue et somnoler les yeux ouverts, sans pour autant être considérée comme absente ni démissionnaire.

François Mitterrand n'y pouvait rien.

Au cours de l'année 1982, Lucile, qui n'avait toujours pas retrouvé de travail, ouvrit avec une amie de Justine une invraisemblable boutique de brocante rue Francis-de-Pressensé, à quelques pas du cinéma *L'Entrepôt*. Dans un local de petite taille sans caractéristique particulière, elles rassemblèrent des bibelots, des lampes, des boîtes, des carafes, divers objets et quelques produits cosmétiques, disposés côte à côte et que rien ne reliait entre eux. Chacun avait donné ce qu'il avait, on avait vidé les placards, les caves et les greniers pour constituer un minimum de stock. La boutique presque vide était ouverte tous les jours sauf le dimanche. Lucile et Noémie s'y succédaient dans un roulement régulier, que venait rarement perturber la visite d'un client. Parfois un passant, mû par une aventurière curiosité, poussait la porte de cette ineffable *Pochette Surprise*. Non loin de là, Justine avait inauguré quelques mois plus tôt le *Bateau de Plaisance*, un bar restaurant dont le plat du jour, confectionné par Justine elle-même, ne tarda pas à faire fureur. Lucile s'ennuyait ferme au fond de sa boutique, recevait la visite des pochtrons du quartier, continuait de mener son existence ralentie, incertaine, que croisait la nôtre deux fois par mois.

Le temps d'un week-end, Lucile remplissait le réfrigérateur des produits que nous aimions, nous donnait un peu d'argent pour aller au cinéma ou acheter une gaufre. Lucile nous regardait vivre, parler et rire avec nos amies, Lucile écoutait d'une oreille distraite nos histoires sans importance, Lucile nous entendait téléphoner, prendre des rendez-vous, organiser des sorties, Lucile nous regardait terminer nos exercices de maths, nos devoirs de français, ne nous demandait rien, n'exigeait rien de nous, Lucile ne nous jugeait pas, s'abstenait de commentaire sur nos lubies enfantines ou adolescentes, nous observait à distance.

Nous étions des êtres vivants, elle pouvait le sentir, la vie en nous avait résisté.

Le temps d'un week-end, l'ensemble de sa personne était mobilisé pour être à la hauteur.

Parfois une lumière dans son regard, un trouble éphémère de son visage, un sourire, nous rappelaient quelle femme elle avait été.

À Noël, à Pâques, pour le pont de l'Ascension, celui de la Pentecôte ou de la Toussaint, nous continuions d'aller à Pierremont, où notre famille se retrouvait généralement en grand comité, oncles, tantes, frères, sœurs, cousins et cousines, auxquels s'ajoutaient toujours quelque ami(e) un peu pâlichon(ne), dépressif (ve) ou carencé(e) en globules rouges.

Liane et Georges n'ont jamais perdu le goût des grandes tablées. Quand il y en avait pour quinze, il y en avait pour vingt.

Nous prenions avec Lucile le train jusqu'à la gare de Laroche-Migennes, où Liane venait nous chercher dans l'une de ces vieilles 4L qu'elle userait, comme les précédentes, jusqu'à la corde. Je montais à l'avant, Lucile avait peur en voiture. Il était prudent de lever les jambes : le plancher était ouvert et la route défilait sous mes pieds.

Dans la salle de bains bleue de Pierremont, j'observais Liane et l'immuable rituel de la sortie de sa douche, sa friction au gant de crin, la crème Nivea dont elle s'enduisait le corps en couche épaisse, le premier soutien-gorge, le deuxième soutien-gorge, la première culotte, la deuxième culotte, la gaine, le body, la combinette, la combinaison qu'elle enfilait ensuite (je n'exagère pas), il fait un froid de canard ma reine chérie dans cette maison. Sur l'étagère, dans un gobelet en plastique, trônaient ses sept brosses à dents. Liane en possédait une pour chaque jour de la semaine : lundi bleu, mardi rouge, mercredi jaune, selon un roulement précis et parfaitement maîtrisé. Liane considérait que les brosses à dents avaient droit au repos. Six jours entre deux prestations, voilà qui autorisait une véritable récupération du poil et assurait à chacune la longévité qu'elle méritait (j'en profite pour mentionner, dans un autre registre mais qui me fascinait tout autant, le système de tendeurs à pince que Liane avait conçu et mettait en place sous le matelas de son lit, afin que le drap housse fût tendu à l'extrême. Les élastiques au coin des draps prévus à cet effet n'y suffisaient pas. Liane ne supportait pas les plis).

Dans la salle de bains de Pierremont, par un jeu de reflets entre l'armoire de toilette et l'immense miroir mural, on pouvait se voir de dos. J'y passais un certain temps, selon les âges, pour observer mes cheveux ou bien la forme de mes fesses.

Dans la salle de bains bleue de Pierremont, après une partie interminable de *Trivial Pursuit*, par petits groupes, nous procédions à nos ablutions du soir. Lucile était montée se coucher depuis longtemps, c'est avec Violette, Justine, ou Lisbeth que je partageais ces moments d'intimité. On échangeait les produits de toilette, on commentait les marques, on se piquait du-coton-du-shampoing-du-savon-des-cotons-tige-de-l'huile-d'amande-douce-de-la-crème-hydratante-de-l'eau-de-rose-houlala-ça-sent-bon.

Dans la salle de bains de Pierremont, tout comme dans la cuisine jaune, on évoquait ses amours perdues, ses soupirants, ses prétendants, le temps qui passait (les chagrins aussi), la marche que l'on ferait peut-être le lendemain le long du canal, l'humeur de Georges qui devenait de plus en plus difficile, le nouveau modèle de pyjama de laine mis au point et tricoté par Liane, les anniversaires et les vacances à venir, les œufs frais qu'il faudrait aller chercher à la ferme, le gigot qu'il faudrait sortir à la première heure du congélateur.

Dans la salle de bains bleue de Pierremont, un soir d'hiver, Violette m'expliqua avec le plus grand sérieux sa propre vision de la sauvegarde de la brosse à dents. Contrairement à sa mère, Violette ne préconisait ni ne pratiquait la diversification de l'instrument. Elle optait au contraire pour un exemplaire unique de qualité supérieure. Selon elle, la préservation du poil passait avant tout par un séchage attentif et minutieux, de préférence avec une serviette de toilette entretenue à l'adoucissant.

Dans la salle de bains bleue de Pierremont, en raison du nombre, on posait sa trousse de toilette où l'on pouvait, sur un bout d'étagère ou à même le sol. Quoi qu'il arrive, on savait qu'on ne la retrouverait pas au même endroit et il n'était pas impossible qu'elle en fût tout à fait exclue. Car la salle de bains bleue de Pierremont était en premier lieu le territoire de Tom, le plus jeune frère de Lucile, dont les rituels étaient incontournables. Tom prenait plusieurs douches et bains par jour, à heures précises, affichées par ses soins sur la porte, côté palier. Tom s'était pris d'une véritable passion pour les produits de toilette, les lotions après-rasage, les savons et autres gels douche qui ne cessaient d'apparaître sur le marché des cosmétiques, déclinés en parfums multiples et prometteurs de virilité, Tom organisait son territoire comme il l'entendait. Qu'on se le dise : il n'était pas question d'encombrer le terrain.

Tom avait appris à lire et à écrire, savait compter, additionner, raconter des blagues, connaissait par cœur le générique de n'importe quel feuilleton américain et celui d'*Au théâtre ce soir*. Tom aimait l'inspecteur Columbo, Michel Sardou, Ric Hochet, était au comble du bonheur quand venaient ses frères et sœurs. Il rangeait sa chambre avec méticulosité, suivait de près les matches de foot de la ligue 1, supportait avec passion les couleurs d'Auxerre, reportait sur des feuilles blanches, à l'issue des journées de championnat, les scores obtenus par chaque équipe. De la même manière, Tom consignait sur des fiches un certain nombre d'informations diverses, qu'il rangeait ensuite dans des chemises en carton. Tom, tout handicapé mental qu'il fût, passait aux yeux de la famille pour un genre d'intellectuel, dont l'humour, la capacité d'imitation, les associations d'idées n'ont jamais cessé de nous sidérer.

Georges avait passé des heures avec lui, avait accompagné chaque étape de son développement, s'était battu pour qu'il aille à l'école. Georges avait fait de Tom ce garçon facétieux dont pas un seul neurone n'était resté en friche. Tom fut, je crois, la plus grande réussite de son père.

À Pierremont, les repas constituaient à la fois la principale occupation et le principal sujet de conversation : ce qu'on avait mangé la veille, ce qu'on allait manger le lendemain, ce qu'on mangerait une autre fois et selon quelle recette. D'ailleurs, on passait la journée dans la cuisine à prévoir, préparer, débarrasser, remplir et vider le lave-vaisselle, confectionner des gâteaux, des tartes, des sauces, des crèmes, des entremets, on s'extasiait sur les treize ou quinze parfums de glaces maison fabriquées par Liane, on s'arrêtait pour boire un thé, un café, un apéritif, une petite tisane, on pétrissait, touillait, on laissait mijoter à feu doux, on évoquait les uns et les autres, les études, les maladies, les mariages, les naissances, les divorces, les pertes d'emploi, on énonçait des vérités sur un ton péremptoire, on rectifiait, on se contredisait, on se poussait du coude, on s'insurgeait contre le mode opératoire retenu pour la fabrication des feuilletés aux fruits de mer.

À Pierremont, les voix finissaient toujours par monter dans les aigus, les portes claquaient, et au moment où l'on en venait presque aux mains, le minuteur en forme de pomme sonnait pour nous rappeler qu'il était grand temps de sortir le gratin du four.

À côté de nous, posée sur un tabouret, Lucile revendiquait son exception mutique et culinaire, n'avait d'avis sur rien, consentait parfois à éplucher quelques pommes de terre.

Je voudrais savoir décrire cette maison que j'ai tant aimée, les dizaines de photos de nous tous, à tous âges et à toutes époques, mélangées en vrac et collées à même le mur de la cage d'escalier, le poster de Tom aux côtés de Patrice Martin, exhibant la coupe de champion de ski nautique Handisport qu'il venait de recevoir, le poster de Liane en monoski à l'âge de soixante-quinze ans, une gerbe d'eau saluant son slalom, sa collection de Barbara Cartland réservée à ses (nombreuses) insomnies, la collection de cloches de Georges, entreposée dans l'entrée, la pléthorique batterie de cuisine de ma grand-mère, qui posséda et conserva tout ce qui fut inventé en matière d'ustensiles et de robots ménagers dans les cinquante dernières années.

Je voudrais savoir décrire cette maison ouverte aux quatre vents et en perpétuels travaux, cette vieille dame irascible et fatiguée que rien, aucune entreprise de peinture, de réfection, de rénovation, pourtant maintes fois menées au fil des années, et parfois à grand renfort humain, ne put jamais satisfaire. Telle que je l'ai connue, avec sa peinture écaillée et ses toiles d'araignée, la maison de Pierremont est restée une sorte de ruine magnifique, pétrie de rhumatismes et traversée de courants d'air, dans laquelle venaient régulièrement s'empaler les camions. Car la principale particularité de cette bâtisse tenait à son emplacement, dans le prolongement exact d'une route nationale qui constituait un important axe routier. Ainsi, il est arrivé à plusieurs reprises, et au beau milieu de la nuit, qu'un chauffeur fatigué ou inattentif, surpris par le virage en T, rentre dans la maison par la grande porte, dans un crissement de freins aigu. Plus tard, la mairie fit construire devant l'entrée des bacs de béton.

À Pierremont, quand nous étions enfants, nous dormions avec nos cousins dans la chambre dite *des quatre lits,* qui en comportait au minimum six et pouvait en contenir huit les jours de grande affluence. Au passage des poids lourds, les vitres tremblaient et vibraient à grand bruit, tandis qu'à travers les lattes horizontales des volets, projetée au plafond, nous regardions danser la lumière éblouissante des phares.

L'été, Liane et Georges partaient dans un petit village du Gard, à une vingtaine de kilomètres de La Grande-Motte. Georges et son neveu Patrick avaient acheté quelques années plus tôt une grange qu'ils avaient aménagée afin de pouvoir y accueillir le plus grand nombre. Faute de financement, le projet initial d'hôtel-restaurant avait été abandonné et Georges, dans une période difficile, avait dû revendre ses parts à son neveu, lequel était devenu l'unique propriétaire du lieu. La famille Poirier bénéficiait néanmoins d'une invitation collective, valable pour le mois d'août, au cours duquel nous avons cohabité plusieurs étés de suite avec la famille de Patrick. Au fil des semaines, oncles, tantes, frères, sœurs, cousins, cousines, neveux et nièces défilaient à Gallargues, auxquels s'ajoutait toujours quelque ami(e) fauché(e), affaibli (e), en voie de reconstruction, qui n'était pas parti(e) en vacances depuis un an, deux ans, quatre ans, passait par là et finalement prolongeait son séjour. L'effectif global pouvait atteindre trente-cinq personnes en comptant ceux qui dormaient dans les tentes.

L'organisation était précise et connue de tous : chaque jour, un couple de deux adultes – si possible de sexe opposé mais pas nécessairement unis par les liens du mariage ni par une activité sexuelle notoire –, aidé de deux enfants et/ou adolescents, prenait en charge l'activité domestique de la journée : courses, ménage, préparation du repas du soir, remise en état des lieux pour le lendemain. Le roulement des couples dits *de service* était prévu en début de séjour. En dehors de cette/ces journée(s) épuisante(s), le farniente était garanti.

Lors des étés qui suivirent le premier internement de Lucile, nous rejoignîmes Liane et Georges pour deux ou trois semaines dans la grande maison de Gallargues. Lucile n'avait pas assez d'argent pour partir ailleurs et il lui était sans doute impossible de passer des vacances en tête à tête avec nous. Elle savait combien nous aimions cette parenthèse communautaire, les retrouvailles avec nos cousins, ces tablées immenses où l'on peinait à compter les convives, dont le nombre ne cessait de changer.

Chaque matin, armée de glacières et de serviettes, la famille se réunissait d'abord sur la rive du Ponant (lac relié à la Méditerranée et appartenant à la commune de La Grande-Motte) avant de migrer pour moitié, quelques heures plus tard, vers la vraie plage du Grand

Travers. Les femmes portaient des bikinis, étalaient sur leur peau bronzée des huiles solaires aux parfums de Monoï, discutaient en fumant des cigarettes, tandis que les enfants jouaient au bord de l'eau ou se disputaient pour monter dans le bateau. Georges possédait maintenant un hors-bord de catégorie moyenne, équipé d'un moteur soixante chevaux.

Vers onze heures, Liane descendait de sa 4L, radieuse, ôtait ses invraisemblables lunettes de soleil en plastique orange, enfilait un gilet de sauvetage et slalomait en monoski sous l'œil ébahi des estivants. Elle arborait chaque jour un maillot une pièce de couleur différente, choisi chaque année dans le catalogue des *Trois Suisses*, qui mettait en valeur sa poitrine généreuse et la finesse de sa taille. Liane en possédait toute une collection.

Tom, après des mois de conditionnement psychique et d'entraînement intensif, sous les encouragements hystériques de la famille, avait fini par sortir de l'eau. Au fil du temps, il avait appris à fendre les flots et à skier sur un seul ski et Georges l'entraînait maintenant pour le championnat de France des handicapés.

Coiffé d'un bandana qui lui valait le surnom de Pirate, la peau brûlée par le soleil, Georges passait l'essentiel de sa journée au volant de son hors-bord, interpellait les uns, taquinait les autres, exigeait qu'autour de lui les femmes évoluent seins nus. Au fil des étés, Georges était devenu la star du Ponant. Fort de cette aura et bien que n'ayant aucun diplôme, il avait décidé d'enseigner le ski nautique. Cette activité renforçait sa notoriété, lui permettait de rencontrer des gens et de financer l'essence pour les skieurs de la famille. Georges était drôle, patient, pédagogue, la liste d'attente ne cessait de croître. Le lac était son domaine, ici comme ailleurs, la figure de Georges était incontournable.

Pour ses petits-enfants, il inventait toutes sortes de canulars, dont le plus mémorable fut sans doute la cassette de rires. Dans le jardin de Gallargues, Georges recruta une dizaine de volontaires parmi la communauté du moment. Autour du micro, dans un crescendo savamment pensé, on hoqueta, pouffa, gloussa, l'hilarité enfla jusqu'à l'authentique fou rire collectif qui nous plia tous en deux. Une fois la cassette enregistrée, le jeu put commencer. Aux abords de La Grande-Motte, la R21 de Georges s'arrêtait au feu rouge, vitres grandes ouvertes. À l'intérieur, nous étions deux, trois ou quatre, d'humeur maussade, affichant sous la direction de Georges le même air buté. Alors Georges mettait la cassette en marche, le volume réglé au maximum. À l'intérieur, il nous fallait rester de marbre, pas un sourire, pas un sourcil plus haut que l'autre. Lugubres. L'air de rien, nous guettions les réactions des voitures voisines, vers lesquelles nous finissions par nous tourner, l'œil morne, tandis qu'à l'intérieur de notre voiture la cacophonie du rire redoublait d'intensité. Compte tenu de la chaleur, la plupart des gens circulaient vitres ouvertes. Une fois qu'ils avaient localisé cette joie bruyante, les voisins nous observaient, avançaient la tête, se regardaient entre eux avec un air perplexe, et finissaient généralement par se mettre à rire. Parfois l'un d'eux surgissait à la dernière minute, sous un concert de klaxons (entre-temps le feu était passé au vert), et nous demandait quelle était notre station de radio.

Le soir, de retour à la maison de Gallargues, Georges sonnait l'heure de l'apéritif et du rassemblement. On célébrait au brut de Listel les exploits nautiques de la journée, on commentait les départs et les arrivées à venir, on réorganisait la répartition des chambres, on devisait.

J'ai aimé aussi cette maison, le monde, le bruit, les heures écrasées de soleil, les promenades du soir dans les ruelles étroites de Gallargues, les fêtes et les bals des villages alentour.

Pourtant, malgré les fous rires, les disputes, les coups de gueule et les souvenirs explosifs (cette fois où Georges, devant trente personnes, mit à la porte *manu militari* un représentant de chez *Le Petit*, invité par je ne sais qui, qui avait eu le malheur de défendre le camembert pasteurisé), ces étés bruyants et communautaires ne nous firent jamais tout à fait oublier la présence-absence de Lucile, cette manière qui était la sienne de séjourner au beau milieu du tumulte, sans jamais prendre part à quoi que ce fût.

À l'agitation ambiante, Lucile opposait son mutisme anéanti.

Lorsque je songe à cette époque, me revient un souvenir dont le goût, encore aujourd'hui, m'est amer :

À Paris, seule dans son petit appartement, Lucile avait fini par s'acheter un poste de télévision. Tous les mercredis, elle regardait la série *Dallas*, qui connaissait alors son heure de gloire, n'en ratait aucun épisode et ne s'en cachait pas.

Lorsque nous étions réunis en famille, l'évocation de *Dallas* devant Lucile devint une plaisanterie récurrente, un gag à répétition. Car pour faire sourire Lucile – exactement comme on eût déclenché chez un animal un comportement conditionné par je ne sais quel réflexe pavlovien – il suffisait de lui chanter la chanson du générique. Et tout le monde, mes cousins, mes tantes, Georges lui-même, de reprendre en cœur : *Dallas, ton univers impitoyable, glorifie la loi du plus fort, Dallas, et sous ton soleil implacable, tu ne redoutes que la mort.*

Alors Lucile, qui avait lu Maurice Blanchot et Georges Bataille, Lucile dont le sourire était si rare, souriait de toutes ses dents, se marrait même, et me déchirait le cœur.

Dans une colère aveugle, je rêvais de les piétiner et de les transpercer de coups de poing, je les haïssais tous, car alors me venait à l'idée qu'ils étaient coupables de ce qu'elle était devenue, et qu'ils en riaient à gorge déployée.

L e brouillard dans lequel Lucile était entrée dura près de dix ans.

Au cours de cette période, elle abandonna sa boutique de la rue Francis-de-Pressensé (dans laquelle personne, à part quelques amis et deux ou trois curieux, ne s'aventurait jamais) et trouva un travail comme secrétaire chez un éditeur de livres scolaires. Il me semble, mais je n'en suis pas sûre, qu'elle fut présentée chez Armand Colin par une jeune femme qu'elle avait rencontrée dans ce quartier. Son travail consistait essentiellement à taper des pages à la machine et à exécuter quelques tâches administratives. Lucile ne s'en sortit pas si mal, elle fut confirmée après sa période d'essai. Travailler, là ou ailleurs, devint pour elle une épreuve comme l'était le reste de sa vie, et chaque fin de week-end, l'idée d'une nouvelle semaine l'étranglait d'angoisse et lui paraissait infranchissable.

Je crois qu'après coup, lorsque Lucile en est sortie, ces dix années ne constituèrent pour elle qu'un seul bloc, sans entaille et sans relief, dont elle ne pouvait distinguer les différentes périodes, un seul bloc dont elle n'avait gardé qu'un souvenir douloureux, empesé, uniformément opaque, bien qu'elle ait connu au cours de cette période deux nouvelles phases maniaques.

La première eut lieu après mon bac, alors que je revenais tout juste vivre à Paris et que je m'étais installée avec elle dans le petit deux pièces de la rue des Entrepreneurs. Lucile avait posé son matelas et ses palettes dans le salon, tandis que je dormais dans l'un des petits lits de la chambre où Manon, qui vivait toujours en Normandie, me rejoignait un week-end sur deux. Je venais d'entrer en hypokhâgne, découvrais la vie d'étudiante et retrouvais un rythme parisien. Lucile menait cette vie monotone et régulière qui dissimulait mal son désordre intérieur, sortait parfois de sa torpeur, par à-coups, de manière brutale, au détour d'une phrase ou d'une lubie. Peu à peu, apparurent les signes d'une rechute que je ne tardai pas à reconnaître. Lucile commença à s'affairer, à acheter de nouveaux ustensiles de cuisine (dont une cocotte minute SEB), évoqua des augmentations à venir dont le montant semblait démesuré, ainsi qu'une prime exceptionnelle qui devait nous permettre, avec Manon et Tom, de partir à Djerba pour les vacances de Noël. Lucile multiplia les allées et venues sous des prétextes divers, échafauda des plans et des projets, et puis un soir, ne rentra pas. Je l'attendis jusque tard dans la nuit, elle finit par surgir avec ce regard qui venait de si loin, me raconta une folle soirée passée chez Emmanuel Kant, et sa première rencontre avec Claude Monet qui ne serait pas la dernière, elle en était sûre, car ce dernier était charmant et ils avaient beaucoup sympathisé. Je téléphonai aux sœurs de Lucile. Justine prit les devants et toutes les précautions possibles pour prévenir son travail, où l'on commençait à s'étonner de son agitation soudaine et de l'argent qu'elle avait distribué dans les couloirs aux pauvres gens qui n'étaient pas plus pauvres qu'elle.

En peu de temps, quelque chose s'organisa qui conduisit Lucile dans un pavillon de l'hôpital Sainte-Anne où elle passa plusieurs semaines.

Lors des visites que je fus bientôt autorisée à lui rendre, en marge de la cité et pourtant en son sein même (car Sainte-Anne est une véritable ville dans la ville), je découvris une forme de misère et d'abandon dont j'ignorais l'existence. Au détour d'une lecture, je m'étais interrogée sur le sens exact du mot *déréliction*, l'avais cherché dans le dictionnaire. L'illustration m'en était donnée. Ici, des femmes et des hommes se traînaient dans des couloirs surchauffés, passaient des journées entières devant un téléviseur mal réglé, se balançaient sur des chaises ou se réfugiaient sous des couvertures qui n'avaient pas grand-chose à envier à celles des prisons. Certains étaient là depuis des années, sans perspective d'un ailleurs, parce qu'ils constituaient un danger pour eux-mêmes ou pour les autres, parce qu'il n'y avait pas d'autre endroit où les mettre, parce que leur famille avait renoncé depuis longtemps. Au retour de ces visites, hantée par ces atmosphères, j'écrivais les portes refermées derrière moi, les trousseaux de clés qui tintent, les malades qui errent dans les couloirs, le bruit des transistors, cette femme qui répétait *Mon Dieu, pourquoi m'avez-vous abandonnée,* cet homme qui demandait une cigarette à quiconque pénétrait dans son champ de vision, jusqu'à dix fois de suite, ces corps mécaniques, désarticulés, ces chairs amollies par l'inactivité et l'ennui, ces regards fixes, ces pas traînants, ces êtres que rien ne semblait pouvoir sortir de là et que les médicaments empêchaient de hurler.

Au bout de quelques jours, Lucile avait fait la connaissance de tout le pavillon, qu'elle tenait, à chacune de mes visites, à me présenter. Madame R., Monsieur V., Nadine, Hélène, Madame G., une véritable tournée des popotes qui se terminait généralement par cette longue femme habillée de noir, qui me regardait avec le même air halluciné et répétait à Lucile *elle est belle votre fille* sur un ton de malédiction. Lucile partageait sa chambre avec une Hongroise à la peau transparente dont le visage semblait avoir échappé au temps.

J'avais dix-sept ans, j'ignorais tout de la maladie mentale. Les regards croisés dans ce pavillon de détresse me poursuivaient parfois pendant des jours.

Au bout de quelques semaines, Lucile eut le droit de sortir en permission. Un samedi après-midi, j'allai la chercher à Sainte-Anne où elle m'attendait, assise sur une chaise, les mains nouées et posées sur son petit sac à main. Nous passâmes quelques heures dehors, après avoir pris le bus pour regagner le quartier où nous vivions. Au Monoprix, une voix suave et chantante nous promit des prix *fous*, 50 % de réduction sur tout le linge maison, les draps, les serviettes, les housses de couette, des prix *fous* dont il ne nous restait que quelques minutes pour profiter. À propos de folie, j'étais terrorisée à l'idée que Lucile se sauve, qu'elle échappe à ma vigilance, ou qu'elle ne veuille plus retourner à l'hôpital. Mais le soir venu, Lucile commença de regarder sa montre, elle avait peur d'être en retard, il ne fallait pas rater l'heure du dîner, ni celle des médicaments, Lucile ne se fit pas prier pour repartir. Là-bas elle se sentait bien, à l'abri d'elle-même, elle était si fatiguée.

Il y aurait d'autres permissions, d'autres après-midi volés à l'air saturé du pavillon, d'autres moments de liberté, loin des heures vacantes passées dans cette salle commune qu'aucun courant d'air ne traversait jamais.

Dans le train qui nous conduisit pour un week-end à Pierremont, Lucile, que le délire n'avait pas encore tout à fait quittée, parla à tout le monde dans un anglais de cuisine qui réjouit l'ensemble du wagon. Je ne savais plus comment l'arrêter, mimais de pâles excuses derrière son dos. Lucile voulait s'asseoir ici et pas là, puis là et pas ici, demanda à l'un des passagers de se déplacer, à un autre de pousser son sac, *would you mind please virer your bag somewhere else because you know it is difficult for me to stay here, I mean in a train. I'm sorry I'm desease you know, but let me introduce you my daughter she is very gentle but a bit susceptible.*

Au Noël suivant, il ne fut plus question de Djerba ni d'aucune plage, Manon me rejoignit à Paris et nous emmenâmes Lucile à Pierremont où se préparaient depuis des semaines de grandioses festivités. Cette année-là, le thème du réveillon reposait sur trois couleurs : rouge, blanc et argent. Nous respectâmes le code vestimentaire, échangeâmes toutes sortes de cadeaux symboliques ou de magnifiques « *bon pour* », écrits avec amour, tout le monde était fauché. Lucile avait réintégré sa place de figurante et ne prononça pas un mot.

Lorsque Lucile sortit de l'hôpital, quelques semaines plus tard, je quittai son appartement. Je ne voulais plus vivre avec elle. J'entamai une série de cohabitations plus ou moins joyeuses, au gré des opportunités, qui durèrent presque deux années.

Lucile reprit son travail, où l'on eut la clémence de la garder.

Manon recommença ses visites du week-end.

Je rêvais pour elle d'un temps apaisé, d'une surface de réparation, n'avais pourtant rien d'autre à lui offrir que ma présence chez Lucile lorsqu'elle y venait, le temps d'un déjeuner, d'une balade, d'un dîner, et ma volonté brute et sans doute aveugle de nous sortir de là.

À cette même époque Lucile rencontra Edgar, un peintre aquarelliste dévasté par l'alcool, que le talent n'avait sauvé de rien. Edgar devint son amant, ils burent ensemble, des litres et des litres de bière, Lucile enfla à vue d'œil et s'éloigna davantage encore.

Je me suis réveillée au beau milieu de la nuit, me suis assise sur mon lit, je cherchais une image dans l'obscurité, une voix dans le silence, peu à peu le souvenir qui avait déchiré mon sommeil m'est revenu : il s'agissait d'un film super-huit tourné par Gabriel, avant que nous vivions chez lui, un de ces films qu'il réalisait pendant les vacances scolaires, dont nous adorions élaborer l'histoire et les péripéties. Plus précisément, il s'agissait de moi dans l'un de ces films, et de ma voix aiguë, insupportable. Peu à peu, le souvenir s'est précisé, je n'étais pas tout à fait sûre de ma mémoire, il y avait quelque chose autour de l'écriture et de la folie, peut-être fabulais-je, peut-être avais-je reconstruit cette séquence, l'avais-je réinventée, je devais voir ce film pour en avoir le cœur net. J'en avais une copie quelque part sur un DVD, enfouie dans le fouillis de mon salon. Je me suis obligée à ne pas me lever d'un bond à trois heures du matin, je me suis allongée de nouveau dans l'obscurité, me suis tournée et retournée, ai attendu le lendemain pour entreprendre la fouille qui me libérerait de ce doute.

Ce matin, j'ai retrouvé ce film. Il a été réalisé par mon père lorsque je devais avoir treize ans et Manon neuf, je ne sais pas dater ces images avec certitude, mais il date d'*avant*, *avant* la maladie de Lucile et notre transfert soudain en Normandie. Sous la direction facétieuse de notre belle-mère, sur fond de musique classique ajoutée par Gabriel au montage, nous parodions une émission de télévision qui se situerait à égale distance entre *Apostrophes* et le *Grand Échiquier*. Avant qu'elle ne sombre elle-même dans les abîmes qui lui ont coûté la vie, Marie-Anne, notre belle-mère, était une très belle femme, non dénuée de fantaisie. La séquence est une totale improvisation, nous n'avons rien répété. Marie-Anne interviewe d'abord Manon qui incarne *Cunégonde Gertrude*, une chanteuse de réputation internationale, à la veille des quatre semaines que celle-ci s'apprête à passer à L'Olympia. Enroulée dans un boa, le sourcil dessiné au crayon, Manon et son faux air d'Édith Piaf sont à mourir de rire. L'adorable petite fille qu'elle était, hésitante dans son rôle de star, m'émeut aux larmes. À Marie-Anne qui évoque les rumeurs d'idylles circulant à son sujet (on parle d'Yves Mourousi et du Prince Charles), Manon répond qu'elle pourrait en conquérir cent autres. Un peu plus tard, Marie-Anne lance l'interview suivante. Elle a ce soir le plaisir de recevoir *Jeanne Champion*, un écrivain traduit dans le monde entier et dont le treizième livre, *Les Frères Montaurian,* est un best-seller. J'apparais à l'écran, tout aussi fardée, les lèvres peintes et les yeux charbonneux, tandis que Marie-Anne résume le roman qui évoque ma cruelle jeunesse, marquée par les internements successifs de ma mère, l'alcoolisme de mon père, bref, ces années de chagrin dont je me suis, semble-t-il, libérée par l'écriture. « Il y a des passages qui sont très durs », ajoute-t-elle en guise d'avertissement. Je réponds à quelques questions, précise que le roman vient d'être traduit aux États-Unis par Orson Welles (c'est le premier nom américain qui me vient sans doute à l'esprit, nous évitons de peu le fou rire). Un peu plus tard, Manon chante une chanson qu'elle improvise en direct (dont les paroles sont hilarantes) tandis que je fais mine de lire à voix haute un extrait du roman, que j''invente au fur et à mesure malgré le rire qui me gagne. C'est cette voix qui m'est revenue dans le sommeil, cette voix forcée qui singe le mélodrame, cette voix atroce qui parle d'*asiiiiile de fous*. Il y a quelque chose de pathétique dans ma prestation que je ne sais pas définir, au-delà de l'étrange prémonition que contiennent les questions de ma belle-mère, je suis entre deux, entre l'enfance et l'adolescence, entre le rire et les larmes, entre le combat et le renoncement, je porte un horrible appareil dentaire et ne cesse de gigoter. Je déteste ce film, ma voix, mes gestes, mes épaules nues, mes bijoux en nombre.

(Prise d'un doute, je viens de vérifier sur Internet et de constater que Jeanne Champion existe. La vraie Jeanne Champion peint, a écrit six romans et bel et bien publié en 1979 un livre intitulé *Les Frères Montaurian*.)

Un autre souvenir m'est revenu dans la journée. Il y a longtemps, avec le père de mes enfants, qui est réalisateur, nous avions eu le projet d'un court-métrage dont j'avais écrit le scénario. Il racontait la première permission d'une femme hospitalisée à Sainte-Anne, que sa fille, terrorisée à l'idée que sa mère lui échappe, venait chercher et emmenait dans Paris. Les sons, les voix, les bribes de dialogue venues de la télévision, les annonces dans les haut-parleurs des magasins, les conversations entendues dans le bus, y jouaient un rôle primordial. Envoyé au CNC pour une aide au financement, le scénario avait passé par miracle le barrage de la première commission. Nous étions comme des fous. Il fut recalé ensuite et nous revint avec le commentaire suivant : la description de l'univers psychiatrique n'est pas réaliste.

Manon m'a dit l'autre jour que plusieurs personnes (notamment notre père et notre frère) lui avaient demandé si cela ne lui posait pas de problème que j'écrive sur Lucile, si cela ne l'inquiétait pas, ne la dérangeait pas, ne la perturbait pas, que sais-je encore. Manon a répondu que le livre serait ma vision des choses, cela me regardait donc, m'appartenait, tout comme Violette m'avait dit qu'elle serait heureuse de lire *ma* Lucile. Manon aujourd'hui possède cette forme de sagesse, par-delà ses propres blessures.

Je n'ai pas écrit comment, après mon retour à Paris et le séjour de Lucile à Sainte-Anne, le temps d'une année scolaire, j'avais cessé de m'alimenter, jusqu'à sentir la mort dans mon corps. C'est d'ailleurs précisément ce que je voulais : sentir la mort dans mon corps. À dix-neuf ans, alors que je pesais trente-six kilos pour un mètre soixante-quinze, j'ai été admise à l'hôpital dans un état de dénutrition proche du coma.

En 2001, j'ai publié un roman qui raconte l'hospitalisation d'une jeune femme anorexique. Le froid qui l'envahit, la renutrition par sonde entérale, la rencontre avec d'autres patients, le retour progressif des sensations, des sentiments, la guérison. *Jours sans faim* est un roman en partie autobiographique, pour lequel je souhaitais maintenir, à l'exception de quelques incursions dans le passé, une unité de temps, de lieu et d'action. La construction l'a emporté sur le reste, aucun des personnages secondaires n'a vraiment existé, le roman comporte une part de fiction et j'espère, de poésie.

Ma démarche actuelle me semble à la fois plus périlleuse et plus vaine. Aujourd'hui, il arrive toujours un moment où les outils me tombent des mains, où la reconstruction m'échappe, parce que je cherche une vérité qui se situe au-delà de moi, qui est hors de ma portée.

L'anorexie ne se résume pas à la volonté qu'ont certaines jeunes filles de ressembler aux mannequins, de plus en plus maigres il est vrai, qui envahissent les pages des magazines féminins. Le jeûne est une drogue puissante et peu onéreuse, on oublie souvent de le dire. L'état de dénutrition anesthésie la douleur, les émotions, les sentiments, et fonctionne, dans un premier temps, comme une protection. L'anorexie restrictive est une addiction qui fait croire au contrôle alors qu'elle conduit le corps à sa destruction. J'ai eu la chance de rencontrer un médecin qui avait pris conscience de ça, à une époque où la plupart des anorexiques étaient enfermées entre quatre murs dans une pièce vide, avec pour seul horizon un contrat de poids.

Je ne reviendrai pas ici sur cette période de ma vie, seul m'intéresse l'impact qu'elle a pu avoir sur Lucile, son retentissement.

Lucile, plus désarmée que jamais, fut la spectatrice lointaine de mon effondrement. Sans un geste, sans une parole de colère ni de chagrin, sans être capable d'exprimer quoi que ce fût, tout le temps que dura ma chute, Lucile m'a fait face, privée de parole, sans pour autant se détourner. Lucile, dont les mots tardifs, « mais alors tu vas mourir », et le ton d'impuissance sur lequel elle les prononça, me donnèrent à entendre l'impasse dans laquelle je me trouvais.

Quelques années plus tard, lorsque j'ai été mère moi-même, j'ai souvent pensé à la douleur que j'avais infligée à la mienne.

Quelques semaines avant mon hospitalisation, le psychiatre qui suivait alors Lucile, auquel elle avait dû, au minimum, exposer la situation, lui avait demandé de venir avec moi. Lucile m'avait téléphoné, elle avait insisté, le docteur A. pensait que cela pouvait nous aider, je devais le faire pour elle si ce n'était pour moi.

Je suis entrée dans le bureau à la suite de Lucile, je n'avais aucune envie d'être là, tout cela m'insupportait, me mettait hors de moi, je n'avais que faire de ces psychiatres, psychanalystes et autres psychothérapeutes qui n'avaient jamais su sortir Lucile de sa détresse, pas un pour rattraper l'autre, des minables qui avaient fait de ma mère un robot. Le docteur A. m'a posé quelques questions que j'ai oubliées, j'étais tendue, sur la défensive, je n'avais pas envie de parler avec cet homme, de pactiser avec lui de quelque manière que ce fût, je voulais lui montrer combien je désapprouvais son existence, à quel point je n'étais pas dupe. De quoi était-il capable, à part prescrire quelques gouttes supplémentaires à diluer dans des verres d'eau ? Soudain le docteur A. m'a demandé de m'asseoir sur les genoux de Lucile. Pour gagner du temps je l'ai fait répéter, j'ai pensé pour qui se prend-il ce connard, je portais un jean taille douze ans dont je revois la couleur, j'avais le souffle coupé, il a répété doucement : je voudrais que vous vous asseyiez sur les genoux de votre maman. Alors je me suis levée, je me suis assise sur les genoux de Lucile et, en moins de dix secondes, je me suis effondrée. Il y avait des mois que je n'avais pas pleuré, protégée que j'étais par le froid, la température basse de mon sang, endurcie par l'isolement, je commençais à devenir sourde à cause de la dénutrition, et au cours d'une même journée un nombre très limité d'informations parvenait à mon cerveau.

Mais cette fois c'était une vague, une déferlante, un raz de marée.

Tandis que je sanglotais sur les genoux de ma mère, le docteur A. a suggéré à Lucile de me donner un kleenex. Lucile a fouillé dans son sac, elle m'a tendu un mouchoir et le docteur A. a dit :

– Vous voyez, madame Poirier, votre fille a encore besoin de vous.

Aussi abasourdies l'une que l'autre, nous sommes sorties de son cabinet et nous avons marché côte à côte sur l'un de ces boulevards du 18e arrondissement dont j'ai oublié le nom. Je n'ai pas raconté cette scène dans mon premier roman, pour une raison que j'ai également oubliée, peut-être parce qu'à l'époque, elle était encore trop violente pour moi. Dans ce livre écrit à la troisième personne, où le personnage de Laure est un double de moi-même, j'ai raconté en revanche comment *sa* mère était venue la voir à l'hôpital plusieurs fois par semaine, avait cherché les mots et retrouvé peu à peu l'usage de la parole. Comment la mère de Laure, replacée avec violence dans son rôle, s'était arrachée des profondeurs pour retrouver un semblant de vie.

Un autre jour où nous avons déjeuné ensemble, Manon est revenue sur la conversation que nous avions eue à propos de Lionel Duroy et de la manière dont ce dernier avait été rejeté par ses frères et sœurs après la parution de son roman. Manon approuvait mon projet, réaffirmait son soutien mais, à la réflexion, elle avait peur. Peur que je donne de Lucile une image trop dure, trop négative. De sa part, il ne s'agissait pas de déni mais de pudeur. Par exemple, m'a-t-elle avoué, la scène de *Jours sans faim*, où la mère qui a bu trop de bière, incapable de se lever de la chaise sur laquelle elle se tient, urine sous elle, lui avait semblé d'une grande violence.

J'ai rappelé à Manon que cela était arrivé (comme si elle pouvait l'avoir oublié).

L'argument était absurde, bien sûr, et ne justifiait rien. Ma mémoire recèle d'autres scènes qui concernent Lucile, plus violentes encore, que je n'écrirai sans doute jamais.

Avant que Lucile ne revienne une fois encore au délire, nous avons connu toutes les trois une période de douceur, une étrange parenthèse : un avant-goût de paix.

Quelques mois après ma sortie de l'hôpital, Manon, qui vivait chez Gabriel une situation de crise qui lui rendait la vie impossible, débarqua chez Lucile en milieu d'année scolaire. Lucile semblait aller mieux, s'accrochait à son travail, avait cessé de boire et recommençait un peu à parler.

L'année suivante, afin d'éviter de traverser chaque jour tout Paris (Gabriel avait déménagé à Neuilly où Manon était restée scolarisée), ma sœur fut inscrite dans un collège du 15e arrondissement.

Avec Manon, Lucile dansa sur les Rita Mitsouko, prit des cours d'anglais dispensés par la Mairie de Paris, commenta les feuilletons stupides diffusés par la télévision.

Avec Manon, Lucile réapprit une forme de légèreté.

Je partageais alors un appartement avec une amie, à deux pas de chez Lucile et, après quelques mois d'incertitude, avais repris mes études. Peu à peu, j'apprenais à calmer ma vitesse, mon vertige, à accepter ma trop grande perméabilité, à apprivoiser cet appétit de vivre qui m'avait dévorée.

Lucile tentait de nous offrir à l'une et à l'autre un visage nouveau, se montrait attentive, prévenante, s'était remise à la cuisine, inventait de nouvelles recettes et, chaque semaine, me laissait, suspendu à sa fenêtre, un petit sac rempli des sucreries que j'aimais.

À la sortie de mes cours, pour un thé, un dîner impromptu ou un film au ciné-club, je passais rue des Entrepreneurs où je retrouvais ma mère et ma sœur, dont le lien, peu à peu, se tissait sur des contours nouveaux et recouvrait une forme visible. Nous échangions le récit de nos vies, celui de Lucile était toujours plus bref que les nôtres, circonspect. Le dimanche, nous allions au cinéma à Beaugrenelle ou au Kinopanorama, au printemps nous profitions des premiers rayons de soleil, allongées sur les pelouses du square Saint-Lambert ou assises sur les bancs du parc Georges Brassens. Été comme hiver, nous nous promenions pendant des heures.

Lucile a toujours aimé marcher dans Paris, explorer de nouveaux quartiers, s'arrêter pour boire un jus de fruits ou un chocolat chaud, repartir, marcher encore, se laisser porter et enivrer par la fatigue physique. Ensemble et séparément, marcher est sans doute l'activité que Manon et moi avons le plus partagée avec elle.

Ce fut une période plus douce, où pourtant le visage de Lucile s'éteignait ou se fermait d'un seul coup, où le découragement pouvait l'anéantir, au détour d'une journée de pluie, où Lucile soudain sortait de sa réserve et exprimait sa colère, parce qu'elle se sentait rejetée ou mal considérée. Nous savions combien la vie de Lucile était d'abord une affaire de posologie, combien tout cela était fragile. Mais Lucile était là, à sa manière : une présence précieuse et jamais intrusive. Ce fut un temps d'accalmie qui nous permit de reprendre des forces.

Mais une nouvelle fois, rattrapée par le ressac de sa douleur et de sa culpabilité, Lucile fit voler en éclats les prémices d'un *après*, les indices d'une reconstruction possible.

Lucile avait recommencé à boire, Manon s'en était rendu compte dès son retour de vacances. Lorsqu'elle avait essayé de lui en parler, Lucile lui avait répondu qu'elle avait quarante ans, pas d'amis, pas d'amants, un travail qui l'ennuyait à mourir, il était donc normal et même souhaitable qu'elle se réfugiât dans l'imaginaire. Lucile ne pratiquait aucune dissimulation à notre égard, au contraire, nous ne pouvions ignorer la provocation qui consistait à décapsuler sous nos yeux, les unes après les autres, les bouteilles de bière, ou à afficher dans les toilettes un article portant sur les risques liés à la consommation régulière de *Rohypnol*, somnifère qu'elle prenait depuis des années, et les dangers de son association avec l'alcool. Je vis d'abord dans son comportement une forme d'appel au secours, un refus de nous voir grandir et nous éloigner d'elle, une volonté confuse d'inverser les rôles, de susciter notre attention. Pendant quelques semaines Manon me tint informée de l'attitude de Lucile, de plus en plus évasive et mystérieuse. En fait d'imaginaire, Lucile ressassait les intentions malveillantes qu'elle prêtait aux rares personnes qui l'entouraient, se prétendait victime d'espionnage et de diverses tentatives d'escroquerie, sans parler du gaz qu'elle avait trouvé ouvert chez elle à plusieurs reprises.

Puis Lucile se mit en tête que Manon fumait du crack, puis Lucile mit Manon à la porte de chez elle et la renvoya vivre chez Gabriel.

Lucile, ainsi que dix-sept autres salariés, venait d'être licenciée pour motif économique par l'éditeur pour lequel elle travaillait depuis quelques années. L'angoisse la submergeait.

Dans un état d'agitation qui ne présageait rien de bon, agressive, ombrageuse, Lucile multiplia les mystères sur sa vie privée, s'inventa des rendez-vous galants et des projets mystérieux, qu'elle n'évoquait devant nous qu'à demi-mot, décida de donner le congé de son appartement qu'elle voulait quitter pour une raison qu'elle ne pouvait révéler, bien qu'il s'agît d'une grande nouvelle qui devait lui permettre de nous couvrir, l'une et l'autre, de cadeaux. Quelques jours plus tard, Lucile décida de donner l'intégralité de ses affaires (meubles, vêtements, électroménager) à Emmaüs, et fixa le rendez-vous au dernier jour de son préavis. Elle était sur un gros coup. Nous apprîmes par une amie à laquelle elle avait envisagé de s'associer, que Lucile prévoyait de cambrioler le Musée de la vie romantique afin de s'emparer des bijoux de George Sand. Elle refusa la visite de Liane, qui venait régulièrement chez elle pour l'aider, raccrocha au nez de ceux qui s'inquiétaient de son moral.

En l'espace de quelques jours, Lucile était devenue injoignable. Un soir que j'avais réussi à obtenir que nous nous retrouvions au Café du Commerce, Lucile m'expliqua que l'ensemble du système micro-informatique d'Armand Colin était désormais sous son contrôle, grâce au stage de remise à niveau qu'elle avait effectué quelques mois plus tôt. D'ailleurs, sa vie entière était maintenant sous l'emprise de la logique informatique, il lui suffisait par conséquent d'appuyer sur quelques boutons pour déclencher différents événements, il arrivait néanmoins qu'elle se trompe, dans ce cas, m'expliqua-t-elle, les lumières s'allumaient et clignotaient. Pour autant, il n'y avait pas de quoi s'affoler. Elle m'avoua avoir arrêté ses médicaments. Elle n'en pouvait plus de vivre comme un légume, elle ne voulait plus de cette vie-là, gouvernée par les neuroleptiques, elle voulait vivre les choses, les ressentir, *être vivante*.

Quelques jours plus tard Lucile m'informa par téléphone qu'elle pensait s'installer dans une chambre de bonne dont elle refusa de me donner l'adresse. Justine et Violette envisagèrent de l'intercepter à la sortie de son travail pour la convaincre de se faire hospitaliser, mais Lucile n'y allait plus depuis quelques jours et disparut de la circulation.

Par un hasard qui n'en était sans doute pas un, je fus victime au même moment d'une infection monumentale qui, en l'espace de quelques semaines, me conduisit en ambulance, un matin d'octobre, aux urgences de l'hôpital Boucicaut. L'infection avait atteint le foie, j'étais jaune et, au sens propre comme au figuré, ne pouvais plus faire un geste. Paralysée de douleur, je n'avais pas prévenu Lucile – qui, aux dernières nouvelles, arpentait le 14e arrondissement sur les traces d'un clochard dont elle était tombée amoureuse –, mais Bérénice, la sœur de Gabriel, qui s'était occupée de nous lorsque nous allions à l'École dentaire et dont la présence, à plusieurs reprises, avait été pour moi salutaire. Je fus hospitalisée sur-le-champ.

Le soir même ou le lendemain, dans la chambre où j'avais la chance d'être seule, je vis Lucile surgir, survoltée et hors d'elle. Violette, qui était venue me rendre visite, se laissa mettre dehors sous un flot de reproches et d'insultes, un peu inquiète de me laisser seule avec Lucile qui venait de faire mine de me gifler (son geste s'était figé en l'air), me reprochant d'être malade et m'invitant à m'interroger sur ceux à qui cela profitait.

– Fais-le-moi, ton cirque, les urgences, la perfusion, me lança-t-elle, une fois la porte refermée.

Je refusai la discussion. J'avais déclaré forfait, je pouvais à peine lever le petit doigt, les choses avaient le mérite d'être claires, je voulais qu'on me foute la paix, qu'on m'oublie, je voulais être à l'abri du vaste champ de bataille que Lucile était en train de déployer. L'hôpital m'offrait en quelque sorte un espace neutre, protégé, bref une solution de repli.

Clouée sur mon lit, reliée à une imposante perfusion d'antibiotiques, face à ma mère qui voyait rouge et tournait comme un fauve dans la chambre, la situation m'apparut soudain sous son jour le plus pathétique et, au point où nous en étions arrivées, le plus comique.

Hagarde, les yeux exorbités par le manque de sommeil, une cartouche de cigarettes coincée sous le bras, Lucile repartit comme elle était venue, après m'avoir gratifiée d'un « connasse » assassin.

Violette revint dans ma chambre après le départ de Lucile qu'elle avait croisée en bas de l'escalier et qui l'avait traitée de pauvre obèse, ce qui était faux.

Lucile réapparut plusieurs fois, de plus en plus agitée, m'offrit une reproduction en résine d'une danseuse de Degas, vendue par le musée du Louvre qu'elle exigea que je pose sur la télévision (pour Manon, elle avait acheté la reproduction d'une statuette de chat égyptien datant de 300 ans avant J.-C.). Lucile évoqua les nombreux cadeaux qu'elle allait bientôt pouvoir nous offrir grâce à ses indemnités de licenciement et d'autres revenus mystérieux, me raconta Graham Hardy, son clochard alcoolique et violoniste qui vivait dans l'un des derniers squats du 14e, entre la rue de l'Ouest et la rue de Gergovie. Graham était le rejeton déchu d'une vieille famille écossaise, vivait de la musique admirable qu'il jouait dans le métro, une rumeur circulait dans le quartier selon laquelle il aurait fui l'Écosse après y avoir tué un homme. En l'espace de quelques visites, Lucile m'apporta des tas d'objets inutiles qui venaient de chez elle : elle était en train de vider son appartement. Je la laissai couvrir mon lit de papiers, cartons, et autres Tupperware.

Un soir, désemparée, je téléphonai à Justine puis à Violette qui avaient leur vie, leurs problèmes, leurs chagrins et n'avaient aucune envie de signer l'internement de leur sœur. Face à leurs réticences, je hurlai que je n'en pouvais plus, j'avais vingt et un ans, j'étais anéantie de fatigue et refusais de porter ça toute seule. À froid, nous en vînmes à la conclusion que le seul endroit où il était possible de mettre la main sur Lucile était ma chambre d'hôpital. Cela ne présageait pas des conditions de repos les plus favorables avant l'opération qui m'attendait, mais nous n'avions pas le choix. Lucile allait forcément revenir.

Le lendemain, Lucile débarqua dans ma chambre à dix heures du matin, plus livide que jamais, le corps secoué de tremblements. Je lui rappelai que les visites étaient interdites avant treize heures, et lui demandai de revenir dans l'après-midi. Lucile accepta mais se délesta d'abord de ce qu'elle m'avait apporté : un vapo-

344

risateur à plantes, le bonzaï de Manon, une série de vieilles peluches non identifiées, un jeu de cartes très spécial qui permettait de lire l'avenir, toute une série de babioles inutiles. Elle en avait plein les poches. Lucile m'annonça qu'elle venait de toucher le gros lot, trente mille francs net, parce qu'elle avait réussi à faire exploser la centrale Macintosh. Dans la mesure où son cas était tout à fait exceptionnel, et a priori sans précédent, la direction de Macintosh lui avait proposé un travail très lucratif et peu chronophage. Elle me promit de revenir un peu plus tard, je prévins aussitôt Justine.

L'après-midi à attendre Lucile fut terrible. Justine était venue peu de temps après mon appel, les heures s'étaient écoulées dans l'appréhension du moment où la porte s'ouvrirait et laisserait apparaître Lucile dans le guet-apens que nous lui avions tendu. Une fois de plus, j'étais coupable de haute trahison.

En fin de journée, alors que l'état de tension dans lequel nous étions n'avait cessé d'augmenter, deux amies de ma classe surgirent à l'improviste dans ma chambre, suivies de Barnabé, un garçon que j'avais rencontré quelques semaines plus tôt et avec lequel j'espérais un prochain rapprochement. Tandis que j'essayais de leur expliquer qu'il serait préférable qu'ils reviennent un autre jour, Lucile apparut comme une furie, les bras chargés de posters et de plantes.

– Cassez-vous tous, et que ça saute !

En l'espace de quelques minutes, je me retrouvai dans le couloir, attachée à mon chariot de perfusion, tandis que dans la chambre Lucile avait sauté sur Justine pour la mordre et la griffer et la traitait de tous les noms. Justine me cria de faire appeler SOS Psychiatrie, l'une de mes amies courut jusqu'à l'accueil. La porte se referma, je restai dans le couloir, pliée en deux de douleur et d'angoisse, le cœur affolé, au côté de Barnabé qui sembla soudain prendre conscience que je n'étais peut-être pas la jeune fille de bonne famille qu'il espérait avoir rencontrée. Alertées par le bruit, les infirmières vinrent en renfort, la porte s'ouvrit sur Lucile qui était à terre et semblait s'y trouver bien.

Pendant quelques secondes, je ne perçus plus rien de l'affolement qui m'entourait : allongée sur le sol, étrangère soudain à l'agitation qu'elle avait provoquée, Lucile me souriait, un sourire étrange, infiniment doux et désarmé. Le temps s'était arrêté.

Justine demanda aux infirmières de ne pas la laisser seule. Dans le couloir je vis la pâleur de son visage, défait par la tristesse, je compris combien il était difficile pour Justine d'être là, d'endosser ce rôle, cette responsabilité, et avec quelle violence ce moment s'ajoutait aux douleurs passées. Violette nous rejoignit dans le couloir, l'infirmière était restée avec Lucile, nous attendions l'arrivée de l'ambulance.

Au moment où Lucile sortit de la chambre et se mit à arroser tout le monde avec le vaporisateur pour plantes, un interne consciencieux m'attrapa par les épaules et me conduisit dans une petite pièce où il m'assit de force avec l'ordre de ne pas bouger.

Lucile finit par accepter de descendre aux urgences où l'ambulance qui devait la conduire à Sainte-Anne était arrivée. Barnabé s'enfuit, dépassé par les événements. Une de mes amies resta un moment avec moi tandis que Justine et Violette suivirent l'ambulance pour être présentes à l'arrivée de Lucile. Et puis mon amie dut rentrer chez elle.

Le moment le plus difficile fut ce passage à la solitude, elle m'était pourtant nécessaire pour pleurer.

Le soir, une infirmière à l'air entendu m'apporta un somnifère que je ne pris pas. Le lendemain matin, à la première heure, une femme à la voix fluette frappa à la porte de ma chambre.

– Bonjour, je suis la psychologue du service. Alors, il paraît qu'il y a eu un petit problème avec votre maman hier soir ? Vous souhaitez en parler ?

Dans un soupir je lui répondis que non, non merci, tout allait bien. Je la jouai comme Lisbeth : question d'habitude.

Pour écrire ces pages, j'ai relu dans leur continuité quelques cahiers du journal que j'ai longtemps tenu, sidérée par la précision avec laquelle j'ai consigné, presque chaque jour et pendant plusieurs années, les événements les plus marquants, mais aussi les anecdotes, les soirées, les films, les dîners, les conversations, les questionnements, les plus infimes détails, comme s'il me fallait garder trace de tout cela, comme si je refusais que les choses m'échappent.

Le fait est que j'ai oublié une bonne partie de ce qui est contenu dans ces lignes, dont ma mémoire n'a gardé que le plus saillant et quelques scènes plus ou moins intactes, tandis que le reste a été, depuis longtemps, englouti par l'oubli. À la lecture de ces récits, c'est cela d'abord qui me frappe, cette élimination naturelle ordonnée par nos organismes, cette capacité que nous avons de recouvrir, effacer, synthétiser, cette aptitude au tri sélectif, qui sans doute permet de libérer de l'espace comme sur un disque dur, de faire place nette, d'avancer. À la lecture de ces pages, au-delà de Lucile, j'ai retrouvé ma vie d'étudiante, mes préoccupations de jeune fille, mes émotions amoureuses, mes amis, ceux qui sont toujours là et ceux que je n'ai pas su garder, les fulgurances de leur conversation, leurs élans festifs, l'admiration sans limite que j'éprouvais pour eux, la joie et la reconnaissance de les avoir près de moi.

Glissées dans les pages de ces cahiers, j'ai retrouvé quelques lettres que Manon m'avait écrites à l'époque où Lucile l'a obligée à partir de chez elle et dans les quelques semaines qui ont suivi. Manon avait dix-sept ans. À la lecture de son désespoir, j'ai pleuré comme cela ne m'était pas arrivé depuis longtemps.

Je crois que Manon était reliée à Lucile plus que je ne l'ai jamais été, a absorbé sa souffrance plus que je n'y ai jamais consenti.

Quoi que je dise et fanfaronne, il y a une douleur à se replonger dans ces souvenirs, à faire resurgir ce qui s'est dilué, effacé, ce qui a été recouvert. À mesure que j'avance, je perçois l'impact de l'écriture (et des recherches qu'elle impose), je ne peux ignorer le facteur majeur de perturbation que celle-ci représente pour moi. L'écriture me met à nu, détruit une à une mes barrières de protection, défait en silence mon propre périmètre de sécurité. Fallait-il que je me sente heureuse et forte et assurée pour me lancer dans pareille aventure, que j'aie le sentiment *d'avoir de la marge*, pour mettre ainsi à l'épreuve, comme si besoin en était, ma capacité de résistance.

À mesure que j'avance, il me tarde de revenir au présent, d'en être plus loin, de remettre les choses à leur place, dans les dossiers, dans les cartons, de redescendre ce qui doit l'être à la cave.

En attendant je pèse chaque mot, je ne cesse de revenir en arrière, je corrige, je précise, je nuance, je jette. C'est ce que j'appelle la *voiture balai*, elle m'a servi pour tous mes livres et m'est une précieuse alliée. Mais cette fois, je me demande si elle n'a pas perdu son axe. Je la regarde tourner en cercles concentriques et vains, la nuit, le doute m'assaille, je me réveille en sursaut à quatre heures du matin, je décide de renoncer, freine des deux pieds, ou bien au contraire je me demande si je ne dois pas accélérer le mouvement, boire beaucoup de vin et fumer des tonnes de cigarettes, si ce livre ne doit pas s'écrire dans l'urgence, l'inconscience et le déni.

Les fictions de Lucile, même si j'en ai consigné les principaux motifs (la volonté de puissance et de contrôle, les aptitudes surnaturelles, l'argent qui coule à flots, la possibilité de nous couvrir de cadeaux), me restent impénétrables.

C'est cela aussi, le trouble mental, tel que Barbara le décrivait, « ce jaillissement en geyser d'une protestation intérieure timide ou longtemps enfouie, l'expression soudaine et brutale d'un refus de se laisser dorénavant manipuler ou détruire, qui se traduisent par un décalage de ton, une hauteur de son, insupportables à des oreilles normales ».

J'espérais que l'écriture me donnerait à entendre ce qui m'avait échappé, ces ultrasons indéchiffrables pour *des oreilles normales,* comme si les heures passées à fouiller dans des caisses ou assise devant un ordinateur pouvaient me doter enfin d'une ouïe particulière, plus sensible, telle qu'en possèdent certains animaux et, je crois, les chiens. Je ne suis pas sûre que l'écriture me permette d'aller au-delà du constat d'échec. La difficulté que j'éprouve à raconter Lucile n'est pas si éloignée du désarroi que nous éprouvions, enfants ou adolescentes, lorsqu'elle disparaissait.

Je suis dans la même position d'attente, j'ignore où elle est, ce qu'elle fabrique, cette fois encore ces heures échappent au récit et je ne peux que mesurer l'étendue de l'énigme.

Troisième partie

Au cours de son dernier séjour à Sainte-Anne, au milieu de ses rêves anéantis et des vestiges du délire qui avait fini par céder, Lucile fit part au docteur G. de son épuisement. Elle ne voulait pas retourner au silence, au vide d'un corps amputé de ses sensations, retrouver dans le miroir son visage sans émoi et sans âge. Il était temps de mettre fin au cycle, à la répétition. À choisir, elle préférait mourir.

Le docteur G. entendit la voix presque éteinte de Lucile et modifia radicalement son traitement. Lucile admira longtemps cette femme dont elle louait l'intelligence et la culture, qui fut capable de prendre l'exacte mesure de son désastre intérieur et de tout remettre en question.

Le docteur G. la suivit pendant plusieurs années, elle fut pour Lucile une interlocutrice de taille, à la hauteur de ses angoisses et de ses lubies, accompagna pas à pas son retour à la vie.

Ainsi, après dix années de marécage, Lucile revint de loin, revint de tout, laissa derrière elle ses heures parmi les ombres. Lucile, qui n'avait jamais pu monter à la corde, se hissa hors des profondeurs, sans que l'on sût véritablement comment, en vertu de quel élan, de quelle énergie, de quel ultime instinct de survie.

Ce fut un combat, ce fut une longue et progressive remontée vers la lumière, ce fut un incroyable tour de force, une spectaculaire leçon de vie, ce fut une renaissance.

À sa sortie de l'hôpital, elle réintégra son petit appartement de la rue des Entrepreneurs (Justine avait réussi à convaincre sa propriétaire de ne pas tenir compte du congé que celle-ci lui avait adressé). Pour quelques mois, Manon, qui était dorénavant majeure, revint vivre avec elle.

J'ignore dans quelles circonstances Lucile retrouva du travail comme assistante dans une agence de communication. Elle était convalescente, elle commença par se concentrer sur l'essentiel, la parole, les gestes quotidiens, le trajet de métro, le micro-ordinateur, les collègues avec lesquels il fallut établir un minimum de contact. Elle voyait le docteur G. une fois par semaine, pouvait l'appeler lorsqu'elle se sentait vaciller.

Puis, peu à peu, avec précaution, Lucile élargit sa marge de manœuvre et son périmètre d'action.

Lucile se prit de passion pour les plantes, réalisa des boutures, tailla des pieds, surveilla des bourgeons, habilla ses fenêtres de feuillages exubérants et de fleurs en cascade.

Lucile porta de nouveaux vêtements, retourna chez le coiffeur.

Lucile recommença à voir ses amis, à sortir avec eux.

Lucile acheta des rouges à lèvres, dont elle peignit sa bouche plusieurs fois par jour et qui ne quittèrent plus son sac.

Lucile se remit à porter des talons.

Lucile arpenta Paris avec ou sans nous.

Lucile recommença à lire et à écrire.

Lucile prit le soleil dans l'encadrement de sa fenêtre.

Lucile se fit refaire les dents.

Lucile s'aspergea de *Miss Dior*.

Lucile raconta des histoires, des anecdotes, des blagues, émit des jugements à l'emporte-pièce.

Lucile éclata de rire.

Lucile partit avec Manon chez des amis dans le Dorset.

Lucile assista, comme nous tous, au spectaculaire grand écart que Liane exécuta, moulée dans un justaucorps vert, pour l'anniversaire de ses soixante-dix ans.

Lucile partit en Inde avec une amie (voyage qui la perturba au point qu'il faillit lui coûter une rechute).

Lucile s'intéressa de nouveau à la presse et tomba sous le charme de Joshka Schidlow (critique de *Télérama*) auquel elle écrivit probablement une ou deux lettres.

Lucile troqua sa vieille machine à laver contre une neuve, grâce à son treizième mois.

Lucile partit quelques jours dans une famille à Saint-Petersbourg (voyage dont elle revint enchantée).

Lucile rencontra de nouveaux amis (de tout temps, Lucile eut l'art de reconnaître ceux qui partageraient avec elle, sous des formes différentes et à des degrés divers, ce petit grain de folie susceptible d'enrayer la mécanique).

Lucile tomba amoureuse d'un pharmacien de son quartier qu'elle tenta de séduire sans succès.

Lucile partagea de nouveau quelques mois de sa vie avec Edgar, le peintre aquarelliste, qu'elle essaya cette fois de sortir de l'alcool, sans plus de succès, mais pour lequel elle garderait, jusqu'à la fin, une profonde affection.

Lucile eut quelques amants au gré de ses pérégrinations.

Cette fois, le traitement de Lucile n'avait pas dressé autour d'elle l'incontournable forteresse sur ordonnance dans laquelle elle avait été si longtemps murée. Peut-être était-ce une question de lithium et de molécules. Mais au-delà de la chimie, j'aime à croire que quelque chose en elle avait ressurgi, était entré en résistance.

Lors d'un Noël à Pierremont où nous étions tous réunis devant une orgie de victuailles plus festives et délicates les unes que les autres, probablement vêtus du code couleur requis pour l'événement, se produisit une scène qui marquerait l'histoire familiale.

Le repas du réveillon était tendu, ce n'était pas inhabituel : dès lors que la famille était rassemblée, l'air se chargeait d'abord d'une électricité joyeuse qui ne tardait pas à se transformer en courant haute tension. Année après année, il me semblait de plus en plus difficile pour ma famille de cohabiter au-delà de quelques heures. Cette fois, le débat s'était cristallisé autour de la présence de la première femme de Barthélémy, que Georges avait toujours détestée, qui avait insisté pour venir passer Noël à Pierremont avec notre cousin, alors que Barthélémy y séjournait avec sa nouvelle compagne.

Nous avions connu des terrains plus minés, et d'aucuns se seraient adaptés sans problème à la situation – chacun d'entre nous gardait une profonde affection pour la première, qui n'enlevait rien à celle que nous avions pour la seconde – si Georges n'avait pas focalisé sa haine et sa rancœur sur la présence de l'intruse.

Peu à peu la tension était montée et Georges avait fini par quitter la table, après avoir fustigé la collectivité d'une phrase assassine dont il avait le secret.

Alors Liane, qu'au cours de ma vie je n'avais jamais vue pleurer, éclata en sanglots. Elle mit ses mains devant ses yeux et par un effet de contagion d'une rapidité sidérante, semblable à la chute des dominos placés les uns derrière les autres, tous les convives présents à table, ou presque, se mirent à pleurer.

Et puis Liane enleva ses mains de son visage, incroyablement lumineux et lisse, nous offrit son plus beau sourire et dit :

– Ce n'est rien, c'est fini.

Telles que je les observe aujourd'hui, il me semble que les années quatre-vingt-dix ont vu jaillir la personne recommencée de Lucile, celle de l'*après*, celle que certains de ses amis ont connue sans jamais savoir ce qu'elle avait traversé, celle qui a marqué nos vies d'adultes et qu'ont connue nos enfants.

J'ignore quel est le lien exact entre cette personne et celle qu'elle était *avant*. Je ne sais pas raccorder ces images à celles que j'ai gardées de l'enfance, au halo jauni dans lequel je les trouve, elles en sont résolument disjointes.

Mais peu importe. Lucile avait passé la quarantaine, elle était redevenue une belle femme, gironde, une femme dont le regard continuait d'impressionner, dont on devinait qu'elle avait été plus belle encore, ce n'était pas une question d'âge mais de faille, quiconque rencontrait Lucile pour la première fois percevait à la fois sa beauté et la trace indélébile d'une chute. Lucile avançait sur un fil, gracieuse, un rien provocatrice, sans filet.

Lucile avait des lubies, des phobies, des coups de gueule, des coups de cafard, aimait prononcer des bizarreries – auxquelles elle-même croyait plus ou moins –, passer du coq à l'âne et de l'âne au coq, se mettait martel en tête, lançait des piques, frôlait les limites, jouait avec le feu. Lucile aimait naviguer à contre-courant, mettre les pieds dans le plat, se savait sous surveillance, défiait parfois notre regard, s'amusait à nous alarmer et revendiquait sa singularité.

Lucile n'aimait pas la foule, le nombre, le monde, les grandes tablées, fuyait les mondanités, se laissait apprivoiser en tête à tête, en petit comité, ou bien au cours d'une promenade, dans le mouvement de la marche. Lucile restait secrète sur ses sentiments, ne livrait jamais le plus intime, réservait à quelques-uns le fond de sa pensée. Elle était ce mélange étrange de timidité maladive et d'affirmation de soi.

Il nous fallut apprendre à lui faire confiance, ne plus avoir peur de la rechute. Il nous fallut apprendre à sourire de ses bravades, de ses toquades, de ses fantaisies, à entendre sa méfiance, à respecter ses élucubrations, sans la soupçonner aussitôt d'être sur la mauvaise pente ou d'avoir de nouveau basculé. Lucile apprenait à flirter avec ses propres limites, à mieux les connaître, à percevoir elle-même quand elle se laissait gagner par la tristesse ou envahir au contraire par une trop grande effervescence, et retourner voir le docteur G. chaque fois qu'elle se sentait en danger.

Au cours de ces années, Manon est partie de chez Lucile pour vivre ici ou là, en quête d'un itinéraire bien à elle, qui connaîtrait ses propres méandres.

J'ai commencé à travailler, j'ai rencontré le père de mes enfants, je me suis installée avec lui, je me suis construite à ses côtés, je l'ai aimé passionnément et j'ai été intensément heureuse.

Manon et moi sommes devenues adultes, fortes de l'amour de Lucile, fragiles d'avoir appris trop tôt que la vie pouvait basculer sans préavis, et que rien autour ne serait tout à fait stable.

Lucile à sa manière suivait nos trajectoires, nous recevait à dîner, nous rendait visite au cours de ses flâneries du week-end. Lucile n'a jamais été de ces mères envahissantes qui appellent tous les deux jours et qu'il faut tenir informées des moindres détails. Avec Manon comme avec moi, elle aimait *boire des pots* et se promener au hasard des rues, sans but précis.

Lorsque nous allions à Pierremont avec elle, pour un week-end, une fête de famille, ou quelques jours de vacances, Lucile semblait évoluer en territoire hostile. À Pierremont, Lucile se repliait, se montrait sous son jour le plus défensif, le plus agressif. Au sein de sa famille, elle redevenait cet être sur le qui-vive, à fleur de peau.

Lucile préférait voir ses frères et sœurs en tête à tête, chez eux ou chez elle, entretenait avec chacun une relation particulière, nourrie d'amour, de gratitude et de rancœurs. Lucile n'était pas facile, imposait son rythme et ses nombreuses susceptibilités.

Pendant quelques semaines, Lucile s'inquiéta pour Lisbeth qui, selon des sources amicales, préparait son suicide. Sa sœur aînée vivait depuis quelques années dans le Sud, ses enfants, puis ceux de son deuxième mari, avaient quitté la maison. À la veille de ses cinquante ans, Lisbeth avait déclaré qu'elle n'irait pas plus loin. Elle n'avait pas envie de vieillir. Dans les semaines qui avaient précédé son anniversaire, elle avait quitté son travail et réglé un certain nombre de formalités. Dans la famille, on savait que Lisbeth était déprimée, ses intentions avaient fini par filtrer, les coups de fil s'étaient multipliés. La veille de son anniversaire, deux amies de Lisbeth débarquèrent chez elle et s'y installèrent d'autorité. Le jour de ses cinquante ans, une fête surprise organisée par ses enfants lui tira des torrents de larmes. Ses amies passèrent quelques jours chez elle, Lisbeth renonça à son projet.

L'été suivant, Lucile partit quelques jours chez sa sœur, séjour qu'elle reproduisit ensuite presque tous les étés.

(Lors des conversations que j'aurais avec elle autour de ce livre, Lisbeth, qui n'est pas à une provocation près, et avec cet humour au douzième degré qu'elle manie à la perfection, me déclarerait à propos du suicide de Lucile : « Elle m'a coupé l'herbe sous le pied, elle m'a toujours coupé l'herbe sous le pied. »)

Dans son petit appartement, Lucile s'occupait à divers rangements et réorganisations, entreprenait des chantiers de peinture ou de plantations, bref, *fourgonnait*. *Fourgonner* est une expression très répandue dans ma famille, dont j'ignore l'origine, qui signifie : entamer plusieurs activités sans s'adonner à aucune, ou encore s'agiter pour pas grand-chose. Lucile *fourgonnait*, donc, et c'était une excellente nouvelle : elle avait suffisamment d'énergie pour se permettre d'en gaspiller.

Aux heures d'affluence il fallait voir Lucile entrer dans le métro, sa façon d'investir l'unique siège ou strapontin vacant, comme si celui-ci lui était dû sans autre forme de procès ou en vertu d'un statut de rescapée connu d'elle seule.

Il fallait voir Lucile marcher dans la rue, à la fois si énergique et si mal assurée, son corps penché en avant, son sac plaqué contre sa hanche, cette manière de fendre la foule, d'aller droit au but, ses airs de bulldozer.

Il fallait voir Lucile jouer du coude dans la queue serrée d'un cinéma ou d'une caisse de supermarché, et dissuader d'un regard quiconque envisageait de la doubler ou avait eu le malheur, perdu dans de douces pensées, d'empiéter de quelques centimètres sur ce qu'elle considérait comme son territoire.

Il fallait voir Lucile le visage orienté vers le soleil, allongée sur la pelouse d'un square ou assise sur un banc, le plaisir et l'apaisement qu'elle y trouvait.

Un samedi midi, je reçus un appel de ma mère qui venait de rejoindre une amie à République et de se rendre compte qu'elle avait laissé chez elle de l'eau à bouillir sur le gaz. Pouvais-je me précipiter dans sa cuisine toute affaire cessante ? Épuisée par une semaine harassée, j'entrai dans une rage terrible : « Mais tu me fais chier, je vais te dire, tu me gonfles, tu m'emmerdes, comme si j'avais que ça à foutre ! » (relaté *in extenso* dans mon journal). J'en éprouvai un certain soulagement, pris la clé que Lucile m'avait confiée, et partis éteindre le gaz.

Puisque Lucile tenait le choc, s'armait, résistait, il nous fut possible de nous disputer avec elle, de lui signifier nos désaccords, d'élever la voix. Non que nous l'ayons épargnée lorsqu'elle était dans le silence, mais nos révoltes, alors, étaient plus sourdes, étouffées (et probablement plus violentes).

Un autre jour, c'est Lucile qui entra dans une grande colère parce que j'avais cinq minutes de retard. À tous nos rendez-vous, se plaignait-elle, j'avais cinq ou dix minutes de retard. C'était vrai. C'était le rôle des mères d'attendre, de téléphoner, de s'inquiéter (j'ai longtemps cherché, consciemment ou non, à mettre Lucile à la place que j'imaginais être la sienne).

Quelques semaines plus tard, sur un banc du square Saint-Lambert, j'annonçai à Lucile que j'étais enceinte. Elle eut un sanglot bref, porta ses mains devant son visage pour cacher son émotion. Puis elle se tourna vers moi et me demanda : vous me le donnerez à garder ?

Lorsque ma fille est née et qu'on m'a tendu son petit corps pour que je le prenne contre moi, j'ai prononcé à voix haute ces mots qui m'ont horrifiée : « ma puce ».

« Ma puce », c'est ainsi que m'appelait Lucile, lorsque j'étais enfant, et bien plus tard encore, dans des moments de confidences ou d'apaisement. J'ignorais avant sa naissance si mon bébé serait une fille ou un garçon. Quel que soit le sexe, je ne m'étais pas posé une seconde la question de savoir de quel genre de petit nom stupide je l'affublerais, *mon chat, mon lapin, mon cœur, ma biche, mon bibou, mon trésor, ma beauté, mon ange.*

Mon bébé était une fille et mes premiers mots furent : « ma puce ».

À partir de l'âge de quatorze ans, ne pas ressembler à ma mère a constitué pour moi une préoccupation majeure, un objectif prioritaire. Je ne voulais en rien être semblable à Lucile, ni sur le plan physique, ni sur le plan psychologique, et recevais comme une insulte toute comparaison hâtive établie entre nous. De fait, la ressemblance que mon père soulignait parfois entre Lucile et moi (qu'il était bien le seul à voir, car c'est à lui, physiquement, que je ressemble le plus) n'était pas un compliment.

Pendant des années, j'avais eu honte de ma mère devant les autres, et j'avais eu honte d'avoir honte. Pendant des années, j'avais tenté de fabriquer mes propres gestes, ma propre démarche, de m'éloigner du spectre qu'elle représentait à mes yeux. Même maintenant qu'elle allait mieux, je ne voulais pas davantage lui être semblable, je voulais être l'inverse d'elle, refusais de suivre ses traces, j'évitais au contraire toute similitude et m'appliquais à emprunter les directions les plus opposées.

Alors pendant quelques mois, me reprenant sans cesse, je me suis efforcée d'appeler ma fille par toutes sortes de petits noms ridicules, et puis j'ai fini par capituler. J'appelais ma fille « ma puce », voilà tout, et, sans doute par contagion, son père aussi.

Lorsque ma fille eut quelques mois, je la confiai à ma mère. Je ne me souviens plus de quelle manière ni en quels termes je me suis posé cette question, ni même si je me la suis posée. Lucile aimait prendre ma fille dans ses bras, s'occuper d'elle, revendiquait son rôle de grand-mère. Petit à petit, elle est venue la garder à la maison quand nous sortions le soir, puis, plus tard, l'a accueillie chez elle.

Manon à ce moment-là me signifia sa désapprobation : si un jour elle avait un enfant, jamais elle ne pourrait le confier à Lucile. Je fus désemparée. J'entendis la souffrance de Manon, sa peur irrésolue, m'interrogeai sur mon choix : instinctif. (Quelques années plus tard, Manon a eu deux filles, que Lucile a souvent gardées.)

Lucile fut une grand-mère singulière, j'y reviendrai.

Peu à peu, Lucile s'était investie dans l'organisation du salon professionnel que gérait le groupe de communication pour lequel elle travaillait, dont elle prenait en charge les aspects publicitaires. Elle aimait nous raconter les difficultés ou les succès qu'elle rencontrait, les démêlés avec sa chef, les minuscules histoires qui pimentaient sa vie de bureau. Lucile n'a jamais considéré le travail comme une source d'épanouissement mais, cette fois, l'aliénation avait le mérite de la distraire.

Quelques années plus tard, elle sentit le vent tourner. Des rumeurs évoquaient d'importantes réductions de personnel, voire l'imminence d'un plan social. Lucile avait quarante-neuf ans, un anglais approximatif et une maîtrise de l'outil informatique bien plus limitée que dans ses élucubrations fantasmatiques. À part un diplôme de dactylographie obsolète, elle ne possédait aucune qualification, avait arrêté ses études en seconde et les rares formations professionnelles qu'elle avait pu suivre étaient depuis longtemps dépassées. Cette fois, elle prit les devants. Elle passa une équivalence du baccalauréat, qu'elle obtint sans difficulté, puis s'inscrivit aux concours de plusieurs écoles d'assistante sociale. Elle se présenta aux écrits, qu'elle réussit avec succès, puis nous demanda de l'aide pour préparer ses entretiens oraux. La timidité de Lucile en situation d'examen constituait un handicap majeur. Manon et moi passâmes quelques après-midi à tenter de dédramatiser et de simuler avec elle les entretiens à venir. Les deux premiers oraux furent une catastrophe, elle réussit le troisième, qui lui ouvrit les portes d'une école du 18ᵉ arrondissement. Lucile envisagea ensuite les différents modes de financement qui pouvaient lui permettre de subsister durant les trois ans que duraient les études. Le congé individuel de formation lui ayant été refusé, elle négocia par anticipation le licenciement économique qui l'attendait à plus ou moins brève échéance, lequel lui assurait a priori deux ans de chômage mais pas un jour de plus.

Lucile voulait changer de métier, elle décida malgré tout de commencer les études qu'elle avait choisies et de s'en remettre au hasard : elle verrait bien.

À la rentrée suivante, Lucile glissa cahiers et stylos dans un sac d'étudiante et entra à l'École normale sociale de Torcy.

Nous en fûmes époustouflées.

La plupart des élèves de sa classe venaient de terminer une première année de faculté ou une licence, ou même, pour certains, avaient tout juste obtenu leur baccalauréat. Mais Lucile ne tarda pas à se faire quelques amis et constitua autour d'elle une petite bande hétéroclite que nous eûmes quelques fois l'occasion de rencontrer.

Elle n'avait pas d'argent, juste assez pour vivre et boire un verre de temps en temps. Lucile fut une élève anxieuse, studieuse, persuadée qu'elle était incapable de construire ou d'organiser sa pensée. Ses résultats finirent par démentir sa conviction première, Lucile s'en sortait très bien.

Un samedi du mois de juillet 1997, Lucile enfourcha son vélo et partit en balade. Dans une rue du 15e arrondissement, elle tomba nez à nez avec Nébo. L'amant tant regretté pédalait en sens inverse. Ses cheveux noirs étaient devenus gris, mais son regard était le même : incisif et vert.

Ils ne s'étaient pas vus depuis plus de vingt ans, ils se reconnurent aussitôt.

Pendant quelques mois, Lucile et Nébo tentèrent de mesurer l'importance de leurs retrouvailles. Pour Lucile, il était question d'amour, pour Nébo je l'ignore. Lucile accentua les signes de sa féminité retrouvée, porta jupettes et parfums, redoubla de rouge à lèvres, mit pour la première fois de sa vie des gants pour faire la vaisselle (l'amant reconquis jugeait ses mains fatiguées). Ils visitèrent des expositions de peinture, se promenèrent à pied ou à vélo, partirent quelques jours à Chamonix pendant les vacances scolaires, parlèrent pendant des heures.

Plus tard, Lucile confia à Manon que Nébo avait été pour elle l'homme de la parole, celui auquel elle avait fait part de ses tourments les plus profonds.

La troisième année de sa formation, Lucile arriva au bout de ses indemnités de chômage et effectua alors les démarches nécessaires pour obtenir le Revenu minimum d'insertion. Malgré l'argent qu'elle avait tenté de mettre de côté, elle ne pouvait plus assumer son loyer de la rue des Entrepreneurs et dut bientôt déménager. Non loin de son école, elle trouva une chambre de bonne, privée de lumière et d'un confort plus que rudimentaire. À la fin de l'année scolaire, elle rédigea le mémoire qui clôturait ses années d'études et devait lui permettre d'obtenir son diplôme. Elle y passa des journées entières, finit par venir à bout d'une cinquantaine de pages (« Le contrat RMI : vers une pédagogie de négociation ») qu'elle nous demanda de relire, commenter et corriger. Les choses se compliquèrent lorsqu'il s'agit de préparer sa soutenance. Lucile était paralysée par le trac. Elle répéta l'exercice à l'infini, avec Manon ou avec moi, les mains tremblantes, accrochée à son papier. Lucile lisait ce qu'elle devait dire, persuadée d'avancer vers l'échec, incapable de se détacher du support écrit. Le jour de sa soutenance, elle entra dans une panique totale, se ferma, se braqua, et fut recalée. Nous craignîmes le pire.

Lucile remit à l'année suivante l'obtention de son diplôme, trouva un poste dans une association de réinsertion sociale, où elle fut chargée de l'accueil et assuma quelques tâches administratives.

Au bout de quelques mois, grâce à l'aide d'une assistante sociale qu'elle avait rencontrée sur place et qui devint l'une de ses proches amies, Lucile obtint un deux pièces dans une HLM du 19ᵉ arrondissement. Ce fut pour elle un immense soulagement. De tout temps, Lucile avait été angoissée par l'idée de ne plus pouvoir subvenir à ses propres besoins. L'attribution de ce logement lui offrait sur ce point un confort psychologique sans précédent, une garantie précieuse sur l'avenir.

Manon, qui venait de terminer une formation de peintre en décor, prit l'appartement de Lucile comme chantier d'expérimentation. Elle transforma l'endroit sans âme en un havre de couleurs et de lumière, où fresque, patines et trompe-l'œil se disputaient le regard. Lucile s'installa dans son antre aux murs somptueux, dont le fond vert pâle, qu'elle avait choisi, n'était pas sans rappeler l'œil de Nébo, lequel lui avait déclaré, après quelques mois d'idylle, et pour la deuxième fois, qu'il ne l'aimait plus.

Mais Lucile avait trouvé son refuge. Lucile avait connu d'autres chagrins, regardait s'épanouir ses jardins accrochés aux fenêtres : géraniums, lierres blancs, pétunias, impatiens, verveine retombante, aubélias, gerberas, conifères…

Les pensées bleues, pourpres, jaunes et blanches de Lucile prospéraient en regardant le ciel.

À la fin de l'année, elle tenta de nouveau la soutenance de son mémoire et obtint son diplôme d'assistante sociale. Ce fut sa plus grande victoire.

Mis à part *Recherche esthétique,* qui date de 1978 et s'achève par l'affirmation de l'inceste, et le journal du vide rédigé à la demande du docteur D. qui scande ses années de torpeur, la plupart des textes écrits par Lucile datent des années quatre-vingt-dix. Je parle de ceux sur lesquels elle a travaillé et qui sont dactylographiés. Ils se situent donc entre la sortie de son dernier séjour à Sainte-Anne et le commencement de ses études d'assistante sociale, dans ce moment qui marque en quelque sorte le début de sa renaissance.

C'est au cours de cette période que Lucile a écrit le récit de son premier internement (dont j'ai retranscrit quelques extraits et retrouvé un exemplaire sur lequel figurait une date écrite de sa main), ainsi qu'un texte intitulé *No romantica,* consacré à Graham, le clochard violoniste, après qu'elle eut appris que ce dernier venait d'être retrouvé mort, assassiné dans son squat.

À ce texte, s'ajoute un autre, dont je ne gardais aucun souvenir et que je pense n'avoir jamais lu avant d'entreprendre cette enquête. Il n'existe qu'en un seul exemplaire et porte sur son enfance. Elle y évoque la mort accidentelle d'Antonin, l'absence totale de souvenirs qui précède cette perte, et la douleur qui s'ensuit : *Jamais plus l'enfance ne fut harmonie.* Au fil des pages, Lucile évoque sa mère devenue inaccessible, les séances de photo auxquelles Liane ne l'accompagne plus, les taxis qu'elle prend seule pour y aller. Les quelques souvenirs liés à ses années d'enfant vedette sont introduits par ces mots : *J'étais une enfant très belle et ça m'a coûté cher.*

Les textes de Lucile sont confus, ils n'obéissent à aucune chronologie, aucune logique, se construisent par fragments, se terminent comme ils ont commencé, avec brutalité.

Mais en fouillant dans le carton que m'a confié Manon, j'ai trouvé quantité de notes et de papiers en vrac, avec ou sans indication de dates, ainsi qu'un certain nombre de cahiers intimes, toujours interrompus, dont seulement quelques pages sont utilisées.

Dans ces notes, sous diverses formes, l'idée de la mort est toujours présente.

L'ennui n'est jamais passager. Il y a bien un remède à cet ennui, mais il est radical et désagréable pour les autres (certains vieilliront, d'autres mourront).

J'aimerais avoir une maladie incurable et mourir jeune. L'année dernière, je n'ai pas eu un rhume.

Pourtant, dans certains de ces fragments, Lucile se montre sous un jour plus fantaisiste. Par exemple, alors qu'elle retrouve le goût de plaire et commence à fantasmer sur le pharmacien de son quartier, Lucile entreprend la rédaction d'un ouvrage qu'elle intitule de manière pragmatique : *Journal d'une entreprise de séduction sur la personne d'un pharmacien du 15ᵉ arrondissement*. Elle y relate de manière précise et circonstanciée les différents achats effectués dans l'officine (dentifrice, Doliprane, brosse à dents, bonbons sans sucre) et les prétextes plus ou moins plausibles qui lui permettent d'entrer en contact avec ledit pharmacien. Un coricide liquide (*Le Diable enlève les cors*) lui vaut une longue explication sur la manière dont il doit être utilisé et conservé au réfrigérateur. Lucile conclut : *Cinq minutes de bonheur pour 11,30 F.*

Mais au fil de ses visites, Lucile découvre que la jeune femme présente dans la boutique, qu'elle avait prise pour une simple préparatrice, est, selon toute vraisemblance, l'épouse du propriétaire. Découverte qui lui inspire cette réflexion : *Détourner un pharmacien juif du droit chemin sous l'œil de sa femme, il ne faut pas que je me cache que cela va être difficile.*

Lucile s'amuse encore un peu, relate quelques épisodes peu concluants, puis capitule.

Parmi les fragments laissés par Lucile sur lesquels je me suis arrêtée : un texte sur mon fils encore bébé, né trois ans après ma fille, dont la peau neuve et le babil l'émeuvent, un conte humoristique écrit à l'intention de ma fille, un paragraphe abasourdi sur le suicide de Pierre Bérégovoy, un texte inspiré sur les mains d'Edgar, l'aquarelliste, quelques poèmes d'une grande beauté.

Et puis, sur une feuille volante, cette phrase qui me fait sourire : *À Pierremont, je dis non.*

Je n'avais jamais pris conscience à quel point l'écriture avait été présente dans la vie de Lucile, et encore moins combien l'avait occupée le désir de publier.

Je l'ai compris en découvrant les pages déchirées d'un cahier qui date de 1993, dans lesquelles Lucile énonce clairement ce projet et fait référence à de précédents échecs.

Fragments d'autobiographie. Je pense que c'est un titre déjà utilisé, mais qui conviendrait bien pour mes textes. Je vais les présenter de nouveau à quelques éditeurs pas encore déterminés en y ajoutant Recherche esthétique. *Je n'arrive pas à me replonger dans une optique littéraire, rien ne me tente comme sujet.*

(...)

Manon va m'apporter la petite machine électronique, je vais reprendre tous mes textes un par un, me replonger dedans et puis les taper avec une pagination continue.

Dans les pages d'un cahier, j'ai trouvé une lettre de refus provenant des Éditions de Minuit.

Quelques années plus tard, lorsque Lucile a écrit un texte sur Nébo, elle me l'a soumis pour relecture avant de l'envoyer, sous le pseudonyme de Lucile Poirier (Lucile, en quelque sorte, a donc choisi elle-même son nom de personnage) à un nombre restreint d'éditeurs. J'espérais pour elle que ce texte serait publié. Comme les autres, il procède par fragments et souvenirs, auxquels s'ajoutent des poèmes, des lettres, des pensées. De tous ceux qu'elle a laissés, *Nébo* me semble le plus abouti. J'ignorais qu'il n'était pas sa première tentative de publication. Lucile reçut, dans les semaines qui suivirent, autant de lettres de refus.

Lorsque j'ai su que *Jours sans faim* allait paraître, je lui ai donné à lire le manuscrit. Un samedi soir où elle devait venir chez nous pour garder nos enfants, Lucile est arrivée ivre, le regard dilué. Elle avait passé l'après-midi à lire le roman, elle l'avait trouvé beau mais injuste. Elle a répété : c'est injuste. Je me suis isolée avec elle, j'ai tenté de lui dire que je comprenais que cela puisse être douloureux, que j'en étais désolée, mais il me semblait que le livre révélait aussi, si besoin en était, l'amour que j'éprouvais pour elle. Dans un sanglot, Lucile a protesté : ce n'était pas vrai, même au pire de la torpeur, elle n'était pas comme ça. Je l'ai regardée, j'ai dit : si.

Je ne lui ai pas dit qu'elle avait été pire, pire que ça.

Le soir même, nous ne sommes pas sortis, je ne

voulais pas la laisser seule et saoule avec mes enfants. Lucile est restée dîner avec nous.

Par la suite, je lui fus reconnaissante d'accepter l'existence de ce livre et de suivre avec intérêt l'accueil qu'il reçut. Quelques années plus tard, elle m'a dit un jour qu'elle l'avait relu et qu'elle avait été impressionnée par sa maîtrise.

Lucile n'a jamais voulu venir à aucune de mes lectures ou rencontres en librairie, fussent-elles à deux pas de chez elle, par pudeur ou par timidité. Même plus tard, pour mes autres livres. Je crois qu'elle avait peur d'être jugée, comme si le monde entier avait lu mon premier roman, ne pouvait manquer de la reconnaître et de la montrer du doigt.

Sur chacun de mes livres, Lucile s'est montrée circonspecte et bienveillante comme elle l'a été sur tout ce qui, à ses yeux, concernait ma vie intime. Lucile n'était pas du genre à imposer ses commentaires. Mais d'un mot ou d'une seule phrase, elle a souvent validé mes choix les plus périlleux.

Ai-je pris à ma charge, sans le savoir, le désir de Lucile ? Je ne sais pas. Lorsque j'ai publié pour la première fois, je n'ai pas eu le sentiment d'accomplir quelque chose dont elle avait rêvé ni d'être dans le prolongement d'une démarche inaboutie ou inachevée. Lors des échanges que nous avons pu avoir, Lucile n'a jamais établi aucun lien, ni opposition, entre mon désir d'écrire et le sien, et a gardé secrètes la plupart de ses tentatives de publication. Il me semble, pour elle comme pour moi, qu'il s'agissait d'autre chose.

L'écriture de Lucile est infiniment plus obscure, plus trouble et subversive que la mienne. J'admire son courage et les fulgurances de sa poésie.

Il m'est parfois venu à l'idée que si Lucile n'avait pas été malade, elle aurait écrit davantage, et peut-être publié ses textes.

Je me souviens d'une interview de Gérard Garouste, diffusée sur France Inter, qui m'avait beaucoup frappée. Le peintre s'inscrivait à l'encontre de l'idée reçue selon laquelle un bon artiste se doit d'être fou. À titre d'exemple, il évoquait Van Gogh, dont on a l'habitude de dire que le génie est indissociable du délire. Selon Garouste, s'il avait pu bénéficier des médicaments dont la psychiatrie dispose aujourd'hui, Van Gogh aurait laissé une œuvre encore plus complète. La psychose constitue un sérieux handicap, pour un artiste comme pour n'importe qui.

Aujourd'hui, ma sœur et moi seules avons accès aux textes de Lucile, à leur douleur et à leur confusion.

Ces textes me rappellent à l'ordre et me questionnent sans cesse sur l'image que je donne d'elle à travers l'écriture, parfois malgré moi.

Lorsque j'écris sa renaissance, c'est mon rêve d'enfant qui ressurgit, ma Mère Courage érigée en héroïne : « Lucile laissa derrière elle ses heures parmi les ombres. Lucile, qui n'avait jamais pu monter à la corde, se hissa hors des profondeurs, sans que l'on sût véritablement comment, en vertu de quel élan, de quelle énergie, de quel ultime instinct de survie. » À la relecture, je ne peux ignorer la mère idéale qui plane malgré moi sur ces lignes. Non contente de s'imposer sans que je la convoque, la mère idéale s'écrit dans un lyrisme de pacotille.

Oui, Lucile a fini par sortir de dix années d'hébétude, d'anesthésie. Oui, Lucile a repris des études, a réussi son examen, a trouvé son refuge. Lucile est devenue une assistante sociale hors-pair, investie dans son travail et d'une grande efficacité. Ce n'est pas un mensonge, ce n'est qu'un aspect de la vérité. Car au fond je sais que Lucile est toujours restée suspendue au-dessus du vide et ne l'a jamais quitté des yeux. Même plus tard, même quand elle a été elle-même en position de recevoir la détresse des autres et de tenter d'y remédier.

Bien plus que la mienne, l'écriture de Lucile (son désordre, ses impasses) donne à voir la complexité de sa personne, son ambivalence, la jouissance secrète qu'elle a éprouvée tout au long de sa vie à frôler les lignes, à entamer son corps et sa beauté.

À l'âge de treize ans, Lucile fumait ses premières cigarettes seule dans sa chambre, les jambes coupées, renversée par le vertige. Aujourd'hui quand je la lis, il me semble que Lucile n'a rien aimé tant que boire, fumer et s'abîmer.

Après la disparition de sa dernière agence de publicité, Georges avait travaillé pendant plusieurs années dans la formation professionnelle. Il quittait Liane pour sillonner les routes de France, avait trouvé dans quelques Chambres de commerce un public d'étudiants adultes auxquels il enseignait le marketing et la publicité et qu'il laissait, à l'issue de chaque stage, enthousiastes et conquis. Après sa retraite, Georges, fort du succès obtenu par Tom au championnat Handisport, réussit à créer et à faire vivre, à quelques dizaines de kilomètres de Pierremont, un club de ski nautique pour handicapés mentaux. Puis il continua de vieillir et, la mélancolie venant avec l'âge, abandonna peu à peu ses différentes activités.

L'enregistrement des cassettes pour Violette l'occupa pendant plusieurs mois, ainsi que le journal d'humeur qui leur succéda, auquel il s'adonna pendant deux ou trois années. Puis Georges ne trouva plus rien d'autre à écrire que quelques courriers indignés et rageurs adressés aux institutions et aux médias. Il restait des heures seul dans son bureau où il somnolait assis, ou bien écoutait sur un vieux magnétophone les vieilles chansons qu'il avait tant aimées.

Au fil des années, Georges avait perdu le goût du verbe et du paradoxe, l'envie d'en découdre, de parlementer. Georges avait été un père fascinant et destructeur, un grand-père farfelu et séducteur, il devint un vieil homme aigri. L'amertume l'avait submergé.

À la fin de sa vie, Georges, me semble-t-il, a coupé tout contact avec les siens, à l'exception de Liane dont il jalousait la clémence, de Tom auquel il avait consacré tant d'espoir et de patience, et sans doute de Violette, qui a toujours fait preuve à son égard d'une indulgence supérieure à la moyenne familiale.

Georges ne supportait plus la plupart des gens, l'idée de leur présence, l'attention de Liane dont ils le privaient. Quelques années plus tôt, alors que j'étais venue annoncer à ma grand-mère la naissance prochaine de leur premier arrière-petit-enfant, agacé par la joie débordante de Liane, Georges, dans un effet théâtral et réprobateur, avait quitté la cuisine après avoir lancé sur un ton glacial : « On n'a pas fini d'en entendre parler. » La naissance de ma fille et de mon fils l'a laissé de marbre. Georges avait eu sa dose (on peut le comprendre) et l'idée de la descendance plus ou moins nombreuse qu'il ne tarderait pas à avoir ne lui procurait aucune joie. Georges avait dorénavant d'autres préoccupations, en particulier l'heure de l'apéritif qui, au fil des années, n'avait cessé d'avancer. Le vin l'avait rendu joyeux, puis hargneux, désormais le vin l'abrutissait et l'envoyait se coucher, au grand soulagement de tous. Georges montait l'escalier de son pas lourd, Liane lui avait volé la vedette depuis longtemps.

Au fil des années, Liane était devenue pour ses petits-enfants une sorte d'icône sportive et vivace, à laquelle, chacun à sa manière, nous rendions hommage. Sa gaieté, sa foi, sa drôlerie étaient irrésistibles. Nous aimions la musique de sa voix et celle de son rire, la poésie de sa langue, son vouvoiement affectueux, tout droit sorti de la Comtesse de Ségur. Son lexique (*épatant*, *formidable*, *magnifique*, *gondolant*) était à l'image de sa personne et de son enthousiasme sans cesse renouvelé. Jusqu'à soixante-quinze ans au moins, fidèle à ses justaucorps satinés, Liane a donné deux fois par semaine un cours de gymnastique célèbre dans tout Pierremont. Elle y a longtemps assuré le catéchisme ainsi qu'une journée de permanence à la bibliothèque municipale.

Les frasques de Liane alimentaient notre gazette familiale. Un jour, au fin fond de la cave de Pierremont, alors qu'elle était seule dans la maison et âgée de plus de quatre-vingts ans, Liane avait basculé la tête la première dans la cuve étroite de l'adoucisseur d'eau. Seuls ses mollets dépassaient. Au prix d'un effort surhumain, elle avait réussi à se redresser.

Un autre jour, ma grand-mère avait avalé sous mon regard effaré un demi-litre d'essence. À l'aide d'un tuyau, elle avait entrepris de transvaser dans le réservoir de sa voiture le carburant acheté à prix réduit et stocké dans un bidon. Et n'avait rien trouvé de mieux à faire que d'amorcer le siphon avec sa bouche, ce qui avait, semble-t-il, fort bien fonctionné. Liane avait toussé, craché, vomi, était passée par toutes les couleurs de l'arc-en-ciel, s'était pliée en deux, avait titubé et manqué de s'évanouir. Je la voyais déjà succomber sous mon regard impuissant, lorsqu'elle s'était redressée et m'avait déclaré, les yeux cernés de mauve et un sourire écœuré aux lèvres : « C'est infect. »

Un autre jour encore, pendant plusieurs minutes, Liane était restée suspendue au-dessus du vide, vaguement accrochée au télésiège dont elle avait raté la montée, et sur lequel Manon et Antoine, son mari, tous les deux terrorisés, essayaient de la hisser.

Liane, dont les formes généreuses avaient fini par fondre, devint cette petite silhouette en perpétuel mouvement – à l'exception de la sieste qu'elle s'accordait chaque jour devant un quelconque feuilleton de télévision –, ce lutin infatigable qui montait et descendait ses escaliers dix fois par jour, de plus en plus courbée. Jusqu'au bout, Liane a lutté contre l'immobilité.

À la fin de sa vie, Georges parlait peu, seulement quelques gouttes de fiel, distillées dans un soupir. L'exaspération et l'ennui avaient déformé son visage et sa bouche ne pouvait plus se départir d'un pli de dégoût. On y réfléchissait à deux fois avant de prendre le train pour Pierremont, peu à peu l'aigreur de Georges avait découragé les visiteurs. Il était malade et refusait de se soigner. Parfois Georges tombait par terre, comme ça, d'un seul coup, d'une chaise ou d'un tabouret. Le corps de Georges était énorme et ankylosé, il fallait appeler Tom pour le relever. Tom entrait alors dans la cuisine, soupirait à son tour, glissait ses bras sous les aisselles de son père et tirait. Mais Tom vivait depuis quelques années dans un foyer pour handicapés, proche du centre spécialisé dans lequel il travaillait, et ne rentrait à Pierremont que les week-ends.

Un soir d'hiver, au moment de se coucher, Georges s'effondra au pied de son lit. Il resta allongé par terre, Liane ne put le relever. Tom n'était pas là, Liane couvrit son mari, songea qu'elle aurait plus de force le lendemain. Mais au matin, elle n'y parvint pas davantage. Georges semblait paralysé. Lorsque le Samu arriva, il entra dans une crise de démence sans précédent qui le conduisit à l'hôpital psychiatrique d'Auxerre.

Georges était atteint du syndrome de Korsakov, son foie et tout son organisme étaient rongés par l'alcool. À partir de ce jour, il cessa de s'alimenter. Il fut transféré dans un centre de fin de vie, dans lequel il mourut quelques semaines plus tard.

Liane et lui s'étaient promis de rester ensemble jusqu'au bout, et de mourir dans la maison de Pierremont.

Liane avait laissé partir Georges à l'hôpital, elle en était mortifiée.

Lucile prit une pellicule entière de photos de Georges, étendu sur son lit de mort.

La messe eut lieu en l'église de Pierremont. Tom était devant moi, engoncé dans son costume, submergé par un chagrin qu'il ne pouvait contenir. Bientôt je n'entendis plus que ça, les sanglots et les gémissements de Tom, une mélopée enrouée qui couvrait la voix du prêtre et ne semblait jamais devoir s'arrêter, qui honorait les morts et les douleurs enfouies.

Lucile commença sa carrière d'assistante sociale à l'hôpital Avicenne de Bobigny, au sein de l'unité Sida. Elle savait qu'elle n'avait pas choisi le plus facile, mais elle souhaitait se confronter à son nouveau métier, en prendre, au-delà des bonnes intentions, la véritable mesure.

Elle y resta quatre années, se lia d'amitié avec certaines de ses collègues, ne compta pas ses heures, se révéla compétente et pugnace. Lucile parlait parfois de son travail, évoquait les espoirs, les déceptions, les démarches administratives nécessaires à l'obtention d'une carte de séjour, d'une CMU, les appels répétés à l'infini pour trouver un centre d'accueil, un centre de soins de suite, la détresse à laquelle elle se heurtait de plein fouet, la mort soudaine ou attendue d'un homme ou d'une femme qu'elle suivait depuis des mois. Elle apprit peu à peu à laisser tout cela derrière elle lorsqu'elle rentrait le soir, à se réjouir de ses minuscules victoires, à accepter l'échec. Lucile apprit à trouver la bonne distance, à ne pas y sacrifier ses nuits.

Une seule fois à ma connaissance, elle dérogea aux règles qu'elle tentait de s'imposer. Lucile me demanda de domicilier chez nous un couple d'Haïtiens afin qu'ils puissent rester en France pour suivre leur traitement. Je leur servis pendant quelques années de boîte aux lettres, tandis que Lucile se démenait pour eux, obtint leur titre de séjour, leur suivi médical, et les invita souvent à dîner. Malgré la maladie dont ils étaient tous les deux atteints, ils réussirent à avoir un enfant. Je les ai rencontrés quelquefois. Lorsque les V. ont appris sa mort, ils nous ont écrit à Manon et moi une lettre magnifique à propos de Lucile et ce qu'elle avait fait pour eux.

Entre son appartement rempli de fleurs et l'exigence de son métier, il nous sembla que Lucile avait trouvé une forme d'équilibre.

Manon suivit Antoine à Mexico et accoucha quelques mois plus tard d'une première petite fille.

À la veille de l'été 2003, Lucile vit arriver dans son service une jeune femme de trente-quatre ans, toxicomane, malade du Sida, victime de maltraitance et, selon toute vraisemblance, contrainte à la prostitution. Elle avait été retrouvée inanimée, coincée derrière un réfrigérateur, couverte de brûlures de cigarettes. L'état de la jeune femme et son histoire heurtèrent Lucile de plein fouet. Elle évoqua à plusieurs reprises le choc qu'elle avait eu la première fois qu'elle avait vu cette femme, la terreur dans son regard. Quelques semaines plus tard, elle décida qu'il était temps de changer de service, de trouver un poste moins lourd, moins exposé. Elle postula à l'hôpital Lariboisière où elle fut engagée.

L'image de cette jeune femme continua pourtant de la hanter, l'été caniculaire fit le reste. À cause de la chaleur, Lucile dut diminuer son traitement et en quelques semaines fut rattrapée par des motifs paranoïaques. Lucile imagina un complot autour de la jeune femme, dans lequel était impliqué un homme d'affaires et qui comportait de nombreuses et dangereuses ramifications. Elle se persuada que je m'introduisais chez elle pour lui voler des photos et des papiers, et que sa gardienne profitait de son absence pour ouvrir le gaz.

Malgré mes inquiétudes, je partis en vacances avec ma famille et mes amis dans le Gers. Je prenais régulièrement des nouvelles de Lucile, qui semblait de plus en plus angoissée et m'informa un matin qu'elle avait « des plaques de métal dans le cerveau ». Manon arrivait tout juste du Mexique pour quelques semaines parisiennes, elle perdit en même temps que moi le contact avec Lucile, qui cessa d'un seul coup de répondre au téléphone et disparut de son travail (elle venait de commencer à l'hôpital Lariboisière). Nous eûmes plusieurs échanges inquiets. Au petit matin, Manon décida d'aller chez Lucile pour voir ce qui se passait. Lucile consentit à lui ouvrir la porte, mais la referma aussitôt au nez de son mari. Manon, qui portait sa fille dans un transat pour bébé, se retrouva seule face à Lucile. Dans un geste de panique, elle la poussa violemment et parvint à faire entrer Antoine. Lucile était en pleine crise et n'avait pas dormi depuis plusieurs nuits. À l'arrivée des pompiers, elle se sauva dans l'escalier, refusa de les suivre, se réfugia dans l'ascenseur où ces derniers finirent par la récupérer.

J'avais pris un train pour Paris le matin même. Lorsque j'appris qu'en vertu de la sectorisation Lucile était passée par les urgences de Lariboisière avant d'être transférée ailleurs, je fus catastrophée. Elle venait à peine d'y être embauchée et n'avait pas achevé sa période d'essai.

Lucile avait claqué la porte derrière elle, laissant la clé à l'intérieur, nous dûmes la faire ouvrir par un serrurier. L'appartement était sens dessus dessous, une vingtaine de bouteilles vides jonchaient le sol, Lucile avait coupé les fils du téléphone, au sens propre, avec une paire de ciseaux, et annoté un certain nombre d'objets, de livres, de reproductions de peinture à l'aide de post-it ou de petits papiers, sur lesquels on pouvait lire, de son écriture tremblante, les élucubrations plus ou moins compréhensibles de son délire.

Après presque quinze années stables, Lucile avait rechuté.

Elle fut transférée dans une antenne de l'hôpital Maison Blanche, près des Buttes-Chaumont, dans une petite chambre privée de lumière.

Elle manqua le mariage mémorable de Violette, auquel tout le reste de la famille se rendit dans les tenues les plus colorées. Radieuse et magnifique, Violette offrit à la maison de Pierremont sa dernière grande fête.

Le séjour de Lucile ne fut pas très long, la rechute avait vite été enrayée, elle sortit au bout de quelques semaines avec un nouveau traitement.

Après une rapide convalescence, Lucile reprit le travail qu'elle avait à peine commencé au sein de l'ECIMUD (Équipe de Coordination et d'Intervention auprès des Malades Usagers de Drogues), à l'hôpital Lariboisière.

Lors de son bref passage aux urgences, elle avait été reçue par une femme psychiatre qu'elle avait rencontrée lors de ses entretiens d'embauche et avec laquelle elle était amenée à travailler. À son retour de congé maladie, Lucile fut confirmée dans son poste.

Elle exprima devant nous une profonde reconnaissance pour cette femme, j'ignore si elle a eu l'occasion de lui en faire part.

En tant qu'assistante sociale, ce furent ses plus belles années.

Quelques mois plus tard, alors qu'elle semblait avoir trouvé ses marques et son rythme de croisière, Lucile était parfois rattrapée par des peurs, des moments d'égarement, exprimait des soupçons envers les uns et les autres, entre deux hypothèses retenait toujours la pire. Un peu inquiète, je décidai d'appeler le médecin qui l'avait prise en charge lors de son hospitalisation. Il m'expliqua très clairement les choses : soit il remettait Lucile sous camisole chimique, auquel cas elle serait incapable de travailler, soit il lui donnait une chance de mener une vie normale, et nous devions accepter qu'elle exprime quelques idées irrationnelles ou suspicieuses.

— Comme beaucoup de gens qui ne sont pas considérés comme malades, me précisa-t-il.

Cette conversation me confirma dans l'idée que nous devions apprivoiser Lucile telle qu'elle était, telle qu'elle avait traversé ce temps de recommencement, avec cette *hauteur de son* qui parfois heurtait nos oreilles, puisque cela ne l'empêchait pas de vivre, de travailler, de nous aimer. Nous devions lui faire confiance, lui laisser le temps de réguler elle-même ses craintes et ses humeurs.

Partout où Lucile est passée dans les quinze ou vingt dernières années de sa vie, y compris lors de cette courte hospitalisation, elle s'est fait des amis. Lucile exerçait autour d'elle une forme d'attraction fantaisiste et saugrenue, mêlée d'un grand esprit de sérieux. Cela lui valut des rencontres singulières et de longues amitiés.

Je crois que le sens qu'elle trouvait à son travail, le sentiment de se sentir utile, de pouvoir mesurer les effets de son engagement, sa volonté de sortir de sa propre souffrance pour tenter d'apaiser celle des autres, furent pour elle une source de stabilité voire, pour la première fois de sa vie, d'accomplissement.

Lucile profitait de ses vacances pour rejoindre Manon à Mexico, où elle fit plusieurs séjours. Elle aimait ces parenthèses éloignées de son univers quotidien, les retrouvailles avec Manon et sa famille, leur jolie maison, le quartier de Coyoacàn, la peinture de Frida Kahlo et celle de Diego Rivera.

Après trois années passées au Mexique, peu de temps après la naissance de sa deuxième fille, Manon revint vivre à Paris.

Mes enfants d'abord, puis plus tard les filles de Manon, appelèrent Lucile, à sa demande, *grand-mère-*

Lucile. Les choses avaient le mérite d'être claires. Lucile revendiquait son statut comme un fait d'armes, il s'agissait en effet pour elle d'une victoire : avoir tenu jusque-là.

Les visites de mes enfants chez leur grand-mère obéissaient à un rituel immuable dont ils gardent, au-delà des crêpes et des incontournables promenades dans le parc de la Villette, un souvenir précis. Chaque fois que Lucile les recevait chez elle, elle les laissait concocter une *ratatouille* de leur invention, pour la fabrication de laquelle ils étaient autorisés à utiliser n'importe quel produit de sa cuisine, et qu'elle s'était engagée, quoi qu'il arrive, à goûter.

Ainsi Lucile avala-t-elle sous le regard goguenard de ma fille et de mon fils les mixtures les plus infâmes à base d'épices, de chocolat, de farine, de confiture, de sauce de soja, de coca-cola, d'herbes de Provence, de lait concentré, d'huile d'olive et j'en passe.

Lucile fut une grand-mère anxieuse et ultra-protectrice, multiplia auprès de nos enfants les angoisses qu'elle n'avait pas eues pour nous. Elle ne les lâchait pas d'une semelle, exigeait qu'ils lui donnent la main pour traverser la rue (jusqu'à un âge avancé), ne laissait jamais une fenêtre ouverte en leur présence et passait son temps à imaginer ou anticiper les scénarios catastrophe susceptibles de leur porter atteinte (comment tel objet, sous l'effet d'un courant d'air aussi violent que soudain, pourrait tomber et entraîner tel autre dans sa chute, lequel ne manquerait pas de percuter, etc.).

Je pensais aux heures que nous avions passées livrées à nous-mêmes, si loin de son regard.

Un jour que je retrouvais Lucile dans un café, elle me fit part de terribles inquiétudes qu'elle avait pour mes enfants. Depuis quelque temps, Lucile voyait des pédophiles partout, et considérait tout homme âgé de plus de quinze ans, appartenant à notre entourage proche ou lointain, comme suspect. À force, son angoisse m'oppressait, et j'avais peur qu'elle oppresse mes enfants. La discussion s'échauffa rapidement, Lucile était tendue et agressive, je m'emportai. J'ai oublié mes paroles exactes, liées au fait qu'elle reportait sur nos enfants des angoisses qu'elle aurait mieux fait d'avoir pour nous. Lucile se leva d'un seul coup, dans un bruit de fracas renversa sur mes genoux la table sur laquelle nous déjeunions. Dans ce café branché de la rue Oberkampf, sous une trentaine de regards sidérés, je contemplai le poulet frites et le croque-monsieur salade éparpillés sur mon pantalon. Lucile avait disparu. Plus digne que jamais, je relevai la table, ramassai les frites une par une, laissai un billet et sortis sans me retourner.

Nous n'avons jamais reparlé de cet épisode. Le

temps nous avait appris ça, à l'une et l'autre : pouvoir nous engueuler et passer outre.

Lucile aimait l'avenue Jean-Jaurès, les boutiques Fabio Luci et Sympa, dans lesquelles s'emmêlaient toutes sortes de vêtements et d'accessoires d'une qualité et d'un goût discutables. Elle y passait des heures, arpentait leurs rayons encombrés, à la recherche du rouge à lèvres, de la paire de collants, du tee-shirt, du soutien-gorge, du sac, des chaussures qui lui sembleraient incontestables. Lucile écumait les Hall des affaires, les Paris pas cher, et autres Troifoirien, où elle avait l'art de dénicher quantité de petites choses plus ou moins utiles et décoratives. Lucile avait développé au fil des années un goût certain pour le *cheap,* la camelote et la pacotille.

Lucile aimait les brocantes, les marchés aux puces, les vide-grenier, dénichait pour ses petits-enfants d'invraisemblables cadeaux (bibelots, boîtes, gourmettes, barrettes, Opinel, porte-crayons, santons…) aussi saugrenus qu'inutiles, qu'elle leur offrait, triomphante, à chacune de ses visites.

Lorsque je me remémore ces quelques années qui ont suivi le retour de Manon, il me semble qu'elles correspondent pour Lucile à un intervalle de douceur, un de ces moments d'apaisement où les choses semblent enfin à leur place, un temps d'accalmie qui précède le tumulte. En témoignent les quelques photos prises par ma sœur lors des derniers anniversaires de Lucile, son sourire, ce petit air fier qu'elle arbore, les bougies soufflées au milieu de nous tous.

À la veille de ses soixante ans, Lucile effectua les démarches nécessaires pour repousser son départ en retraite et continuer de travailler à l'hôpital. Elle ne disposait pas des annuités qui lui auraient permis de toucher une pension à taux plein, se plaisait dans son poste et redoutait l'inactivité.

Peu de temps après avoir obtenu cette dérogation, Lucile, qui se plaignait d'une douleur à l'épaule, consulta sa généraliste. Cette dernière lui prescrivit une radio des poumons.

La radio révéla une tache au poumon droit. Des examens complémentaires furent requis.

Lucile m'appela un soir et m'annonça sur ce ton catégorique et fébrile qui n'appartenait qu'à elle qu'elle avait un cancer du poumon. Elle ne disposait alors d'aucun résultat, je tentai de la rassurer. Elle devait attendre d'en savoir plus, ce n'était peut-être pas si grave, il ne fallait pas dramatiser, à quelle date était prévu son scanner ?

Je me souviens très bien d'avoir terminé cette conversation sur un ton léger, d'avoir raccroché et de m'être dit : elle a un cancer et elle le sait.

L'été précédent, Lucile s'était plainte à plusieurs reprises d'une fatigue inhabituelle. Lors d'un week-end à Pierremont où nous nous étions retrouvées Manon et moi, nos enfants et Lucile (en l'absence de Liane qui laissait volontiers sa maison l'été), nous avions mis son épuisement sur le compte de son travail, des transports, de son manque de sommeil, de l'insonorisation déficiente de son appartement HLM, du rythme parisien, voire de sa mauvaise volonté à l'égard des tâches domestiques. Puis Lucile avait rejoint Manon pour une semaine de vacances où elle s'était bien reposée.

À l'issue des examens complémentaires, Lucile eut confirmation de son intuition.

Elle nous demanda dans un premier temps de ne pas en parler, effectua tous les rendez-vous nécessaires à la mise en place du protocole. Elle devait dans un premier temps subir une opération qui permettrait l'ablation de la tumeur (celle-ci semblait relativement bien placée), puis une chimiothérapie, puis une radiothérapie.

Lucile attendit le dernier moment pour avertir sa famille.

Elle se plaignit de la réaction de Liane, qui selon elle, n'en fit pas grand cas. Liane s'en foutait, n'en avait jamais rien eu à foutre.

Le jour où Lucile entra à l'Institut Montsouris, je déjeunai avec elle dans un café du 14e arrondissement, à deux pas de l'appartement de la rue Auguste-Lançon (où nous avions vécu avec elle et Gabriel), à deux pas du parc Montsouris, où elle nous promenait quand nous étions enfants, à deux pas de l'appartement de Bérénice, à deux pas de l'hôpital Sainte-Anne.

Ces années m'apparurent dans une sorte de vertige, étalées sur la nappe de papier, sans que je puisse les relier les unes aux autres, tandis que Lucile se tenait devant moi, tendue, et tentait de faire bonne figure. Lucile avait arrêté de fumer, son avenir s'énonçait en termes de cures, de cycles, de rayons, de cathéter, elle essaya néanmoins de parler d'autre chose, me posa quelques questions sur la sortie de mon livre et sur la manière dont les choses évoluaient dans mon entreprise, où je traversais une période difficile.

Lucile fut opérée le lundi matin. Il ne fut pas possible de la voir en réanimation, nous avions été prévenues qu'il faudrait attendre le lendemain. Nous pûmes néanmoins, dès sa sortie du bloc, obtenir des nouvelles par téléphone. L'opération s'était bien passée, bien qu'il ait fallu lui enlever deux côtes, sur lesquelles des métastases s'étaient développées.

Le lendemain, je quittai mon entreprise au plus tôt pour aller voir Lucile. Prisonnière des drains et des tuyaux, elle venait de réintégrer sa chambre, tenta de refaire surface malgré les doses de morphine qui endiguaient sa douleur, et prononça quelques mots.

Pendant plusieurs jours, nous nous relayâmes Manon et moi à son chevet.

Le quatrième ou cinquième jour après l'opération, je trouvai Lucile assise dans son lit, très perturbée et d'humeur agitée. À peine étais-je entrée dans sa chambre qu'elle m'attrapa le bras et me supplia de la sortir de là. Elle m'expliqua dans une grande confusion qu'elle était victime de mesures punitives de la part du personnel soignant, elle en voulait pour preuve que sa télévision avait été trafiquée de telle sorte qu'elle ne pouvait accéder qu'à une seule chaîne, la six, qu'elle détestait comme je le savais, et sur laquelle se succédaient à longueur de journée des émissions plus stupides les unes que les autres, en outre destinées à lui nuire. Je devais la croire sur parole et m'organiser avec Manon, qu'elle avait eue au téléphone le matin même, pour la sortir de là au plus vite.

Dans l'état de faiblesse physique dans lequel elle était, sa panique me bouleversa. Je compris aussitôt ce qui se passait.

J'allai trouver une infirmière qui, dans un soupir sonore et avant même que je puisse lui poser la question qui m'inquiétait, m'informa que Lucile était une patiente difficile. Et pour cause. Les indications concernant la reprise de son traitement, interrompu pour l'opération en raison de l'insuffisance respiratoire qu'il pouvait engendrer, s'étaient perdues en route. Lucile était sous haute dose de morphine sans le moindre médicament pour contrebalancer.

J'eus un échange assez sec avec l'infirmière qui s'engagea à en parler au médecin. Les choses rentrèrent dans l'ordre dès que Lucile arrêta la morphine et recommença à prendre ses médicaments.

Lucile sortit quinze jours plus tard de l'Institut, où je vins la chercher en taxi pour l'emmener directement chez Manon.

Manon s'était organisée pour accueillir Lucile chez elle, le temps de sa convalescence. Je n'avais pas proposé de la prendre chez moi, non seulement par manque d'espace, mais surtout parce que j'en étais incapable. Malade ou pas, je n'imaginais pas pouvoir supporter Lucile plus de quelques jours. J'admirais ma sœur d'avoir été capable de le faire.

Je sais combien Lucile lui en fut reconnaissante.

Lorsqu'elle retrouva une mobilité et des forces suffisantes, Lucile réintégra son petit appartement où les plantes, que j'avais régulièrement arrosées, avaient survécu à son absence.

Un dimanche après-midi, Lucile arriva chez moi à l'heure que nous avions fixée pour boire un thé et me déclara sans préalable – comme elle m'avoua l'avoir annoncé à Manon la veille – qu'elle n'irait pas plus loin. Elle avait réfléchi, l'opération était nécessaire, la tumeur avait été enlevée, mais elle refusait de subir une chimiothérapie.

Je suis incapable de dire ce qui se passa à ce moment-là dans ma tête, quel court-circuit immédiat, d'une violence rare, eut raison de ma pudeur et de mes réserves : j'éclatai en sanglots et hurlai à Lucile qu'elle n'avait pas le droit de faire ça. Ma panique et ma véhémence semblèrent l'ébranler. Face à ma détresse, elle baissa sa garde. Je réussis à obtenir qu'elle me laisse prendre un nouveau rendez-vous avec l'oncologue (qu'elle avait déjà vu mais auquel elle m'avoua n'avoir rien dit de sa décision) afin qu'il lui exposât devant moi les conséquences d'une telle décision. Je voulais qu'elle en mesure pleinement la portée, ensuite, si elle maintenait son choix, je le respecterais.

Lucile accepta.

Quelques jours plus tard, je l'accompagnai à Saint-Louis où le médecin, qui en avait vu d'autres, acheva de la convaincre.

Je ne m'attarderai pas sur les quelques mois que Lucile passa en chimiothérapie. Aujourd'hui, chacun de nous côtoie quelqu'un qui endure ou a enduré l'extrême violence du cancer et des traitements qui l'accompagnent.

Lucile ne perdit pas ses cheveux, prit du poids, resta des heures allongée chez elle, abîmée par la fatigue, enfla sous l'effet de la cortisone.

Puis Lucile enchaîna sur les rayons qui lui brûlèrent la peau.

Pendant tout ce temps, je crois que Manon et moi avons été aussi présentes que nous pouvions l'être, chacune à notre manière. Pour ma part je m'étais rapprochée de Lucile, lui téléphonais davantage, me déplaçais plus souvent pour la voir.

Pendant tout ce temps, il ne me fut pas possible de prendre Lucile dans mes bras, pas une seule fois, ni d'enrouler son épaule, ni même de poser ma main sur la sienne. Lucile était raide, insaisissable, se tenait à distance, drapée dans sa douleur. Au-delà des baisers rapides du bonjour et de l'au revoir, sur lesquels nous ne nous attardions pas, l'attitude de Lucile, depuis si longtemps, décourageait tout contact physique.

Je ne sais plus exactement à quel moment nous avons appris que Liane avait un cancer du pancréas et qu'il ne lui restait que quelques mois à vivre.

Lucile sortit de cette année de traitement exsangue et épuisée. Pour des raisons administratives, parce qu'elle avait basculé en longue maladie, elle ne put prolonger sa dérogation et fut contrainte de constituer son dossier de retraite. Ce fut pour elle un choc, elle espérait, à terme, reprendre son travail.

Compte tenu de la classification de son cancer, Lucile rechercha sur Internet les statistiques de récidive. À l'horizon de cinq ans, seulement 25 % des patients avaient survécu. Je m'insurgeai contre cette démarche, lui démontrai que cela n'avait aucun sens, lui fis promettre de ne pas recommencer.

Trois mois après la fin des traitements, Lucile fit une première batterie d'examens. Son amie Marie l'accompagna à la consultation d'oncologie. Lucile allait pouvoir souffler, les résultats étaient bons.

Lucile passa des jours à rechercher et réunir les éléments nécessaires au calcul de sa retraite. Elle avait travaillé au noir pendant plusieurs années chez le fabricant de sacs en cuir, avait égaré un certain nombre de papiers. Les photocopies, les déplacements, ses échanges avec la Caisse d'assurance vieillesse, lui parurent insurmontables.

Lucile était épuisée, souffrait du dos, des bras, des épaules, absorbait chaque jour des médicaments de plus en plus forts contre la douleur, ses mains et ses jambes avaient recommencé à trembler.

Les traitements contre le cancer étaient terminés, restait la douleur, supposée diminuer au fil du temps. Lucile devait effectuer des contrôles tous les trois mois.

Angoissée par ses tremblements, Lucile craignit un début de Parkinson. Elle demanda à faire les examens de diagnostic, qui se révélèrent négatifs.

Elle reprit ses promenades dans Paris, s'inscrivit comme bénévole dans une association pour y donner des cours d'alphabétisation, suivit le programme beauté proposé au sein de l'hôpital par un fabricant de cosmétiques. Ralentie, essoufflée, déprimée, Lucile essayait de s'inventer une nouvelle vie.

Un mercredi à l'heure du déjeuner, alors que j'étais à table avec mes enfants, je reçus son appel.

– *Ma mère est morte*, m'annonça-t-elle, non sans une certaine brutalité, que j'avais identifiée depuis longtemps comme un élément majeur de son système de défense.

Et puis Lucile, qui ne pleurait plus, se mit à pleurer.

Elle voulait partir à Pierremont sur-le-champ, ne parvenait pas à rassembler ses affaires, elle était si fatiguée, elle n'avait pas la force.

Je lui ai dit que j'allais venir, j'ai téléphoné au père de mes enfants pour lui demander s'il pouvait venir les récupérer, il a accepté, et je suis partie. J'ai retrouvé Lucile, confuse et désemparée.

Justine et Violette s'étaient installées à Pierremont depuis plusieurs semaines, elles avaient accompagné Liane jusqu'au bout, lui avaient permis de mourir dans sa maison, comme ma grand-mère le souhaitait.

Lucile leur téléphona sous mes yeux, à ses protestations je compris qu'elles lui demandaient de venir plus tard, le lendemain ou le surlendemain. Lucile raccrocha et s'effondra de nouveau.

Je me suis déplacée dans la cuisine et j'ai rappelé aussitôt les sœurs de ma mère, j'ai oublié aujourd'hui laquelle des deux m'expliqua qu'elles avaient prévu d'aller chercher Tom à son foyer et de l'emmener au restaurant pour lui annoncer la nouvelle. Cela leur compliquait les choses, ce n'était pas le bon moment. J'ai dit : vous n'avez pas le droit de faire ça.

J'ai aidé Lucile à rassembler ses affaires, elle souffrait, s'essoufflait, incapable de la moindre initiative. J'ai téléphoné à la SNCF pour connaître les horaires de train et puis j'ai rappelé à Pierremont pour prévenir de son heure d'arrivée. Je crois que nous avons pris un taxi jusqu'à la gare de Lyon. Il était trop tard pour que Lucile puisse prendre un billet, j'ai porté son sac et je l'ai mise dans le train, j'ai cherché de l'argent à lui donner que je n'avais pas, je suis ressortie du wagon où je l'avais laissée, livide et tremblante.

Les obsèques de Liane eurent lieu au début de décembre, l'église était glaciale. J'ai lu un texte que j'avais écrit sur ma grand-mère, je n'étais pas la seule, les textes convergeaient dans un même élan d'affection, rendaient hommage à sa vitalité, à sa gaieté, évoquaient avec les mêmes mots le souvenir solaire qu'elle laissait derrière elle, une trace lumineuse et tenace. La famille, les amis, les voisins étaient venus en nombre.

De retour à la maison de Pierremont, Lucile participa à peine à la collation que ses sœurs avaient organisée, se réfugia dans la chambre de Tom.

Après un long moment, je me souviens d'avoir pris conscience de sa disparition, d'être montée la voir, de l'avoir trouvée allongée sur le lit, elle était d'une pâleur extrême, cireuse, presque transparente. Je lui en voulais de ne pas être avec nous, de s'isoler, de ne pas partager, j'eus avec elle un échange bref, agacé, qui m'a hantée pendant des mois.

Je n'ai pas vu sa douleur, je n'ai pas vu sa détresse, j'ai refermé la porte dans un geste sec.

Je suis restée en bas, dans cette ambiance saturée d'émotion et de tension qui suit souvent les obsèques, j'ai ri, parlé, évoqué de vieux souvenirs, j'ai revu les uns et les autres, admiré les photos de leurs enfants ou de leurs petits-enfants, j'ai mangé des quiches, du quatre-quarts et bu du vin.

Longtemps cette idée m'a obsédée : je n'ai pas été au bon endroit.

De retour à Paris, Lucile s'est cassé le pied, comme ça, en descendant du trottoir. Elle y a vu la preuve que son corps foutait le camp, se décomposait.

Je suis venue chez elle plusieurs fois, je me rappelle être allée quelques jours plus tard lui acheter une chaussure orthopédique qui devait lui permettre de marcher.

Manon y est venue aussi, s'est occupée de lui faire des courses, la liste de Lucile ne comportait que des gâteaux, des compotes, du sucré, Manon lui a proposé de venir se reposer quelques semaines chez elle, Lucile a refusé.

J'étais prise par diverses rencontres autour de mon livre, j'effectuais les dernières semaines de mon préavis de licenciement (lequel avait été motivé par mon refus revendiqué d'adhérer aux orientations stratégiques de l'entreprise), j'avais entrepris le rangement de mon bureau et la transmission de mes dossiers.

Au tout début du mois de janvier j'ai quitté mon travail, dans un sentiment d'inquiétude et de soulagement mêlés.

À la mi-janvier, Lucile nous a invités chez elle, Manon, moi et nos enfants, un mercredi je crois, pour un genre de petit Noël que nous avions pris l'habitude de célébrer en décalé. (J'avais pour ma part renoncé aux Noëls mémorables de Pierremont et à tout Noël d'inspiration familiale.) Lucile avait également convié Sandra, mon amie d'enfance de Yerres, ainsi que sa famille. Nous avons échangé nos cadeaux, les enfants étaient contents, ce fut une après-midi joyeuse et triste, je n'ai pas su voir que Lucile nous faisait ses adieux, je n'ai rien vu, seulement sa fatigue.

Par moments, Lucile m'avait semblé un peu excitée, je me suis demandé si elle prenait bien ses médicaments, si elle n'était pas au seuil d'une rechute.

Manon l'a rappelée pour lui proposer de nouveau de venir passer quelques semaines chez elle, Lucile a dit qu'elle allait voir.

Le dimanche suivant Lucile m'a proposé de l'accompagner aux puces de Saint-Ouen, elle recommençait à marcher plus facilement, je lui avais dit que je cherchais des vieilles plaques publicitaires en émail pour un ami, elle pensait que je pouvais en trouver là-bas. J'étais fatiguée et accaparée par une relation amoureuse qui tournait à vide, j'ai refusé.

Le vendredi 25 janvier 2008 Lucile m'a téléphoné, j'étais sur le point de sortir, je me suis assise sur le rebord de l'évier, dans ma cuisine, près de la fenêtre, nous avons parlé de choses et d'autres. Lucile se sentait mieux, elle s'apprêtait à partir en week-end chez son amie Marie, rentrerait le dimanche soir. J'ai pensé que c'était bien, elle reprenait le cours de sa vie, son ton était enjoué, comme libéré, il y avait dans sa voix une légèreté inhabituelle, une note un peu haute, ouverte. J'ai traité cet appel comme n'importe quel autre, sans enjeu d'aucune sorte, un petit signe en passant. Lucile a raccroché au détour d'une phrase, au téléphone nos échanges avaient souvent quelque chose de décousu, de saugrenu, qui tenait à elle, me semblait-il, à son désordre intérieur, Lucile depuis toujours abordait les sujets sans logique apparente et mettait fin à la conversation de manière précipitée, je supposais alors qu'elle avait dit l'essentiel.

Lucile m'a appelée ce vendredi matin, c'était la dernière fois et elle le savait.

Pendant le week-end je n'ai pas pensé à elle, je ne sais plus très bien d'ailleurs ce que j'ai fait, ces jours se sont dérobés au souvenir comme un temps inutile, oiseux, un temps d'inconscience. Le lundi je ne l'ai pas appelée non plus, j'ai travaillé sur le roman que je réécrivais pour quelqu'un d'autre.

Le mardi j'ai téléphoné à Lucile vers quatorze heures, j'ai laissé un message sur son répondeur. J'ai rappelé le soir, à l'heure du dîner, elle n'était toujours pas là, j'ai essayé sur le portable, elle n'a pas répondu. Plus tard j'ai appelé Manon, Lucile dormait parfois chez elle, quand elle gardait ses filles. Mais cette fois non. Manon n'avait pas de nouvelles non plus, elle l'avait eue comme moi le vendredi, Lucile lui avait dit qu'elle partait en week-end. Depuis, rien. Lucile avait pour habitude de nous tenir informées de ses allées et venues, une manière de nous rassurer sans doute, ou de baliser sa propre trajectoire. Dans la soirée j'ai essayé de la joindre à plusieurs reprises, j'ai imaginé diverses explications à son silence, aucune ne me semblait satisfaisante. Le lendemain, Manon m'a téléphoné à six heures trente, elle n'avait pas dormi de la nuit, elle avait essayé d'appeler toutes les heures, ça sonnait dans le vide, sur le portable comme sur le fixe, elle était sûre qu'il se passait quelque chose, il fallait y aller.

C'était un mercredi matin, j'ai pris une douche et je me suis habillée, j'ai laissé mon fils devant la télévision, je lui ai dit grand-mère Lucile ne répond pas au téléphone, je fais l'aller-retour chez elle pour vérifier que tout va bien. Préposée à l'arrosage de ses plantes lorsqu'elle s'absentait, j'avais la clé de Lucile depuis longtemps.

Dans le métro j'ai pensé qu'il était tôt et que j'étais seule, je me suis dit exactement ça : ta mère ne répond pas au téléphone et tu y vas seule. J'ai pensé que Lucile avait rechuté, que j'allais la trouver comme ma sœur l'avait trouvée chez elle quelques années plus tôt, dans un état de grande agitation, qu'il faudrait la convaincre d'aller à l'hôpital, qu'elle résisterait peut-être, qu'il faudrait appeler les pompiers. J'ai pensé qu'être adulte ne prémunissait pas de la peine vers laquelle j'avançais, que ce n'était pas plus facile qu'avant, quand nous étions enfants, qu'on avait beau grandir et faire son chemin et construire sa vie et sa propre famille, il n'y avait rien à faire, on venait de là, de cette femme ; sa douleur ne nous serait jamais étrangère.

Avant de partir j'avais laissé un dernier message, sur un ton de maîtresse d'école, bon maman, maintenant ça suffit, Manon et moi on s'inquiète, je vais venir chez toi.

En sortant du métro j'ai pris la Sente des Dorées, cette rue droite qui monte vers sa résidence, j'ai traversé la place, l'air était humide, le ciel privé de lumière.

J'ai sonné, j'ai attendu un peu avant de glisser la clé dans la serrure. Je l'ai vue tout de suite, allongée

419

dans son lit, la porte de sa chambre était ouverte, Lucile me tournait le dos. J'ai appelé, maman, maman, dans le silence, je crois que je suis restée là, quelques secondes, dans l'attente de sa réponse, et puis je me suis avancée dans le couloir, je me suis dit qu'elle dormait, j'ai rassemblé toutes mes forces pour me dire qu'elle dormait, je suis entrée dans sa chambre, les rideaux étaient tirés, la radio était allumée, c'était un signe de vie, il y avait de la vie quelque part, elle se couchait souvent comme ça, l'oreille contre le transistor, je me suis approchée, je me suis accroupie, je l'ai secouée, doucement, puis plus fort, j'ai répété maman, maman.

L'idée ne pouvait pas m'atteindre, c'était inacceptable, c'était impossible, c'était hors de question, c'était non.

Lucile était allongée sur le côté, les bras pliés, hors de la couverture, j'ai voulu la retourner mais son corps était raide, résistait, j'ai voulu éteindre la radio branchée sur France Inter, comme depuis la nuit des temps, je n'ai pas trouvé le bon bouton, mes mains commençaient de trembler, j'étais gagnée par une panique progressive et silencieuse, je me suis relevée, je suis allée vers la fenêtre, j'ai ouvert les rideaux, j'ai enlevé mon blouson et mon écharpe, je les ai posés sur sa chaise, j'ai posé mon sac aussi, au pied de son bureau, c'était comme un temps mort, un temps suspendu, un temps d'arrêt pour que les choses puissent être différentes, pour que les choses puissent reprendre un cours normal, acceptable, pour me réveiller, mais rien n'a bougé, ne s'est inversé, je me suis approchée de nouveau, agenouillée sur son lit je me suis penchée au-dessus d'elle pour la voir, à la lumière du jour ses mains étaient bleues, comme maculées de peinture, entre les doigts, sur les phalanges, une peinture bleu nuit, j'ai dit tout haut : qu'est-ce qu'elle a fait, qu'est-ce qu'elle a fait, j'ai pensé qu'elle avait peint avec ses mains.

Les mots étaient là, qu'est-ce qu'elle a fait, mais je ne pouvais pas comprendre leur sens, je ne voulais pas, c'était non, c'était hors de question, c'était impossible, c'était inenvisageable, ce n'était pas vrai, ce n'était pas la réalité, ce n'était pas ce que j'étais en train de vivre, ça ne pouvait pas finir comme ça.

Alors j'ai vu son visage, gonflé, bleu aussi, d'un bleu plus pâle, et cette trace de moisissure sur sa joue, en haut, à côté de l'œil, sur plusieurs centimètres, un cercle couvert de poils blancs très fins comme sur un fromage oublié au fond du frigo.

Je me suis relevée d'un coup, dans le couloir le cri est sorti de mon corps, abrupt, puissant, un cri de terreur.

Je suis revenue dans la chambre, j'ai attrapé le téléphone près de son lit, c'est là que j'ai pris conscience de l'odeur, âcre, écœurante, j'ai ouvert la fenêtre, j'ai senti que je perdais mes jambes, mes jambes s'enfonçaient dans le parquet, se désolidarisaient, je me suis appuyée sur le dossier de la chaise, chancelante, j'ai réussi à pivoter pour m'y laisser tomber. Il fallait sortir de là, fuir l'odeur, fuir l'image, fuir à toutes jambes mais mes jambes ne répondaient plus, j'étais vissée soudée à cette chaise, je ne pouvais plus bouger, je ne sais pas combien de temps je suis restée comme ça, je gémissais, mes mains tremblaient, j'essayais de reprendre mon calme, je me disais il faut te calmer, il faut faire quelque chose, il faut appeler quelqu'un, c'est là que j'ai vu le paquet, posé sur son bureau, avec les cadeaux qu'elle nous avait laissés et la lettre qui dépassait. Je ne crois pas l'avoir lue, à ce moment-là, je l'ai prise dans mes mains qui tremblaient, je voulais sortir de là, mais je ne pouvais pas. J'ai réussi à composer le numéro du Samu, je suis tombée sur une musique, j'ai attendu que quelqu'un me parle, j'ai dit ma mère est morte, ma mère est là depuis cinq jours, ne me laissez pas toute seule. On m'a passé un médecin, on m'a expliqué la marche à suivre, c'est à ce moment-là je crois que Manon m'a appelée sur le portable pour savoir ce qui se passait, j'ai vu son nom s'afficher sur l'écran, j'ai cru refuser son appel mais j'ai appuyé sur le mauvais bouton, Manon a entendu la fin de ma conversation avec le médecin, avant que je parvienne à raccrocher pour de bon. Je l'ai rappelée tout de suite, Manon avait compris, Manon a crié non non non, ce n'est pas possible, j'ai pensé qu'on était mercredi et qu'elle était avec ses filles, que ses filles étaient en train d'entendre Manon hurler, je ne sais plus ce que j'ai dit, j'ai essayé d'expliquer, la lettre, Lucile dans son lit, les médicaments, je pleurais, je tremblais, j'ai dit à Manon que je l'aimais, elle n'a pas entendu, elle m'a fait répéter, elle m'a demandé où j'étais, elle a dit sors de là, sors de là.

Avec sa voix au téléphone j'ai réussi à sortir de la chambre, la voix de Manon m'a portée jusqu'à la cuisine.

J'ai lu la lettre de Lucile à Manon, une lettre d'amour et d'épuisement.

J'ai appelé le père de mes enfants d'une voix aiguë et suffocante pour lui demander de venir chez moi pour chercher notre fils.

Plus tard Manon m'a rappelée pour me dire qu'elle arrivait.

Plus tard la police est venue, ils étaient cinq, le chef a refermé la porte sur Lucile.

Plus tard Manon est arrivée avec Antoine.

Nous nous sommes installés dans le salon, je me suis posée sur le fauteuil en osier, Manon s'est assise sur le canapé et elle a dit : j'aurais voulu la prendre dans mes bras. J'ai vu le visage de Manon, dévasté.

Sur le visage de Manon j'ai vu ce que nous étions en train de vivre et que la mort est irrémédiable.

Plus tard ils ont emmené le corps de Lucile enveloppé dans ses couvertures, parce qu'elle s'était vidée de son sang.

Plus tard nous sommes allées Manon et moi faire la déposition au commissariat.

Il a fallu prévenir Violette, Justine, Barthélémy. Lisbeth était en voyage, quelqu'un lui a laissé un message.

Il a fallu demander le rapport d'autopsie et attendre le permis d'inhumer. Accepter pendant douze jours de savoir Lucile rangée dans un tiroir de l'Institut médico-légal.

Pendant tout ce temps, je n'ai pas pu m'asseoir, je veux dire m'asseoir sans rien faire, sans y être obligée, il me fallait être debout pour résister aux assauts de la terreur, évacuer l'adrénaline, il me fallait être debout pour lutter contre l'image, la tenir à distance.

Le jour des obsèques, Tad et Sandra, mes amies d'enfance, sont venues de leurs contrées lointaines pour nous aider à organiser les choses, ainsi que Mélanie, ma douce amie de toujours. Nous sommes allées au supermarché, nous avons acheté des roses, nous avons préparé le buffet prévu après la cérémonie. Ensuite nous avons retrouvé Justine, Violette et Tom pour déjeuner dans un café près du Père-Lachaise. En moins de deux mois nous avions perdu Liane et Lucile, cette fois encore il m'a semblé que cela faisait beaucoup.

C'était un jour de février froid et ensoleillé, d'une beauté et d'une tristesse infinies, le ciel était pur.

Près du crématorium, nous avons accueilli les gens qui arrivaient de partout et de toutes les époques du passé, seuls ou par petits groupes, comme toujours je voulais tenir debout, tenir tout court, mais à mesure que les gens affluaient, cela me paraissait de plus en plus difficile, il me fallait inspirer en profondeur, puis bloquer l'air pendant quelques secondes avant de le relâcher. Avec une grande émotion j'ai vu s'approcher le père de mes enfants, avec lequel les rapports étaient alors si compliqués, puis ses parents, j'ai vu les amis de Lucile, j'ai vu ses collègues d'Avicenne et de Lariboisière, j'ai vu mes amis, ceux de Manon, j'ai vu les cousins, les cousines, les oncles et les tantes, j'ai vu mon éditrice, j'ai vu Barthélémy, j'ai vu Marie-Noëlle, j'ai vu Camille et son mari, j'ai vu Gaspard, mon petit frère adoré, j'ai vu Forrest et Nébo, et puis mon père s'est approché de moi et là, j'ai craqué.

Lucile avait laissé dans son appartement un certain nombre d'indications concernant des dons ou des restitutions. La Pléiade de Rimbaud était destinée à Antoine, le mari de Manon.

Sur l'exemplaire poche des *Petits poèmes en prose*, « L'Invitation au voyage » était marquée d'un post-it. Je crois que Lucile aimait la poésie de Baudelaire au-delà de tout.

J'ai lu devant une cinquantaine de visages boule-versés ce texte qui lui ressemble tant :

Tu connais cette maladie fiévreuse qui s'empare de nous dans les froides misères, cette nostalgie du pays qu'on ignore, cette angoisse de la curiosité ? Il est une contrée qui te ressemble, où tout est beau, riche, tranquille, honnête, où la fantaisie a bâti et décoré une Chine occidentale, où la vie est douce à respirer, où le bonheur est marié au silence. C'est là qu'il faut aller vivre, c'est là qu'il faut aller mourir !

Le petit monde de Lucile me faisait face, une vie tout entière d'époques et d'univers mêlés, et plus rien d'autre, ni les défaites, ni la douleur, ni les regrets, ne comptait.

Dans le couloir qui menait vers l'extérieur, au moment où je franchissais le seuil de la porte, dans un geste absurde de maîtresse de maison, je me suis retournée pour voir si tout le monde était bien sorti, si nous ne laissions pas derrière nous quelque retarda-taire. Alors j'ai vu le visage de Nébo, défiguré par les sanglots. Nébo pleurait à visage découvert.

Une fois dehors, mon père s'est rendu compte qu'il avait laissé son portefeuille avec tous ses papiers dans le taxi qui l'avait conduit au Crématorium. Par un sublime acte manqué, Gabriel était venu débarrassé de lui-même, sans identité.

Lucile avait laissé pour nos enfants une dizaine de petits cadeaux, marqués d'une étiquette avec leurs prénoms.

La lettre était glissée dans un sac en carton gris, dans lequel nous avons trouvé deux autres paquets, pour Manon et moi, chacun contenant un pendentif en cristal de chez Lalique, en forme de cœur, accroché à un cordon de tissu.

Mes filles chéries,

Voici venu le moment. Je suis au bout du rouleau et je suis fichue. Les scanners c'est très bien mais il faut aussi écouter son corps. Je ne dis jamais à personne la totalité de mes maux. Je dis l'un à l'une, et les autres à différents autres.

Je suis très fatiguée. Ma vie est difficile et ne peut que se détériorer.

Depuis que j'ai pris cette décision je me sens sereine même si je redoute le passage.

Vous êtes toutes les deux les personnes que j'ai le plus

aimées au monde et j'ai fait de mon mieux possible, croyez-le.

Serrez bien contre vous vos beaux enfants.

Lucile

PS : C'est mieux avec une chaînette. Vous pouvez changer la couleur mais assez rapidement avant la fin des soldes, toutes les deux ensemble si nécessaire car il n'y a qu'un ticket cadeau.

Je sais bien que ça va vous faire de la peine mais c'est inéluctable à plus ou moins de temps et je préfère mourir vivante.

J'ai relu cette lettre des dizaines de fois, à la recherche d'un indice, d'un détail, d'un message au-delà du message, quelque chose qui m'eût échappé. J'ai lu et relu la pudeur de Lucile, cette élégance qui consiste à mêler le prosaïque à la douleur, l'anecdote à l'essentiel. Cette lettre lui ressemble et je sais aujourd'hui combien elle nous a transmis à l'une et à l'autre cette capacité à s'emparer du dérisoire, du trivial, pour tenter de s'élever au-dessus des brouillards.

Dans les jours qui ont suivi la découverte de son corps, alors que je sentais que le mien n'avait pas encore évacué la terreur (la terreur était dans mon sang dans mes mains dans mes yeux dans les battements irréguliers de mon cœur), j'ai pensé que Lucile ne m'avait pas épargnée. Elle savait que nous finirions par nous inquiéter, elle savait que j'habitais beaucoup plus près que Manon – qui vit dorénavant en dehors de Paris –, elle savait que j'avais la clé, elle savait que j'irais seule. Malgré moi, ce constat me laissait un goût amer.

Un matin, plus de quinze jours après sa mort, j'ai reçu un appel de la gardienne de sa résidence. Elle venait de trouver une lettre écrite par Lucile, qui lui avait été retournée.

Cette lettre m'était adressée et avait été postée le jour de sa mort.

Dans ce court message que j'aurais dû recevoir dès le lundi, Lucile, à sa manière, m'avertissait de son décès : elle m'envoyait un chèque de huit mille euros *pour [ses] frais,* espérait qu'il resterait de quoi nous acheter un cadeau durable, me précisait en post-scriptum qu'elle avait provisionné son compte pour toutes les charges jusqu'à la fin du mois de mars.

Si j'avais reçu cette lettre, j'aurais eu le choix d'aller chez elle ou d'y envoyer les pompiers.

Dans la confusion qui précédait le passage à l'acte, Lucile s'était trompée de numéro de rue.

Pendant des semaines, je me suis repassé en boucle les détails, les mots, les situations, les remarques, les silences qui auraient dû m'alerter, pendant des semaines j'ai cherché à hiérarchiser les causes du suicide de Lucile, le désespoir, la maladie, la fatigue, le décès de Liane, l'inactivité, le délire, et puis les ai toutes réfutées, pendant des semaines j'ai repris tout depuis le début, et puis dans l'autre sens, pendant des semaines je me suis posé et reposé les mêmes questions que j'ai partagées avec d'autres : pourquoi avait-elle mis fin à ses jours alors que les examens étaient bons, pourquoi n'avait-elle pas attendu le scanner pour lequel elle avait rendez-vous quelques jours plus tard, pourquoi jusqu'à la fin continuait-elle à fumer une moitié de cigarette quand elle craquait, au lieu de recommencer à fumer pour de bon, si c'était pour en arriver là ?

Pourquoi ?

J'étais sûre d'une chose : c'était dans ce moment de vide et d'épuisement qui suit les traitements qu'il fallait être présent. Et c'était là que j'avais levé le pied.

Avec Manon nous sommes allées voir le psychiatre de Lucile, je voulais des explications. Selon lui la question n'était pas de savoir pour quelles raisons Lucile avait choisi ce moment-là, mais plutôt comment elle avait tenu tout ce temps, toutes ces années. Il nous a dit qu'elle parlait souvent de nous, qu'elle était fière, que nous étions sa raison de vivre.

J'ai utilisé le pass Navigo de Lucile pendant plusieurs semaines (le prélèvement avait été fait avant la clôture de son compte) avec une étrange satisfaction : au regard de la RATP qui enregistre les déplacements,

Lucile prenait le métro, circulait dans tout Paris, continuait d'exister.

Chaque nuit, me revenait l'image de ma mère dans son lit, je revoyais ses cheveux blonds et son gilet noir, son corps tourné vers le mur, dès que je me couchais sur le côté, dans la position dans laquelle je l'avais trouvée, l'image revenait, entravait ma respiration, je revoyais ses mains bleues, la carafe et le verre d'eau, toutes les nuits je ne pouvais m'empêcher d'imaginer Lucile, ce vendredi 25 janvier, enroulée dans ses couvertures, seule dans son petit appartement. J'imaginais les longues minutes qui avaient précédé l'inconscience, sans personne pour caresser ses cheveux, lui tenir la main, je pleurais en silence, des larmes au goût d'enfance, des larmes privées d'adieux, je me tournais et me retournais, incapable de trouver le sommeil.

Les photos, les lettres, les dessins, les dents de lait, les cadeaux de fête des mères, les livres, les vêtements, les babioles, les gadgets, les papiers, les journaux, les cahiers, les textes dactylographiés, Lucile avait tout gardé.

Lorsque nous avons fini de trier l'invraisemblable brocante que contenait son appartement, nous avons organisé une journée porte ouverte afin que chacun puisse venir récupérer un objet, un bijou, un bibelot, qui lui rappellerait Lucile. Le reste partirait chez Emmaüs.

Au milieu du monde, mes enfants sont venus, ils étaient contents de voir une dernière fois le vert refuge de Lucile, je voulais qu'ils puissent choisir en souvenir quelques jouets dans la caisse en bois qu'au fil des années elle avait constituée pour eux.

Ils sont repartis avec mon amie Mélanie, qui emportait dans sa voiture les cartons que je n'avais pas pu transporter en métro. Ils sont passés chez elle pour en déposer quelques-uns dans sa cave (je n'avais pas la place de les prendre), avant de rapporter chez moi les photos, les plantes et quelques affaires que je voulais garder.

Je les ai retrouvés en bas de mon immeuble, j'ai ouvert le coffre de la voiture. Posée au-dessus des sacs et des cartons, trônait la pancarte « Pelouse interdite » de la résidence de Lucile, dont le pied était couvert de terre. À la demande de mes enfants, Mélanie, qui n'est pas du genre à reculer devant la transgression, l'avait arrachée.

Ma fille m'a expliqué, comme si c'était la chose la plus naturelle du monde, l'hommage qui était le leur.

— Grand-mère Lucile voulait la piquer, alors on l'a fait.

Quelques mois après sa mort, lorsqu'il m'a fallu remplir la déclaration fiscale de Lucile, j'ai découvert que le montant mensuel de sa pension de retraite, après réclamation et réévaluation, s'élevait à six cent quinze euros cinquante.

Lucile payait un loyer de deux cent soixante-douze euros, le compte était vite vu.

Elle aurait préféré crever plutôt que nous demander quoi que ce soit, me suis-je dit, puis j'ai pensé que c'était exactement ce qu'elle avait fait, et j'ai beaucoup pleuré.

C'est une idée qui revient souvent.

Lorsque nous avions vidé l'appartement de Lucile, j'avais gardé la radio sur laquelle elle s'était endormie, un petit transistor que je lui avais offert quelques années plus tôt. J'avais hésité à le prendre, la joue droite et l'oreille de Lucile reposaient sur ce poste quand je l'avais trouvée. Finalement, je l'avais nettoyé et posé dans un coin de mon salon, en attendant de décider de son sort.

Pendant des semaines, le poste de Lucile s'est allumé tout seul, à des heures différentes. D'abord terrorisée, j'en suis venue à me dire que Lucile me faisait un signe, puis j'ai cherché, sans succès, la fonction mystérieuse qui déclenchait la mise sous tension.

Sur une zone étroite et délimitée qui entourait l'un des boutons de réglage, j'ai découvert une pellicule fine et brune, impossible à identifier, qui pouvait éventuellement provenir d'un résidu alimentaire. Je me suis étonnée qu'elle ait échappé à mon premier nettoyage, avec un coton et de l'alcool, je l'ai frottée de nouveau.

La trace brune est revenue.

Je l'ai nettoyée dix fois, vingt fois, mais toujours la trace brune est revenue, comme si s'était déposé à cet endroit quelque chose d'invisible à l'œil nu, qui moisissait ou s'oxydait.

Un matin, dans un accès de panique, j'ai jeté le transistor.

À peu près à la même époque m'est venue l'idée d'écrire sur Lucile, aussitôt congédiée.

Et puis l'idée, comme la tache, est revenue.

Il y a quelques mois, alors que j'avais commencé l'écriture de ce livre, mon fils, comme souvent, s'est installé dans le salon pour faire ses devoirs. Il devait répondre à des questions de compréhension sur

« L'Arlésienne », une nouvelle d'Alphonse Daudet, tirée des *Lettres de mon moulin*.

À la page quatre-vingt-dix-neuf du livre de français *Lettres vives, classe de 5ᵉ*, la question suivante lui était posée : « Quels détails prouvent que la mère de Jan se doutait que son fils n'était pas guéri de son amour ? Peut-elle cependant empêcher le suicide de s'accomplir ? Pourquoi ? »

Mon fils réfléchit un instant, note avec application la première partie de sa réponse sur son cahier. Puis, à voix haute, sur un ton péremptoire et parfaitement détaché, comme si tout cela n'avait rien à voir avec nous, ne nous concernait en rien, mon fils répond lentement, à mesure qu'il note : « Non. Personne ne peut empêcher un suicide. »

Me fallait-il écrire un livre, empreint d'amour et de culpabilité, pour parvenir à la même conclusion ?

Parmi les photos de Lucile que nous avons retrouvées chez elle, sur une planche contact en noir et blanc, j'ai repéré cette toute petite image de ma mère, prise à la table familiale de Versailles ou de Pierremont. Sur la même planche, on reconnaît Liane, Georges, Gabriel, Lisbeth et d'autres encore.

Lucile y apparaît de profil, elle porte un pull à col roulé noir, tient une cigarette dans la main gauche, elle semble regarder quelqu'un ou quelque chose, mais probablement ne regarde rien, son sourire est d'une obscure douceur.

Le noir de Lucile est comme celui du peintre Pierre Soulages. Le noir de Lucile est un *Outrenoir*, dont la réverbération, les reflets intenses, la lumière mystérieuse, désignent un ailleurs.

Aujourd'hui, je ne cherche plus, je m'en tiens à la lettre que Lucile a laissée. J'entends Lucile comme elle aimait qu'on l'entende : au pied de la lettre.

Elle savait et sentait que la maladie finirait par l'emporter, elle souffrait, elle était fatiguée. Les combats qu'elle avait menés tout au long de sa vie ne lui avaient pas laissé la force de mener celui-là.

Lucile est morte à soixante et un ans, avant d'être une vieille dame.

Lucile est morte comme elle le souhaitait : *vivante*.

Aujourd'hui, je suis capable d'admirer son courage.

Remerciements

Le titre de ce livre est tiré de la chanson « Osez Joséphine » écrite par Alain Bashung et Jean Fauque, dont la beauté sombre et audacieuse m'a accompagnée tout au long de l'écriture.

Je remercie ma sœur, les frères et sœurs de ma mère, les sœurs de mon père, et tous ceux qui m'ont accordé leur confiance et leur temps.

CET OUVRAGE A ÉTÉ COMPOSÉ
PAR IGS-CP
ET ACHEVÉ D'IMPRIMER SUR ROTO-PAGE
PAR L'IMPRIMERIE FLOCH À MAYENNE
POUR LE COMPTE DES
ÉDITIONS J.-C. LATTÈS
17, RUE JACOB – 75006 PARIS
EN SEPTEMBRE 2011

N° d'édition : 07 – N° d'impression : 80393
Dépôt légal : septembre 2011
Imprimé en France